A RAINHA ESTRANGULADA

OS REIS MALDITOS

O Rei de Ferro

A Rainha Estrangulada

Os Venenos da Coroa

A Lei dos Varões

A Loba de França

A Flor-de-lis e o Leão

Quando um Rei Perde a França

MAURICE DRUON

A RAINHA ESTRANGULADA

Os Reis Malditos

Volume 2

9ª EDIÇÃO

Tradução
Flávia Nascimento

Copyright © La Reine Étranglée, 1965, by Maurice Druon, Librairie Plon et Editions Mondiales
Título original: *La Reine Étranglée*

Capa: Rodrigo Rodrigues

Editoração: DFL

2020
Impresso no Brasil
Printed in Brazil

CIP-Brasil. Catalogação na fonte
Sindicato Nacional dos Editores de Livros, RJ.

D86r
9ª ed.
	Druon, Maurice, 1918-2009
	    A rainha estrangulada / Maurice Druon; tradução Flávia Nascimento. – 9ª ed. – Rio de Janeiro: Bertrand Brasil, 2020.
	    224p.: – (Os reis malditos; v. 2)
	
	    Tradução de: La reine étranglée
	    ISBN 978-85-286-1039-0
	
	    1. Margarida de Borgonha, Rainha, consorte de Luís X, Rei da França, 1290-1315 – Ficção. 2. Luís X, Rei da França, 1289-1316 – Ficção. 3. Romance francês. I. Nascimento, Flávia. II. Título. III. Série.

03-1871	CDD – 843 CDU – 821.133-1.3

Todos os direitos reservados pela:
EDITORA BERTRAND BRASIL LTDA.
Rua Argentina, 171 – 3º andar – São Cristóvão
20921-380 – Rio de Janeiro – RJ
Tel.: (0xx21) 2585-2000 – Fax: (0xx21) 2585-2084

Não é permitida a reprodução total ou parcial desta obra, por quaisquer meios, sem a prévia autorização por escrito da Editora.

Atendimento e venda direta ao leitor
sac@record.com.br

SUMÁRIO

Prólogo   11

Primeira Parte
INÍCIO DE UM REINO

I • A fortaleza de Château-Gaillard   15
II • O conde Robert d'Artois   24
III • A última chance de ser rainha   34
IV • A basílica de Saint-Denis   43
V • O rei, seus tios e o destino   51
VI • Eudeline, a lavadeira do castelo real   59

Segunda Parte
OS LOBOS SE ENTREDEVORAM

I • Luís, o Cabeçudo, dirige seu primeiro Conselho real   69
II • Enguerrand de Marigny   80
III • O palacete da família Valois   89
IV • O pé de São Luís   94
V • As nobres de Hungria num castelo de Nápoles   102
VI • A caça aos cardeais   113
VII • Uma assinatura em troca de um pontífice   127
VIII • A carta do desespero   135

Terceira Parte
A PRIMAVERA DOS CRIMES

I •	A fome	147
II •	As contas do reino	162
III •	De banqueiro em arcebispo	171
IV •	A impaciência de tornar-se viúvo	177
V •	Os assassinos na prisão	183
VI •	A caminho de Montfaucon	192
VII •	A estátua derrubada	200
	Notas históricas e repertório biográfico	207

"Toda a história daquele tempo resume-se ao combate mortal entre o legiferador e o senhor feudal."

MICHELET

Faço questão de expressar aqui, mais uma vez, o mais profundo reconhecimento a meus colaboradores Pierre de Lacretelle, Georges Kessel, Christiane Grémillon, Madeleine Marignac, Gilbert Sigaux e José-André Lacour pela preciosa ajuda que me deram durante a elaboração deste volume; quero igualmente agradecer aos serviços da Biblioteca Nacional da França e dos Arquivos Nacionais pelo auxílio indispensável dado a nossas pesquisas.

M.D.

PRÓLOGO

No dia 29 de novembro de 1314, no meio da tarde, vinte e quatro mensageiros vestindo as cores da casa real francesa saíam a galope do castelo de Fontainebleau. A neve coloria de branco os caminhos da floresta; o céu estava mais sombrio do que a terra; já estava noite ou, mais precisamente, devido a um eclipse solar, a noite durava desde o dia anterior.

Os vinte e quatro mensageiros não repousariam antes da manhã do dia seguinte e continuariam galopando ainda durante vários dias, uns em direção de Flandres, outros em direção da região de Angoulême e de Guyenne, outros ainda rumo à cidade de Dole, em Comté, ou para Rennes, Nantes, Toulouse, Lyon, Aigues-Mortes, acordando em sua passagem magistrados e senescais, prebostes, almotacéis, capitães, a fim de anunciar em cada cidade e povoado do reino que o rei Felipe IV, o Belo, morrera.

Em cada torre, o sino punha-se a ecoar; uma grande vaga sonora, sinistra, ia amplificando-se até atingir todas as fronteiras.

Depois de vinte e nove anos de um governo sem fraquezas, o Rei de ferro acabava de falecer, atingido em pleno cérebro. Estava com quarenta e seis anos. Sua morte seguia, com um intervalo de menos de seis meses, a do chanceler real, Guilherme de Nogaret, e a do papa Clemente V, ocorrida há sete meses. Assim parecia verificar-se a maldição lançada no dia 18 de março, do alto da fogueira, pelo grão-mestre dos Templários, e que os intimava, os três, a comparecerem diante do tribunal divino antes que transcorresse um ano de sua própria morte.

Soberano tenaz, altivo, inteligente e secreto, o rei Felipe tinha zelado tão bem por seu reinado e dominado tanto seu tempo, que era possível ter a impressão, naquela noite, de que o coração do reino havia parado de bater.

Mas as nações jamais morrem com a morte dos homens, por maiores que eles tenham sido; o nascimento e a morte das nações obedecem a outras razões.

Na noite dos séculos que estava por vir, o nome de Felipe, o Belo, quase que só seria iluminado pelas chamas dos braseiros em que este monarca costumava jogar os inimigos e pelo brilho das moedas de ouro que ele fazia limar. O tempo vindouro esqueceria depressa que ele contivera os poderosos, que mantivera a paz tanto quanto era possível, reformara as leis, construíra fortalezas para que os homens pudessem semear abrigados dos perigos, unificara as províncias, convocara os burgueses a participarem de uma assembléia e cuidara, em todos os sentidos, para manter a independência da França.

Mal esfriara sua mão, mal se apagara sua grande força de vontade, e os interesses privados, as ambições decepcionadas, os rancores, os apetites de honra, de importância e de riqueza, por tanto tempo controlados ou contrariados, começavam a desencadear-se incontrolavelmente.

Dois grupos preparavam-se para enfrentar-se impiedosamente pela posse do poder: de um lado, o clã da reação do baronato, conduzido por Carlos de Valois, irmão de Felipe, o Belo; e de outro, o partido da alta administração, dirigido por Enguerrand de Marigny, coadjutor do finado rei.

Para evitar o conflito que se preparava em silêncio há meses, ou para arbitrá-lo, teria sido necessário um soberano forte. Ora, o príncipe de vinte e cinco anos que chegava ao trono, Luís de Navarra, parecia tão maldotado para reinar quanto malservido pela boa sorte. Vinha precedido por uma reputação de marido enganado e pelo apelido de "Cabeçudo".

A vida de sua esposa, condenada à prisão por adultério, desempenharia o papel de trunfo em meio às duas facções rivais.

Mas as conseqüências dessa luta seriam suportadas também por aqueles que não possuíam coisa alguma, que não possuíam nenhum poder de ação sobre os acontecimentos e não podiam sequer alimentar sonho algum... Além do mais, aquele inverno de 1314-1315 anunciava-se como um inverno de fome.

Primeira Parte

INÍCIO DE UM REINO

I

A FORTALEZA DE CHÂTEAU-GAILLARD*

Plantada no alto de uma saliência gredosa, acima do burgo Petit-Andelys, a fortaleza de Château-Gaillard dominava e comandava a Normandia inteira.

O rio Sena, naquele ponto, descreve uma larga curva em meio aos prados abundantes; Château-Gaillard tomava conta de dez léguas do rio, a jusante e a montante.

Ricardo Coração de Leão é quem tinha mandado construí-la, cento e vinte anos antes, desprezando todos os tratados, a fim de desafiar o rei da França. Vendo-a acabada, erguida sobre a falésia, a duzentos metros de altura, toda branca com suas pedras recentemente talhadas, suas duas muralhas, seus postos avançados, seus rastrilhos, suas ameias, suas barbacãs, suas treze torres, sua enorme guarita, Ricardo teria exclamado:

— Ah! Essa fortaleza tem ares bem faceiros!

E assim o edifício teria recebido o nome de "castelo faceiro".

Tudo tinha sido previsto para as defesas naquele gigantesco modelo de arquitetura militar, o assalto, o ataque frontal ou rotatório, a investida, a escalada, a ocupação, tudo, com exceção da traição.

Apenas sete anos após sua construção, a fortaleza caía nas mãos de Felipe Augusto, ao mesmo tempo que ele subtraía ao soberano inglês o ducado da Normandia.

Desde então, a fortaleza de Château-Gaillard tinha sido utilizada menos como praça de guerra do que como prisão. O poder trancava ali seus adversários cuja liberdade era intolerável para o Estado, mas cuja morte poderia sus-

---

*A palavra "gaillard", que dá nome à fortaleza, pode ser traduzida por "alegre", "faceiro". (N. T.)

citar perturbações ou criar conflitos com outros centros de poder. Quem atravessava a ponte levadiça daquela fortaleza tinha poucas chances de rever o mundo.

Diariamente, os corvos grasnavam sob os tetos; à noite, os lobos vinham uivar ao pé dos muros.

Em novembro de 1314, Château-Gaillard, suas muralhas e sua guarnição de arqueiros serviam apenas para manter prisioneiras duas mulheres, uma de vinte e um anos e outra de dezoito, Margarida e Branca de Borgonha, duas princesas do reino francês, noras de Felipe, o Belo, condenadas à reclusão perpétua por crime de infidelidade contra seus esposos.

Aquela era a última manhã do mês, e era hora da missa.

A capela encontrava-se no interior da segunda muralha. Ela fora construída sobre a rocha. Em seu interior fazia frio, e a escuridão reinava; as paredes, sem ornamento algum, eram úmidas.

Apenas três assentos estavam dispostos no interior, dois à esquerda, ocupados pelas princesas, e um à direita, reservado ao capitão da fortaleza, Robert Bersumée.

Atrás deles, os homens de armas mantinham-se de pé, alinhados, mostrando o mesmo tédio, a mesma indiferença que eles teriam se tivessem sido reunidos para cortar o capim com que alimentavam seus cavalos. A neve que transportavam agarrada às solas dos sapatos derretia em volta deles, formando poças amareladas.

O capelão tardava a começar o ofício. De costas para o altar, coçava os dedos intumescidos com suas unhas estragadas. Visivelmente, um imprevisto vinha perturbar sua religiosa rotina.

— Meus irmãos — disse ele —, no dia de hoje devemos elevar aos céus nossas preces com grande fervor e grande solenidade.

Limpou a voz e hesitou, perturbado pela importância da notícia que devia anunciar.

— Deus acaba de chamar para junto de Si a alma de nosso bem-amado rei Felipe. É um momento de grande aflição para todo o reino.

As duas princesas voltaram, uma em direção à outra, os rostos escondidos por toucas de lã grosseira e escura.

— Que aqueles que lhe tenham feito algum mal ou injúria sejam penitentes — continuou o capelão —, que aqueles que conservavam por ele algum rancor, em vida, implorem agora para ele a misericórdia de que cada homem que morre, seja ele grande ou pequeno, tem necessidade diante do tribunal de Nosso Senhor...

As duas princesas tinham se jogado ao chão de joelhos, abaixando as cabeças para esconder a alegria. Não sentiam mais frio, não sentiam mais angústia nem se importavam com a miséria que se abatia sobre elas. Uma imensa onda de esperança percorria suas almas; e se, em silêncio, elas estavam se dirigindo a Deus, era para agradecer-Lhe por tê-las libertado de seu terrível sogro. Desde que tinham sido fechadas em Château-Gaillard, há sete meses, era a primeira vez que o mundo lhes enviava uma boa notícia.

Os homens de armas, no fundo da capela, cochichavam, agitavam-se, mexiam os pés.

— Será que cada um de nós vai ganhar um pouco de dinheiro?

— Por causa da morte do rei?

— Parece que esse é o costume, segundo me disseram.

— Não, não na ocasião da morte; para a sagração do novo rei, sim, talvez seja possível.

— E como é que vai se chamar o novo rei?

— Será que ele vai se lançar em alguma guerra? Assim vamos viajar um pouco...

O capitão da fortaleza voltou-se e lançou na direção deles com uma voz rude:

— Tratem de orar!

A notícia lhe trazia problemas. Pois a mais velha das prisioneiras era a esposa do príncipe que se tornava rei naquele dia. "Essa é a melhor, a partir de hoje eu sou o guardião da rainha da França", dizia a si mesmo o capitão.

Jamais foi situação fácil, a de ser carcereiro de membros da família real. Robert Bersumée devia àquelas duas condenadas que lhe tinham sido enviadas no final de abril, com as cabeças raspadas, em carroças cobertas de preto e sob a escolta de cem arqueiros, os piores momentos de sua vida. Duas mulheres jovens, jovens demais para que não se sinta pena... belas, belas demais, mesmo escondidas sob aqueles vestidos informes de tecido grosseiro, para que um homem possa se impedir de sentir alguma emoção vivendo perto delas, dia após dia, durante sete meses... Se tentassem seduzir um sargento da guarnição, evadir-se depois, ou ainda caso uma delas se enforcasse ou pegasse alguma doença mortal, ou ainda caso lhes ocorresse qualquer outro revés da fortuna, seria sempre ele, Bersumée, o culpado, ele é que sofreria as reprimendas por ter sido fraco demais e não ter tido a autoridade necessária; e em todos os casos, isso não seria nem um pouco útil para ele. Ora, tanto quanto suas prisioneiras, ele não tinha vontade de acabar seus dias numa fortaleza assaltada pelos ventos, envolta pelas brumas, construída para abrigar dois mil soldados, mas que contava apenas cento e cinqüenta, localizada naquele ponto do rio Sena pelo qual a guerra, há muito tempo, não passava mais.

O ofício religioso prosseguia; mas ninguém pensava em Deus, nem no rei; cada um pensava apenas em si mesmo.

— *Requiem æternam dona ei Domine...* — entonava o capelão.

Dominicano caído em desgraça, cuja falta de sorte e cujo amor excessivo ao vinho tinham feito encalhar naquele serviço religioso de prisão, o capelão, ao mesmo tempo em que cantava, perguntava-se se a mudança de rei não traria alguma modificação a seu próprio destino. Resolveu parar de beber durante uma semana, a fim de ganhar as simpatias da Providência para a sua causa, e para preparar-se a acolher algum acontecimento favorável.

— *Et lux perpetua luceat ei* — respondia o capitão.

E ao mesmo tempo ele pensava: "Ninguém pode me repreender coisa alguma. Obedeci às ordens que recebi, isso é tudo; mas de forma alguma infligi sevícias às prisioneiras.

— *Requiem æternam...* — retomava o capelão.

— Mas será que pelo menos não vão nos mandar entregar um sesteiro de vinho? — cochichava o soldado Gros-Guilherme no ouvido do sargento Laiaine.

Quanto às duas prisioneiras, contentavam-se em mover levemente os lábios, mas não ousavam pronunciar o menor responsório; se pudessem, teriam cantado alto e com a maior alegria.

Claro, naquele dia, nas igrejas da França, muitas pessoas estavam presentes para chorar o rei Felipe, ou para fingir que choravam por ele. Mas na verdade, a emoção, mesmo para os que achavam que choravam pelo rei, não passava de uma forma de piedade em relação a eles próprios. Enxugavam os olhos, limpavam o nariz, balançavam a cabeça porque, com Felipe, o Belo, era o tempo deles mesmos que se apagava, todos aqueles anos passados sob seu cetro, quase um terço de século, do qual seu nome entraria para a história como a referência. Eles pensavam em sua juventude, tomavam conhecimento do envelhecimento, e, de repente, os dias vindouros pareciam incertos. Um rei, mesmo no momento de seu falecimento, permanece para muitos como uma representação e um símbolo.

Uma vez acabada a missa, Margarida de Borgonha, ao passar diante do capitão para sair da capela, disse a ele:

— Senhor, desejo que discutamos sobre coisas importantes e que vos dizem respeito.

Bersumée sentia um incômodo a cada vez que Margarida de Borgonha olhava-o bem nos olhos, ao dirigir-lhe a palavra.

— Virei até vós a fim de escutar o que tendes a dizer — respondeu ele — logo após ter acabado minha ronda.

Ordenou ao sargento Lalaine que reconduzisse as prisioneiras, aconselhando-lhe, em voz baixa, que fosse ainda mais atento em relação às princesas e, ao mesmo tempo, que fizesse mostras de maior consideração e prudência.

A torre em que Margarida e Branca ficavam presas compunha-se apenas de três grandes aposentos redondos, superpostos e idênticos, um por andar, cada qual com uma lareira e um teto abobadado. Tais aposentos eram interligados por uma escada em caracol que subia rente ao muro. Um destacamento de guardas ocupava permanentemente o aposento do térreo. Margarida ficava no quarto do primeiro andar e Branca no do segundo. Durante a noite, as princesas eram separadas por portas espessas fechadas com cadeado; durante o dia, tinham o direito de comunicar-se.

Depois de terem sido acompanhadas pelo sargento, esperaram que os eixos e os ferrolhos rangessem no térreo da torre.

Depois se entreolharam e, com um mesmo movimento, correram uma em direção à outra, exclamando:

— Ele morreu! Ele morreu!

Elas se abraçavam, dançavam, riam e choravam ao mesmo tempo, e repetiam incansavelmente:

— Ele morreu! Ele morreu!

Arrancaram as toucas de lã e deixaram em liberdade os cabelos curtos, que cresciam há sete meses.

— Um espelho! A primeira coisa que eu quero é um espelho! — exclamou Branca como se ela fosse ser posta em liberdade naquele minuto, e como se tudo o que tinha a fazer, agora, era preocupar-se com sua aparência.

Margarida tinha pequenos cachos negros, abundantes e crespos. Os cabelos de Branca tinham crescido de maneira desigual, com mechas espetadas e pálidas, parecidas à palha com que se cobrem as choupanas. As duas mulheres passavam instintivamente os dedos sobre as nucas.

— Tu achas que poderei voltar a ser bela? — perguntou Branca.

— Como eu devo ter envelhecido, para que tu me faças uma pergunta como esta! — respondeu Margarida.

O que as duas princesas tinham sofrido desde o início da primavera, desde o drama de Maubuisson, o julgamento do rei, o monstruoso suplício infligido diante delas a seus amantes, na praça central de Pontoise, os gritos infames da multidão e, depois, aquele meio ano de prisão na fortaleza, primeiro o vapor sufocante do verão esquentando as pedras das paredes, depois o frio glacial desde o começo do outono, aquele vento que gemia sem parar no madeiramento, aquele requentado de trigo sarraceno que lhes era servido como refeição, aquelas camisolas duras como crina que só eram trocadas de dois em dois meses, aqueles dias intermináveis passados atrás de uma canhoneira estreita como uma embocadura de seteira e pela qual elas só podiam avistar — seja como for que tentassem posicionar a cabeça — o capacete de um arqueiro invisível dando voltas sem parar pelo caminho de ronda... tudo isso havia alterado consideravelmente o temperamento de Margarida, ela sentia, ela sabia... que tudo isso poderia ter modificado também seu rosto.

Branca, com seus dezoito anos e sua estranha leveza de caráter que fazia com que passasse num instante da mais profunda desolação às esperanças mais insensatas, Branca que podia, de repente, parar de soluçar só porque um pássaro cantava do outro lado da parede, exclamando, maravilhada: "Margarida! Estás ouvindo? Um pássaro!..." Branca que acreditava nos sinais, em todos os sinais, e que sonhava como outros respiram, Branca, talvez, caso ganhasse de volta a liberdade, saindo daquela cela, talvez fosse capaz de recuperar sua tez, seu olhar e seu coração de outrora. Quanto a Margarida, jamais.

Desde o início do cativeiro, ela não derramara uma lágrima sequer, nem havia exprimido um único pensamento de remorso. O capelão, que tomava suas confissões semanalmente, sentia uma espécie de pavor diante da dureza daquela alma.

Em momento algum Margarida tinha consentido em reconhecer-se como responsável por sua infelicidade; em nenhum momento ela admitira que, quando uma mulher é neta de São Luís, filha do duque de Borgonha, rainha de Navarra e futura rainha de França, o fato de tornar-se amante de um escudeiro constituía um jogo perigoso, repreensível, que podia custar sua honra e sua liberdade. Ela justificava suas atitudes pelo fato de a terem casado com um homem pelo qual não sentia amor algum.

Ela não se repreendia por ter brincado daquela maneira; odiava seus adversários; e era unicamente contra eles que dirigia sua ira inútil, contra sua cunhada da Inglaterra que a havia denunciado, contra sua família de Borgonha que não a tinha sequer defendido, contra o reino e suas leis, contra a Igreja e seus mandamentos. E quando sonhava com a liberdade, sonhava também com vingança.

Branca passou-lhe o braço em volta do pescoço.

— Tenho certeza, minha amiga, de que a nossa infelicidade chegou ao fim.

— Sim — respondeu Margarida —, com a condição de agirmos com habilidade e prontidão.

Margarida tinha em mente um vago projeto que lhe viera durante a missa, mas não sabia em que ele poderia resultar. De qualquer modo, ela pretendia se aproveitar da situação.

— Tu vais me deixar falar a sós com esse desengonçado Bersumée, cuja cabeça eu bem que gostaria de ver espetada na ponta de uma lança.

Um instante depois, as duas mulheres ouviram alguém que abria a porta de entrada no térreo. Recolocaram as toucas. Branca dirigiu-se até o vão da janela estreita; Margarida sentou-se num degrau, único assento que tinha à disposição. O capitão da fortaleza entrou.

— Aqui estou, Senhora, tal como me pedistes — disse ele.

Margarida não se apressou, olhou-o da cabeça aos pés e disse:

— Senhor Bersumée, sabeis quem, de agora em diante, está sob a vossa guarda?

Bersumée desviou o olhar como se procurasse algo em volta dele.

— Sei, Senhora, sei muito bem — respondeu ele — e não paro de pensar nisso desde essa manhã em que o mensageiro que ia em direção de Criqueboeuf e Ruão veio me acordar.

— Há sete meses encontro-me trancada aqui; não tenho roupas, não tenho móveis, não tenho lençóis; como o mesmo requentado que vossos arqueiros, e concedem-me apenas uma hora de lareira acesa por dia.

— Eu obedeço às ordens do senhor Nogaret, Senhora — respondeu Bersumée.

— Guilherme de Nogaret está morto e enterrado.

— As instruções que ele me enviou foram dadas pelo rei.

— O rei Felipe também está morto.

Adivinhando onde queria chegar Margarida, Bersumée replicou:

— Mas o Senhor de Marigny continua vivo, Senhora, e ele é quem comanda a justiça e as prisões, como todos os outros assuntos do reino, e é dele que eu dependo para tudo que faço.

— Então o mensageiro que veio hoje cedo não vos trouxe outras ordens?

— Nenhuma outra, Senhora.

— Pois elas não tardarão a chegar.

— Estou à espera, Senhora.

Robert Bersumée aparentava mais do que seus trinta e cinco anos. Tinha aquela expressão preocupada, emburrada, que normalmente adquirem os soldados de carreira e que, de tanto que eles a impõem a si mesmos, acaba tornando-se natural. Durante o serviço ordinário na fortaleza, usava um gorro de couro de lobo e uma velha cota de malha um pouco larga, pretejada pela gordura, e que se afofava em volta da cintura. Tinha sobrancelhas que se emendavam acima do nariz.

Margarida, no início do cativeiro, havia se oferecido a ele de maneira quase direta, na esperança de conseguir assim um aliado. Ele soubera esquivar-se de cada investida, menos por virtude do que por prudência. Mas sentia certo rancor por Margarida, devido ao papel que ela o obrigava a desempenhar. Naquele momento, perguntava a si mesmo se seu bom comportamento teria para ele recompensas ou repreensões pessoais.

— Isso não me causou nenhum prazer, Senhora — continuou ele. — Infligir tais tratamentos a mulheres... e ainda por cima de tão alta classe quanto sois vós.

— Posso imaginar, senhor, posso imaginar — respondeu Margarida —, pois percebe-se vosso nobre caráter de cavaleiro, e as coisas que vos foram ordenadas devem ter-vos parecido bem repugnantes.

Assim o capitão de fortaleza saía das fileiras do povo ordinário; ouviu com certo prazer a palavra "cavaleiro".

— O problema, senhor — continuou a prisioneira — é que estou cansada de mastigar pedaços de madeira para conservar brancos meus dentes e de untar minhas mãos com o toucinho da sopa para que minha pele não rache toda devido ao frio.

— Eu compreendo, Senhora, eu compreendo.

— Eu ficaria grata se me mantivésseis de agora em diante ao abrigo do frio, das pulgas e percevejos e da fome.

Bersumée abaixou a cabeça.

— Não tenho ordens para isso, Senhora.

— Eu só vim parar aqui devido ao ódio que sentia por mim o rei Felipe, e seu falecimento vai mudar tudo — continuou Margarida com uma notável segurança. — Preferis esperar que vos ordenem a abertura das portas a fim de dar provas de vossa consideração pela rainha de França? Não pensais que seria agir tolamente contra a vossa própria sorte?

Os militares são normalmente de natureza indecisa, o que os predispõe à obediência e faz com que percam muitas batalhas. Bersumée, que tinha por seus subordinados um punho ágil e grande capacidade de injúria, não tinha, por outro lado, grande disposição para a iniciativa diante das situações imprevisíveis.

Entre o ressentimento de uma mulher que, segundo o que ela mesma dizia, seria todo-poderosa muito em breve, e a ira do Senhor de Marigny que era, ainda naquele dia, todo-poderoso, que risco devia ser escolhido?

— Eu desejaria também que a Senhora Branca e eu — disse Margarida — pudéssemos sair uma hora ou duas por dia dessas muralhas, sob vossa vigilância, caso penseis que isso é necessário, para que pudéssemos ver algo diferente das ameias dessas paredes e das lanças de vossos soldados.

Esse desejo era excessivo. Bersumée sentiu a tramóia. Suas prisioneiras tentavam obter um meio para comunicar-se com o mundo exterior, e talvez até mesmo um meio para fugir e escapar dele como areia entre os dedos. O que só podia significar que elas não tinham assim tanta certeza de voltarem à corte.

— Posto que sois rainha, Senhora, heis de compreender que permaneço fiel ao reino — disse ele — e que me recuso a infringir as ordens que me foram dadas.

E pronunciando tais palavras saiu do aposento, a fim de evitar a continuidade da discussão.

— Cachorro! — gritou Margarida depois que ele desapareceu. — Esse aí não passa de um cão de guarda que só serve para ladrar e morder.

Ela fizera uma manobra falsa e morria de raiva, andando de um lado para o outro no aposento redondo.

Bersumée, por sua vez, não estava muito satisfeito. "Deve-se estar preparado para tudo quando se é o carcereiro de uma rainha", dizia ele a si mesmo. "Ora, estar preparado para tudo, para um soldado de profissão, significa estar preparado para uma inspeção."

II

O CONDE ROBERT D'ARTOIS

A neve, derretendo, escorria pelos tetos. Por toda a parte os soldados varriam e lustravam. O alojamento do vigia tremia com tantos baldes d'água jogados para lavar as lajotas. As correntes da ponte levadiça eram enceradas. Preparavam-se os fornos para aquecer a pez, como se a fortaleza estivesse prestes a ser atacada. Desde o tempo de Ricardo Coração de Leão, Château-Gaillard não vivera um tamanho rebuliço.

Temendo uma visita repentina, o capitão Bersumée tinha decidido preparar sua guarnição como se fosse dia de parada militar. Com os punhos nas ancas e a bocarra aberta, percorria o aquartelamento, perdia o controle diante das cascas de legumes que sujavam as cozinhas, apontava com o queixo, furioso, as teias de aranha que pendiam das vigas no teto, exigia que lhe apresentassem os equipamentos para vistoria. Um arqueiro perdera sua aljava. Onde é que tinha ido parar aquela aljava? E o que significavam aquelas cotas de malha enferrujadas nas cavas? Vamos, depressa, tragam punhados de areia e esfreguem isso até que brilhe!

— Se o senhor de Pareilles resolver pôr o nariz aqui — urrava Bersumée —, eu não tenho a intenção de lhe apresentar uma tropa de mendigos! Rápido, ao trabalho!

E infeliz daquele que não andasse depressa! O soldado Gros-Guilherme, aquele que esperava receber uma quota de vinho suplementar, levou um bom chute no calcanhar. O sargento Lalaine estava extenuado.

Patinando na lama misturada com a neve derretida, os homens traziam de volta para os alojamentos toda a sujeira que tentavam tirar deles. As portas batiam. Château-Gaillard parecia uma casa em plena mudança. Se as princesas tivessem querido fugir, teria sido aquele o melhor momento.

Vinda a noite, Bersumée tinha perdido a voz, e seus arqueiros cochilavam junto às ameias.

Mas quando os vigias, dois dias depois, nas primeiras horas da manhã, perceberam na paisagem branca, ao longo do rio Sena, uma tropa de cavaleiros que se aproximava ostentando um estandarte e vindo pela rota que trazia de Paris, o capitão da fortaleza felicitou-se pelas disposições que tomara.

Enfiou rapidamente sua melhor cota de malha, amarrou às botas esporas compridas de três polegadas, vestiu o capacete de ferro e saiu para o pátio. Teve alguns momentos para olhar, com uma insatisfação inquieta, a guarnição alinhada cujas armas brilhavam à luz leitosa do inverno.

— Pelo menos, ninguém poderá dizer coisa alguma sobre minha organização — disse a si mesmo. — E isso me dará mais autoridade para me queixar da magreza de meus soldos e dos atrasos no pagamento que recebo para alimentar meus homens.

As trombetas já soavam ao pé da falésia e ouviam-se os cascos dos cavalos batendo no solo gredoso.

— Os rastrilhos! A ponte!

As correntes da ponte levadiça tremeram nas roldanas e, um minuto depois, quinze escudeiros de armas reais, circundando um grande cavaleiro vermelho sentado em sua montaria como se ele fosse sua própria estátua eqüestre, atravessavam ruidosamente a abóbada do corpo de guarda e chegavam no interior da segunda muralha de Château-Gaillard.

— Será esse o novo rei? — pensou Bersumée precipitando-se até os homens. — Meus Deus! Será que já é o rei que vem buscar sua mulher?

Seu fôlego estava suspenso pela emoção. Um momento passou antes de poder distinguir claramente o homem do mantô cor de sangue-de-boi que havia descido do cavalo e, como um colosso revestido por tecidos e peliças, enfeitado com couro e prata, abria caminho por entre os escudeiros. Um forte vapor desprendia-se do couro dos cavalos.

— A serviço do rei! — disse o imenso cavaleiro agitando sob o nariz de Bersumée, sem dar-lhe tempo para ler, um pergaminho do qual pendia um selo. — Eu sou o conde Robert d'Artois.

As saudações foram breves. O Senhor Robert d'Artois fez com que Bersumée se curvasse, apoiando a mão sobre seu ombro, a fim de mostrar que ele não era altivo. Depois exigiu vinho quente para ele e toda sua escolta, com uma voz que fez com que os vigias a postos no caminho de ronda estremecessem.

Há dois dias, Bersumée havia se preparado para brilhar, para se mostrar como o chefe perfeito de uma fortaleza sem defeitos e para conduzir-se de tal forma que se lembrassem dele. Tinha até mesmo preparado um sermão a ser recitado, mas este permaneceu para sempre em sua garganta. Ouviu que lhe balbuciavam pobres adulações, viu-se convidado a beber junto com os recém-chegados o vinho que lhe era exigido e foi empurrado em direção aos quatro cômodos de seu alojamento pessoal, que, de repente, pareceram-lhe diminuir de tamanho. Até então, Bersumée sempre se havia julgado um homem de bela estatura, mas diante daquele visitante sentia-se um anão.

— Como vão as prisioneiras? — perguntou Robert d'Artois.

— Muito bem, Senhor, elas vão muito bem, obrigado — respondeu Bersumée, como se tivessem lhe pedido notícias de sua própria família.

E ele engoliu atravessado o conteúdo de sua caneca de vinho.

Mas Robert d'Artois já estava saindo do aposento, com grandes passadas, e, no minuto seguinte, Bersumée viu-se subindo atrás dele a escada da torre em que estavam alojadas as duas prisioneiras.

Mediante um sinal seu, o sargento Lalaine, cujos dedos tremiam, puxou os ferrolhos.

Margarida e Branca esperavam, de pé, no meio do aposento redondo. Elas tiveram o mesmo movimento instintivo, aproximando-se uma da outra e segurando-se pela mão.

— Meu primo! — disse Margarida.

D'Artois tinha se detido no portal de entrada, cuja passagem ele barrava completamente. Piscava sem parar. Como ele não desse resposta alguma, ocupado que estava em contemplar as duas mulheres, Margarida retomou, com a voz decidida:

— Olhai-nos, olhai-nos bem! E vêde a que miséria fomos reduzidas. Isso deve ser bem diferente do espetáculo da corte e da lembrança que tendes de nós. Não temos o que vestir. Não temos o que comer. E não temos sequer uma poltrona para oferecer a um conde de vossa importância!

"Será que elas sabem de alguma coisa?", perguntava a si mesmo d'Artois, avançando lentamente. "Será que elas sabem qual a minha responsabilidade na desgraça delas, será que sabem que fui eu que preparei a armadilha em que elas caíram?"

— Robert, é a nossa libertação que vindes nos anunciar? — perguntou Branca de Borgonha.

Ela andava em direção ao gigante, com as mãos estendidas, os olhos brilhantes de esperança.

"Não, elas não sabem nada", pensou d'Artois, "e isso vai tornar minha missão bem mais fácil."

Ele virou-se de repente.

— Bersumée — disse ele —, mas então não há aqui uma lareira acesa?

— Não, Senhor.

— Pois tratem de acendê-la. E os móveis?

— Não, Senhor... As ordens que recebi...

— Móveis, que tragam móveis! Que tirem daqui esse catre imundo! E que no lugar ponham uma cama, cadeiras, tapetes, candelabros. E não vinde me dizer que não tendes nada. Vi o que possuís em vossa morada.

Ele tinha pego o capitão pelo braço.

— E também o que comer — disse Margarida. — Dizei a nosso bom guardião, que nos serve refeições que os porcos teriam deixado no fundo do cocho, que providencie, enfim, para que nos tragam comida digna de nossa linhagem.

— Claro, Senhora, também o que comer! — disse d'Artois. — Patês e assados. Legumes frescos. Belas peras de inverno e geléias de frutas variadas. E vinho, Bersumée, muito vinho!

— Mas, Senhor... — gemeu o capitão.

— Tu me ouviste, não é? — disse d'Artois empurrando-o para fora.

E depois fechou a porta com um pontapé.

— Minhas caras primas — continuou ele —, na verdade, eu esperava pelo pior. Mas vejo com alívio que essa triste estadia quase não modificou os mais belos rostos da França.

— Nós ainda nos lavamos — disse Margarida. — Temos água o bastante.

D'Artois tinha se sentado sobre o degrau e continuava observando as prisioneiras. "Ah, minhas belezuras", repetia ele em seus pensamentos, "eis no que dá querer vestir manto de rainha à custa da herança de Robert d'Artois!" Tentava adivinhar, por sob o vestido grosseiro de lã, se os corpos das duas jovens mulheres tinham perdido as belas curvas de outrora. Ele parecia um enorme gato prestes a brincar com ratinhos fechados numa gaiola.

— Margarida — perguntou ele —, de que tamanho estão vossos cabelos? Já cresceram muito?

Margarida de Borgonha teve um sobressalto como se alguém a espetasse com uma agulha.

— De pé, Senhor d'Artois! — exclamou ela com uma voz cheia de ira. — Por mais reduzida à miséria que eu esteja, ainda continuo não tolerando que um homem se sente em minha presença, quando eu mesma estou de pé!

Ele se levantou lentamente, tirou seu capuz e a reverenciou, com um exagerado movimento cheio de ironia. Margarida virou-se para a janela. Sob o fino feixe de luz que a iluminava, Robert pôde distinguir melhor o rosto de sua vítima. Os traços haviam conservado a beleza. Mas toda a suavidade desaparecera. O nariz estava mais magro, os olhos mais fundos. As covinhas que ainda na primavera passada apareciam naquelas faces cor de âmbar tinham se transformado em pequenas rugas. "Ora essa", pensou d'Artois, "ela conservou um certo orgulho. Isso vai tornar meu jogo ainda mais divertido." Ele gostava de lutar para triunfar depois.

— Minha prima — disse ele com um ar bonachão totalmente fingido —, eu não tinha de forma alguma intenção de vos insultar; estais enganada. Desejava simplesmente saber se vossos cabelos já estavam suficientemente longos para que possais vos apresentar em público.

Margarida não pôde conter um movimento de alegria.

"Apresentar-me em público... Então quer dizer que vou sair. Fui agraciada? É o trono que ele me propõe? Não, não é isso, pois ele me teria anunciado bem antes..."

Os pensamentos dela iam depressa demais, e ela sentia-se vacilar.

— Robert — disse ela —, não me façais sofrer. Não sejais cruel. O que tendes a me dizer?

— Minha prima, vim para vos comunicar...

Branca deixou escapar um grito, e Robert pensou que ela ia desmaiar. Ele deixara sua frase suspensa.

— ... uma mensagem — terminou.

Sentiu prazer ao ver como os ombros das duas mulheres caíram em sinal de decepção, ao mesmo tempo que ouvia seus suspiros.

— Uma mensagem de quem? — perguntou Margarida.

— De Luís, vosso esposo, nosso rei, doravante. E de nosso caro primo, o Senhor de Valois. Mas tenho que falar a sós convosco. Branca, poderia fazer a gentileza de retirar-se?

— Claro — consentiu Branca com submissão —, vou me retirar. Mas antes, meu primo, respondei-me... E Carlos, meu marido?

— A morte do pai foi para ele um duro golpe.

— E de mim... o que ele pensa? Ele fala de mim?

— Creio que lamenta vossa ausência, apesar de tudo que sofreu por vós. Desde os acontecimentos de Pontoise, jamais o vi alegre como ele era antes.

Branca derreteu-se em lágrimas.

— Pensais que ele poderia me perdoar?

— Isso dependerá muito de vossa prima — respondeu d'Artois apontando para Margarida.

Ele foi abrir a porta, seguiu Branca com os olhos enquanto ela subia para o andar superior e fechou-a novamente. Depois foi sentar-se num estreito assento de pedra esculpido num dos lados da lareira, dizendo:

— Permiti-me, agora, minha prima? Antes de mais nada, devo vos informar sobre os negócios da corte, tal como eles se apresentam atualmente.

A corrente de ar glacial que descia pela lareira fez com que ele se levantasse.

— Morre-se de frio aqui! — disse d'Artois.

E foi sentar-se novamente no degrau, enquanto Margarida sentava-se, com as pernas dobradas, no miserável catre coberto de palha que lhe servia como cama. D'Artois continuou:

— Desde os últimos dias de agonia do rei Felipe, Luís, vosso esposo, parece estar muito confuso. Ir dormir príncipe e acordar rei é algo que exige um certo tempo para que se crie o hábito. Ele quase que só ocupava de nome seu trono de Navarra, e tudo lá era feito sem que ele fosse consultado. Podeis dizer-me que Luís tem vinte e cinco anos e que nesta idade é possível reinar. Mas, sem querer injuriá-lo, eu diria que vós sabeis, tanto quanto eu, que a inteligência não é a qualidade que mais o distingue. Portanto, nesses primeiros tempos, seu tio Carlos de Valois o sustenta em tudo e dirige os negócios do reino juntamente com Enguerrand de Marigny. O problema é que esses dois poderosos homens apreciam-se muito pouco e não ouvem com bons ouvidos o que um diz ao outro. Pode-se mesmo prever que logo eles não poderão mais se entender de modo algum, o que deve ocorrer bem depressa, pois a carruagem do reino não pode ser puxada por dois cavalos que pretendem seguir em direções diferentes.

D'Artois tinha mudado completamente de tom. Falava calmamente, claramente, mostrando assim que a turbulência que aparentava ao chegar nos locais que visitava não passava, em grande parte, de uma comédia.

— No que me diz respeito, como vós sabeis — continuou ele —, não gosto nem um pouco de Enguerrand, que muito me prejudicou, e apóio de coração meu primo Valois, de quem sou amigo e aliado em tudo.

Margarida esforçava-se para apreender as intrigas nas quais d'Artois a reintroduzia bruscamente. Ela não estava mais a par de nada, e ele parecia fazer com que seu pensamento saísse de um longo período de sono.

— Luís continua me odiando?

— Ah! Continua, e não posso vos esconder isso, ele vos odeia. Confessai que ele tem suas razões. O par de chifres com que vós decorastes a cabeça dele é bem incômodo, principalmente agora que ele tem que usar a coroa de rei de França. Sabei, prima, que se isso tivesse se passado comigo, eu não teria espalhado a história pelo reino inteiro. Teria agido de maneira a fazer crer que minha honra estava a salvo. Mas vosso esposo e o finado rei, vosso sogro, julgavam as coisas de outra maneira, e tudo se passou como sabemos.

Ele era bem ousado ao deplorar um escândalo que se esforçava a desencadear com todos os seus meios, a fim de que estourasse o mais ruidosamente possível. Prosseguiu:

— A primeira idéia de Luís, depois de o corpo de seu pai ter esfriado, e a única que ele continua tendo, é sair da situação embaraçosa em que se encontra por vossa culpa e apagar a vergonha com a qual vós o cobristes.

— O que Luís quer? — perguntou Margarida.

D'Artois levantou a perna monumental e bateu nas lajotas, duas ou três vezes, com o salto da bota.

— Ele quer pedir a anulação de vosso casamento. Deseja fazê-lo rapidamente, posto que já me enviou até vós.

"Assim, jamais serei rainha de França", pensou Margarida. Os sonhos insensatos que ela quisera alimentar desde a véspera já se desvaneciam. Um dia de sonho para sete meses de prisão... e seria para a vida toda!

Naquele momento dois soldados entraram carregados com lenha e fizeram uma fogueira na lareira.

Depois de saírem, Margarida, avidamente, foi estender as mãos em direção às chamas vermelhas que se levantavam sob a chaminé. Permaneceu silenciosa por alguns instantes, deixando-se invadir pela sensação agradável de calor.

— Pois bem, que ele peça a anulação — disse ela finalmente, com um suspiro. — O que eu posso fazer?

— Pois podeis fazer muito, minha prima, e estamos prontos a receber de vós algumas palavras que não vos custariam quase nada. Ocorre que o adultério não é motivo para anulação. Isso é absurdo, mas é assim. Poderíeis ter tido cem amantes, ao invés de um, poderíeis mesmo ter freqüentado os bordéis, assim mesmo vós continuaríeis indissoluvelmente casada com o homem ao qual vos unistes perante Deus. Interrogai o capelão ou quem quiserdes. Pessoalmente, eu mesmo tive que me informar sobre tais questões, pois não conheço grande coisa em direito canônico. Um matrimônio não pode ser rompido e, se se quer quebrá-lo, é preciso provar que houve impedimento em sua contração ou ainda que a consumação não ocorreu. Vós compreendeis o que digo?

— Sim, sim, eu vos escuto — disse Margarida.

— Pois bem, eis o que o Senhor de Valois imaginou para resolver o problema de seu sobrinho.

Ele esperou um momento, depois limpou a garganta.

— Vós aceitareis reconhecer que vossa filha Jeanne não é filha de Luís; vós reconhecereis que sempre vos recusastes de corpo a vosso esposo e que, assim, não ocorreu de fato o matrimônio. Vós declarareis tudo isso hipocritamente diante de mim e de vosso capelão, que assinará em conjunto tal declaração. Encontraremos sem dificuldade, entre vossos antigos servos ou familiares, algumas testemunhas que por complacência haverão de aceitar certificar esta declaração. Assim, o elo entre vós e Luís não poderá mais ser defendido e a anulação poderá ser pronunciada.

— E o que é que me oferecem em troca disso?

— Em troca? — repetiu d'Artois. — Em troca, minha prima, vós sereis conduzida a algum convento do ducado de Borgonha, até que a anulação seja pronunciada, e em seguida podereis viver como bem entenderdes, ou como aprouver a vossa família.

Num primeiro impulso, Margarida quase respondeu: "Eu aceito; declaro e assino tudo que quiserem, com a condição de sair daqui." Mas percebeu que d'Artois a espiava, pálpebras semifechadas sob seus olhos cinza com uma dureza que não combinava muito com o tom bonachão que ele se esforçava para expressar. "Vou assinar", pensou ela, "e em seguida eles me deixam encarcerada." Já que vinham lhe propor uma negociação, é por que tinham necessidade dela.

— Mas isso significa pedir-me para que conte mentiras terríveis — disse ela.

D'Artois explodiu de rir.

— Ora, minha prima! Vós bem que contastes outras, ao que parece, e sem tantos escrúpulos!

— É possível que eu tenha mudado, que eu tenha me arrependido. Preciso de tempo para pensar antes de tomar uma decisão.

Robert d'Artois fez uma curiosa careta, torcendo os lábios de um lado para o outro.

— Pois assim seja, mas pensai depressa. Pois devo estar em Paris daqui a dois dias, de manhã, para a grande missa dos funerais do rei Felipe, na igreja de Notre Dame. Vinte e três léguas a enfrentar! E isso por caminhos em que se afunda na lama, e ainda por cima agora que os dias são bem curtos. Como vedes, não tenho tempo a perder com bagatelas. Vou dormir durante uma hora e voltarei em seguida para que tomemos juntos uma refeição. Ninguém poderá dizer que não vos fiz companhia nesse primeiro dia em que vos será servida uma boa refeição. Vós tomareis a única decisão possível, estou certo disso.

Ele saiu energicamente e quase derrubou na escada o arqueiro Gros-Guilherme, que vinha subindo, suando e dobrado em dois pelo peso de um enorme baú. Outros móveis estavam amontoados no início da escada.

D'Artois enfiou-se no aposento devastado do capitão da fortaleza e jogou-se no leito que era a única coisa que ali restava.

— Bersumée, meu amigo, que o jantar esteja pronto daqui a uma hora — disse ele. — E chama meu doméstico Lormet, que deve estar com os escudeiros, para que ele venha velar por meu sono.

Pois aquele colosso não temia nada, a não ser a possibilidade de oferecer-se assim, sem defesa, a seus inimigos, durante o sono. E não havia doméstico ou escudeiro que preferisse, como guarda, a seu servidor atarracado, quadrado, grisalho, que o seguia por toda parte e o servia em tudo, tão hábil para lhe arranjar companhia feminina como para apunhalar silenciosamente algum tipo incômodo caso alguma briga estourasse numa taverna qualquer. E ainda por cima malicioso, mas bancando o ingênuo, e ainda mais perigoso pelo fato de não demonstrar, de modo algum, que era na verdade um excelente espião. Quando lhe perguntavam por que ele era tão apegado a seu senhor, Lormet, com suas faces rechonchudas cortadas por um sorriso ao qual faltavam três dentes, respondia:

— Ah... É porque, com cada um de seus mantôs, eu posso fazer para mim dois!

Desde que Lormet entrou no quarto, Robert fechou os olhos e adormeceu num instante, com os braços abertos, as pernas abertas, o ventre para cima, com uma respiração de bicho-papão.

Lormet sentou-se num tamborete, com a adaga pousada sobre os joelhos, e pôs-se em vigília diante do gigante adormecido.

Uma hora mais tarde Robert d'Artois acordou sozinho, espreguiçou como um tigre e levantou-se, com os músculos e o espírito repousados.

— Tua vez de dormir agora, meu bom Lormet — disse ele —, mas, antes, vai me buscar o capelão.

III

A ÚLTIMA CHANCE DE SER RAINHA

O dominicano em desgraça chegou imediatamente, todo agitado por ter sido convocado pessoalmente por um nobre tão importante.

— Irmão — disse-lhe d'Artois —, deveis conhecer bem a Senhora Margarida, posto que escutais suas confissões. Qual é sua maior fraqueza?

— A carne, Senhor — respondeu o capelão, abaixando modestamente os olhos.

— Grande novidade! Mas ainda... não haveria algum outro sentimento nela sobre o qual pudéssemos nos apoiar, a fim de fazer com que escute certas verdades que são de seu próprio interesse e também do interesse do reino?

— Não vejo o que poderia ser, Senhor. Não vejo nada que possa fazer para que ela se dobre... a não ser o ponto sobre o qual acabei de falar. Essa princesa tem a alma dura como uma espada, e nem a prisão poderia enfraquecê-la. Ah! Não é de modo algum uma penitente muito fácil!

Com os braços cruzados, a testa inclinada, ele tentava mostrar-se ao mesmo tempo devoto e hábil. Não refizera recentemente sua tonsura, e seu crânio, acima da coroa dos cabelos, cobria-se de uma rala penugem bege. Seu hábito branco estava sujo de manchas de vinho resistentes a lavagem.

D'Artois permaneceu silencioso por um instante, esfregando uma das faces, porque a tonsura do capelão o fazia pensar em sua barba que começava a crescer.

— E em relação ao problema de que me falastes — continuou ele —, o que é que ela encontrou, aqui, para satisfazer... sua fraqueza, já que é assim que vós chamais essa espécie de vigor?

— Que eu saiba, nada, Senhor.

— Bersumée? De vez em quando ele não lhe faz umas visitas mais demoradas?

— Jamais, Senhor; não posso dizer nada dele — exclamou o capelão.
— E... convosco?
— Oh, Senhor!
— Vamos, vamos! — disse d'Artois. — Isso já aconteceu com outros, e sabe-se que muitos religiosos, uma vez que tiram o hábito, sentem-se tão homens quanto os outros. Quanto a mim, não vejo nisso problema algum, e até mesmo, para falar francamente, acho até que isso é digno de elogios... E com sua prima? Será que as duas damas não se consolam um pouco mutuamente?

— Senhor! — disse o capelão, fingindo grande surpresa, com ares de devoto. — Vós me pedis assim para contar os segredos da confissão!

D'Artois deu-lhe um tapa amical nas costas.

— Vamos, vamos, senhor capelão, sem brincadeira. Se fostes designado para servir uma prisão, não foi para guardar segredos, mas sim para contá-los... àqueles que têm o direito de conhecê-los.

— Nem a Senhora Margarida, nem a Senhora Branca jamais me disseram, em suas confissões, que são culpadas desse tipo de pecado, a não ser em sonho — disse o capelão, abaixando os olhos.

— O que não prova que elas são inocentes, mas sim que são prudentes. Sabeis escrever?

— Claro, Senhor.

— Ah, é? — exclamou surpreso d'Artois. — Então nem todos os monges são uns ignorantes completos, como dizem! Então, irmãozinho, tratai de arranjar um pergaminho, plumas para escrever e todos os ingredientes necessários para rabiscar uma carta, e vinde esperar-me ao lado da escada que vai dar na torre das princesas. Ficareis pronto para subir desde que eu vos chame.

O capelão inclinou-se. Ele tinha algo a acrescentar, mas d'Artois, enrolando-se em seu grande mantô escarlate, já saía. O capelão correu atrás dele.

— Senhor, Senhor — disse ele com uma voz melada —, teríeis a grande bondade, se esse pedido não vos ofende, teríeis a imensa bondade...

— O que é? Que bondade?

— Pois bem, Senhor, a bondade de dizer ao irmão Renaud, o grande inquisidor, caso vós o encontreis, que continuo sendo um monge obediente e que ele não me esqueça por muito tempo nessa fortaleza, onde sirvo da melhor maneira que posso, já que obedeço à vontade de Deus, que para cá me enviou. Mas tenho alguns méritos, Senhor, como pudestes ver, e desejaria muito que me dessem outra colocação.

— Vou pensar no assunto, direi a ele, sim — respondeu d'Artois, que já sabia que jamais diria coisa alguma.

No quarto de Margarida, as duas princesas acabavam de fazer a toalete. Acabavam de se lavar demoradamente diante da lareira, fazendo com que o prazer reencontrado durasse o máximo possível. Os cabelos curtos das duas ainda estavam cheios de gotinhas, e elas acabavam de vestir novamente os dois camisolões brancos, duros de tanta goma, largos demais e fechados até o pescoço. Quando a porta se abriu, as duas tiveram um mesmo sobressalto de recuo pudico.

— Oh, minhas primas — disse Robert —, não vos preocupeis. Permanecei como estais. Sou da família. E depois, esses camisolões escondem muito mais vossos corpos do que os vestidos que vós usáveis outrora. Assemelhai-vos a pequenas monjas. Mas tendes um aspecto melhor agora e as cores começam a voltar a vossas faces. Confessai que vossa sorte não demorou muito a mudar depois de minha chegada.

— Sim, meu primo, obrigada! — exclamou Branca.

O aposento estava transformado. Tinham instalado nele uma cama, dois baús que serviam de bancos, uma cadeira com espaldar, tripés e uma mesa sobre a qual estavam dispostas tigelas, taças e o vinho de Bersumée. Um círio estava aceso, pois mesmo que o meio-dia ainda nem tivesse soado no sino agudo da capela, a luz daquele dia de neve já não era bastante para iluminar o interior da torre. Na lareira queimavam pesados troncos cuja umidade escapava pelas pontas, em bolhinhas, fazendo um chiado.

Logo depois de Robert entraram o sargento Lalaine, o arqueiro Gros-Guilherme e um outro soldado, que trazia um caldo espesso e fervendo de tão quente, um enorme pão redondo como um bolo, um patê envolto por uma casca dourada, uma lebre assada, pedaços de ganso em conserva e algumas excelentes peras que Bersumée pudera arranjar no povoado vizinho, Les Andelys, mediante a ameaça de devastar o local.

— Como? — exclamou d'Artois. — Isso é tudo o que trazeis? Eu vos disse que preparassem uma excelente ceia!

— Já é um milagre, Senhor, que tenhamos encontrado isso tudo, nesses tempos de fome — respondeu Lalaine.

— Tempos de fome para os mendigos, talvez, que são tão vagabundos que gostariam que a terra produzisse sem que se precisasse plantar. Mas não para as pessoas de bem! É a primeira e última vez que faço uma refeição tão modesta, desde o tempo em que chupava as tetas de minha mãe.

As prisioneiras olhavam com olhos de felinos selvagens aqueles víveres esparramados diante delas, que d'Artois fingia desprezar. Branca tinha os olhos lacrimejantes. E os três soldados também contemplavam a mesa, com olhos maravilhados de cobiça.

Gros-Guilherme, cuja gordura era resultante unicamente da sopa requentada de centeio que ele tomava todos os dias, aproximou-se prudentemente para fatiar o pão, pois normalmente servia o jantar do capitão.

— Não! — urrou d'Artois. — Não põe essa pata suja em meu pão! Nós o cortaremos sozinhos. Fora daqui, antes que eu me aborreça!

Depois de os arqueiros terem desaparecido, ele acrescentou, num tom brincalhão:

— Vamos lá! Vou ver se me acostumo um pouco à vida de prisioneiro. Quem sabe?

Convidou Margarida a sentar-se na cadeira com espaldar.

— Branca e eu nos sentaremos neste banco — disse ele.

Serviu o vinho e, levantando sua taça diante de Margarida, lançou:

— Viva a rainha!

— Não zombais de mim, meu primo — disse Margarida de Borgonha. — Isso é não ter nenhuma caridade.

— Mas não estou zombando. Escutai minhas palavras pelo que elas querem dizer. Vós ainda sois rainha, hoje... e desejo que possais viver, simplesmente.

E o silêncio caiu sobre eles, pois começaram a ceiar. Qualquer outro, no lugar de Robert, teria se emocionado ao ver as duas mulheres jogando-se sobre as iguarias como duas pobretonas quaisquer. Elas nem sequer tentavam fingir alguma compostura, e bebiam avidamente o caldo e davam mordidas no patê quase sem ter tempo de respirar.

D'Artois tinha espetado a lebre assada com a ponta da adaga e a punha sobre as brasas da lareira para esquentá-la de novo. Ao fazê-lo, continuava observando as primas, e um riso de escárnio lhe subia pela garganta. "Se eu pusesse os pratos no chão, elas se poriam de quatro para lambê-los."

Bebiam o vinho do capitão como se quisessem compensar sete meses de sede; o sangue coloria as faces de ambas. "Elas vão ficar doentes", pensava d'Artois, "e vão acabar esse belo dia vomitando as tripas."

Ele próprio comia por uma esquadra inteira. Seu prodigioso apetite, herança de família, não era uma lenda, e teria sido necessário cortar em quatro cada um dos bocados que enfiava na boca para oferecê-los a uma goela normal. Devorava o ganso em conserva tal como, normalmente, pode-se comer um passarinho assado, mastigando os ossos. Desculpou-se, com modéstia, por não usar o mesmo expediente com a carcaça da lebre.

— Os ossos de lebre — explicou d'Artois — quebram-se em lascas e devoram as entranhas.

Enfim, quando cada qual se sentiu satisfeito, d'Artois fez um sinal a Branca, convidando-a a se retirar. Ela se levantou sem se fazer rogar, ainda que sentisse as pernas bambas. Sua cabeça girava e parecia estar necessitada de encontrar uma cama. Robert teve então, excepcionalmente, um pensamento caridoso: "Se ela sair assim no frio, não vai agüentar."

— Acenderam a lareira também em vosso aposento? — perguntou ele.

— Sim, obrigada, meu primo — respondeu Branca. — Nossa vida transformou-se mesmo completamente, graças a vós. Ah! Como sois bom, meu primo, eu vos amo... Podeis dizer a Carlos, não é mesmo, podeis dizer-lhe que eu o amo, podeis pedir-lhe que me perdoe, pois eu o amo.

Ela amava todo mundo naquele momento. Estava levemente bêbada e quase caiu na escada. "Se eu tivesse vindo aqui apenas em busca de divertimento", pensou d'Artois, "essa aí quase que não me oporia resistência. Basta dar uma boa quantidade de vinho a uma princesa... e pronto: logo ela começa a se comportar como uma vagabunda qualquer. A outra também me parece estar no ponto."

Ele alimentou novamente a lareira com mais lenha, encheu as taças, para Margarida e para ele mesmo.

— Então, minha prima — disse ele. — Pensastes?

Margarida parecia toda amolecida pelo calor e pelo vinho.

— Pensei, Robert, pensei, sim. E acho que vou recusar — respondeu ela, aproximando sua cadeira do fogo.

— Vamos, minha prima, sois insensata! — exclamou Robert.

— É isso mesmo, é isso, sim, creio que vou recusar — repetiu ela com uma voz suave.

O gigante fez um movimento de impaciência.

— Margarida, escutai-me bem. Tereis todas as vantagens ao aceitar a minha proposta agora. Luís é de natureza impaciente e está pronto a ceder diante de qualquer coisa para obter imediatamente o que deseja. Jamais tereis outra ocasião para tirar tão bom partido das circunstâncias. Rogo que declareis o que peço. Vosso caso não precisa ir até a Santa Sé. Pode ser julgado pelo tribunal episcopal de Paris. Antes mesmo de se esgotarem três meses, vós tereis recuperado a vossa total liberdade.

— Caso contrário?

Ela mantinha-se um pouco inclinada em direção ao fogo, com as palmas das mãos oferecidas às chamas, balançando a cabeça. O laço do cordãozinho que fechava a gola de seu camisolão tinha se desfeito, e ela oferecia seu colo, aparente devido ao decote profundo, aos olhares do primo. "A antipática conservou uns belos seios", pensava d'Artois, "e parece não ser muito avarenta quando se trata de mostrá-los..."

— Caso contrário? — repetiu ela.

— Caso contrário a anulação será pronunciada de qualquer maneira, minha amiga, pois sempre se encontra um motivo para a anulação de um matrimônio real. Logo que houver um papa...

— Ah... mas então ainda não ocorreu a eleição do papa? — perguntou Margarida.

Robert d'Artois mordeu os lábios. Ele cometera um erro. Não pensara que Margarida de Borgonha podia ignorar, no fundo de sua prisão, aquilo de que o mundo inteiro estava informado, isto é, que depois da morte de Clemente V, o conclave não chegava a eleger um novo pontífice. Ele acabava de fornecer uma boa arma a sua adversária, que, a julgar pela rapidez da reação, não estava assim tão enlanguescida quanto pretendia parecer.

Uma vez cometida tal inadvertência, ele tentou tirar proveito, por meio do jogo da falsa franqueza, no qual era mestre.

— Mas essa é justamente a vossa chance! — exclamou Robert. — É precisamente isso que eu queria vos explicar. A partir do momento em que esses cardeais patifes, que vendem promessas como se fossem feirantes, tiverem vendido seus votos para consentir num acordo com o rei, Luís não terá mais necessidade de vossa ajuda. Tudo que tereis ganho é um ódio ainda maior, o que fará com que fiqueis encarcerada para sempre.

— Eu compreendo bem o que dizeis. Mas também compreendo que, por todo o tempo em que não houver um papa, nada poderão fazer sem mim.

— Vossa obstinação é uma besteira, minha amiga.

Ele veio para perto dela, pôs em seu pescoço sua enorme pata e começou a acariciar-lhe os ombros, sob o camisolão.

O contato daquela grande mão musculosa pareceu perturbar Margarida.

— Que grande interesse teríeis, Robert, em minha aceitação dessa proposta? — perguntou ela suavemente.

Ele se debruçou sobre ela até tocar com os lábios seus cachinhos negros. Ele cheirava a couro e a suor de cavalo; cheirava a cansaço, a lama, a caça e alimentos fortes. Margarida encontrava-se como que envolvida por aquele espesso odor de macho.

— Eu vos aprecio tanto, Margarida — respondeu ele. — Sempre apreciei, vós sabeis. E agora nossos interesses encontram-se unidos. Deveis recuperar a liberdade. E quanto a mim, quero satisfazer Luís para ser favorecido por ele. Podeis ver que devemos nos aliar.

Ao mesmo tempo ele mergulhou a sua mão forte sob o camisolão de Margarida, sem que ela lhe opusesse resistência alguma. Ao contrário, ela apoiava a cabeça contra o punho do primo e parecia entregar-se.

— Não é uma pena — continuou Robert — que um corpo tão belo, tão suave e apetitoso, seja privado dos prazeres da natureza? Aceitai, Margarida, e vos levarei comigo hoje ainda para longe dessa prisão. Eu vos conduzirei inicialmente a alguma agradável hospedaria de convento, em que poderei vir regularmente vos visitar e cuidar de vós... Que importância, na verdade, tem para vós o fato de declarar que vossa filha não é de Luís, posto que jamais amastes essa criança?

Ela levantou os olhos.

— Pois o fato de não amá-la não é precisamente prova de que ela é filha de meu esposo?

Ela permaneceu sonhadora por um momento, com o olhar perdido. Os paus de lenha desmoronaram na lareira, iluminando o aposento com um enorme jorro de faíscas. E Margarida de repente começou a rir.

— O que vos diverte tanto? — perguntou-lhe Robert.

— O teto — respondeu ela. — Acabei de perceber que ele se assemelha ao do palacete de Nesle.

D'Artois reergueu-se, estupefato. Não podia impedir-se de ter alguma admiração por tanto cinismo misturado a tanta astúcia. "Essa aí, pelo menos, é uma mulher de verdade!", pensava ele.

Ela o olhava, gigantesco diante da lareira, plantado sobre suas coxas sólidas como troncos de árvore. As chamas faziam brilhar suas botas vermelhas e cintilar a fivela de seu cinturão.

Ela se levantou e ele a puxou para junto de si.

— Ah, minha prima... — disse ele. — Se tivesse cabido a mim desposá-la... ou mesmo se tivesse sido eu o escolhido como vosso amante, no lugar daquele tolo jovem escudeiro, as coisas não teriam se passado da mesma maneira... e teríamos sido bem felizes.

— Talvez — murmurou ela.

Ele a segurava pela cintura e tinha a impressão de que num instante ela não seria mais capaz de pensar em nada.

— Ainda não é muito tarde, Margarida — sussurrou ele.

— Talvez não... — respondeu ela com uma voz abafada, cheia de consentimento.

— Então, livremo-nos antes de mais nada dessa carta que deve ser escrita e em seguida poderemos nos consagrar somente ao nosso amor. Façamos subir o capelão que espera lá embaixo...

Ela se livrou com um salto, os olhos brilhando de ira.

— Mas então ele está esperando embaixo? Ah, meu primo, pensastes que sou tão tola a ponto de me deixar levar por vossas carícias? Acabais de me tratar como normalmente as vagabundas fazem com os homens, excitando-lhes os sentidos para depois melhor submetê-los a suas vontades. Mas esqueceis que, nesse tipo de profissão, as mulheres são mais fortes e vós não passais de um aprendiz.

Ela o desafiava, nervosa, de pé, e fechava de novo a gola do camisolão.

Ele afirmou que ela estava completamente enganada, que ele desejava unicamente seu bem, que estava sinceramente apaixonado por ela...

Margarida considerava-o com ares zombeteiros. Ele tomou-a de volta em seus braços, mesmo vendo que ela se debatia, e levou-a até a cama.

— Não, eu não vou assinar! — gritava ela. — Podeis violar-me se quiserdes, pois sois pesado demais para que eu possa resistir. Mas contarei ao capelão, contarei a Bersumée, farei com que Marigny saiba que belo embaixador vós sois e como pudestes abusar de mim.

Ele a largou, furioso.

— Jamais, escutais bem, jamais podereis fazer-me confessar que minha filha não é de Luís, porque caso Luís venha a morrer, o que desejo com todas as minhas forças, será então minha filha que se tornará rainha de França. E então seria preciso contar comigo no papel de rainha-mãe.

D'Artois permaneceu estupefato, por um instante. "Ela pensa em tudo, essa biscate", disse consigo mesmo, "e a sorte bem que poderia jogar a seu favor..." Ele estava abatido.

— Vossa chance é bem pequena — replicou ele finalmente.

— Mas não tenho outra, e a que tenho não jogo fora.

— Como quiserdes, minha prima — disse ele dirigindo-se à porta.

O fracasso provocara nele uma grande raiva. Sem sequer dizer adeus, ele despencou pela escada e lá encontrou o capelão, carmesim de tanto frio sob seus cabelos desbotados, batendo as solas no chão, e com as plumas para escrever em punho.

— Sois um grande asno, meu irmãozinho — gritou d'Artois — e não sei com que diabos descobris tanta fraqueza em vossas penitentes!

Depois ele chamou:

— Escudeiros! Os cavalos!

Bersumée surgiu, ainda usando seu capacete de ferro.

— Senhor, desejais visitar a praça forte?

— Muitíssimo agradecido. O que vi me basta.

— Quais são as vossas ordens?

— Que ordens? Obedecei às que recebestes anteriormente.

Nesse momento traziam até d'Artois seu cavalo, e Lormet já lhe apresentava o estribo.

— E os gastos com a ceia, Senhor? — perguntou ainda Bersumée.

— Entregai a conta ao Senhor de Marigny. Vamos, dai ordem para abaixar a ponte!

Num salto certeiro, d'Artois montou sobre a sela e partiu a galope. Seguido por sua escolta, atravessou o corpo de guarda. Bersumée, sobrancelhas franzidas, sem saber onde pôr as mãos, olhou a cavalgada dos homens em direção ao Sena em meio a um enorme jorro de lama.

IV

A BASÍLICA DE SAINT-DENIS

As chamas de centenas de círios, dispostos em grupos em volta dos pilares, projetavam clarões móveis sobre os túmulos dos reis. Os longos jazigos de pedra pareciam percorridos de estremecimentos, como num sonho, e ter-se-ia dito que eles eram um exército de cavaleiros adormecidos pela magia de uma floresta em fogo.

Na basílica Saint-Denis, necrópole real, a corte assistia ao enterro de Felipe, o Belo. Diante da mais nova tumba, toda a tribo dos Capetos, usando vestimentas sombrias e suntuosas, permanecia alinhada na nave central: príncipes de sangue, pares laicos, pares eclesiásticos, membros do Conselho restrito, esmoleres-mor, condestáveis, dignitários.[1]

Acompanhado por cinco oficiais do palácio, o supremo chefe da casa real avançou com um passo solene até a beirada da cova, na qual o ataúde já fora depositado; jogou no fosso o bastão esculpido que era a insígnia de seu cargo e pronunciou a fórmula que marcava oficialmente a passagem de um reino a outro:

— O rei morreu! Viva o rei!

Os assistentes logo repetiram:

— O rei morreu! Viva o rei!

E os gritos de cem peitos, repercutidos de trava em trava, de ogiva em ogiva, ecoaram por muito tempo nas alturas das abóbadas.

O príncipe dos olhos fugidios, dos ombros estreitos e do peito atrofiado que, naquele minuto, tornava-se rei de França, experimentou uma estranha sensação na nuca, como se as estrelas viessem estourar bem ali. A angústia tomou conta dele, a tal ponto que temeu cair desmaiado.

À direita dele, seus dois irmãos, Felipe, conde de Poitiers, e Carlos, que ainda não possuía apanágio algum, olhavam intensamente para o túmulo.

À esquerda mantinham-se seus dois tios, o conde de Valois e o conde de Évreux, dois homens de grande estatura. O primeiro tinha ultrapassado os quarenta anos, o segundo não estava longe de chegar neles.

O conde de Évreux encontrava-se assaltado por imagens antigas. "Há vinte e nove anos, nós também éramos três filhos, nesse mesmo lugar, diante do túmulo de nosso pai... E agora o primeiro de nós já se vai. A vida já passou."

Seu olhar pousou sobre o jazigo imediatamente vizinho, que era o do rei Felipe III. "Pai", orou intensamente Luís de Évreux, "acolhei no reino do além meu irmão Felipe, pois ele vos sucedeu com honra."

Um pouco mais adiante, encontravam-se o túmulo de São Luís e as pesadas efígies dos grandes antepassados. Do outro lado da nave, percebiam-se os espaços abertos que se abririam um dia para o jovem homem que, sendo o décimo a receber o nome de Luís, acedia agora ao trono e, depois dele, reino após reino, para todos os reis futuros. "Ainda há lugar para muitos séculos", pensou o conde Luís de Évreux.

O conde de Valois, com os braços cruzados e queixo empinado, observava tudo e cuidava para que a cerimônia se desenrolasse como devia.

— O rei morreu! Viva o rei!

Por cinco vezes ainda, o grito ecoou através da basílica, à medida que desfilavam os mordomos do palácio, que vinham jogar seus bastões de função no fosso. O último bastão chocou-se contra o ataúde, e o silêncio caiu entre a assembléia.

Naquele momento Luís X foi tomado por um violento acesso de tosse que não pôde, por mais que se esforçasse, dominar. Um fluxo de sangue subiu-lhe às faces, e ele foi sacudido, por um minuto inteiro, como se fosse escarrar a alma diante do túmulo do pai.

Os assistentes se entreolharam. As mitras debruçaram-se em direção às mitras, e as coroas em direção às coroas. Ouviram-se cochichos de inquietude e de piedade. Cada qual pensava: "E se esse aí também morresse daqui a algumas semanas?"

Em meio aos pares laicos, a poderosa condessa Mahaut d'Artois, alta, larga, com o rosto cheio de veinhas arrebentadas, observava seu sobrinho Robert, cujas mandíbulas emergiam acima de todas as testas. Ela se perguntava por que, na véspera, ele chegara na igreja de Notre Dame, em pleno ofício fúnebre, com a barba por fazer e com as botas cheias de lama. Se Robert aparecia, havia intriga no ar. Ele parecia ter muita força na corte naqueles dias, o que não deixava de inquietar Mahaut, que havia caído na estima real depois que suas duas filhas tinham sido emprisionadas, uma em Dourdan, outra em Château-Gaillard.

Circundado pelos legiferadores do Conselho, Enguerrand de Marigny, coadjutor do soberano que estava sendo enterrado, usava trajes de luto dignos de um príncipe. Marigny era desses raros homens que podem ter a certeza de entrar para a História ainda em vida, pelo fato de a terem feito eles mesmos. "Vossa Majestade, o rei Felipe, meu rei...", pensava ele dirigindo-se para o ataúde. "Por quantos dias trabalhamos lado a lado! Pensávamos do mesmo modo em relação a todos os problemas. Cometemos erros e os corrigimos... Em vossos derradeiros dias, vós vos distanciastes um pouco de mim, pois vosso espírito estava enfraquecido e os invejosos queriam nos separar. Agora estarei sozinho no trabalho. Eu vos juro defender o que realizamos juntos."

Marigny precisava representar a si mesmo sua prodigiosa carreira, considerando de onde ele partira e onde chegara, a fim de medir naquele instante seu poder e, ao mesmo tempo, sua solidão. "A obra que consiste em governar jamais está acabada", dizia a si mesmo. Havia certo fervor naquele grande político, e ele pensava verdadeiramente no reino como se fosse um segundo rei.

O abade de Saint-Denis, Egidius de Chambly, de joelhos diante do fosso, fez um último sinal da cruz, depois levantou-se, e seis monges empurraram a pesada pedra achatada que devia fechar o túmulo.

Nunca mais Luís de Navarra, a partir de agora Luís X, ouviria a terrível voz de seu pai dizer-lhe durante as reuniões do Conselho:

— Calai-vos, Luís!

Mas longe de sentir-se libertado, ele experimentava uma fraqueza cheia de pânico. Teve um sobressalto, porque pronunciavam ao lado dele:

— Vamos, Luís!

Era Carlos de Valois que o convidava a avançar. Luís X virou-se para o tio e perguntou:

— Vós o vistes quando ele se tornou rei. O que foi que ele fez? O que foi que ele fez?

— Ele se investiu imediatamente de seu cargo — respondeu Carlos de Valois.

"E ele tinha dezoito anos, sete anos a menos do que eu...", pensou Luís X. Todos os olhares concentravam-se nele. Teve que fazer um grande esforço para andar. Em seguida, a tribo dos Capetos, príncipes, pares, barões, prelados, dignitários, por entre os círios agrupados e os jazigos dos reis, atravessou a sepultura familiar. Os monges de Saint-Denis fechavam o cortejo, com as mãos cruzadas por dentro das mangas largas das batinas, cantando um salmo.

Passaram assim da basílica para a sala capitular da abadia, em que era servida a refeição que marcava o final dos funerais...

— Vossa Majestade — disse o abade Egidius —, faremos agora duas preces: uma para o rei que Deus chamou junto a si, outra para o rei que ele nos dá.

— Eu vos agradeço, meu pai — disse Luís X com uma voz hesitante.

Depois se sentou com um suspiro de lassidão e pediu imediatamente uma taça de água, que esvaziou de um só gole. Durante toda a refeição ele permaneceu silencioso. Sentia-se febril, estafado de alma e corpo.

"É preciso ser robusto para ser rei", dizia outrora Felipe, o Belo, a seus filhos, quando estes reclamavam dos exercícios eqüestres ou da aprendizagem das armas. "É preciso ser robusto para ser rei", repetia a si mesmo Luís X, naquele primeiro momento de seu reinado. Nele, a fadiga engendrava a irritação, e ele pensava com um humor duvidoso que aquele que herda um trono deveria herdar também a força para se manter ereto nele.

De fato, o que o cerimonial exigia do soberano, para sua entrada em função, era realmente estafante.

Luís, depois de ter assistido à agonia do pai, fora obrigado a tomar suas refeições, durante dois dias, junto ao cadáver embalsamado. O princípio da realeza estabelecia que não havia nem acumulação de poder real nem ruptura dele, o que significava que o rei morto reinava até que se realizasse seu sepultamento; o sucessor do trono, assim, ao lado dos despojos mortais do falecido, comia, de certa maneira, *para* ele, em seu lugar.

Mais do que a presença daquela grande forma cerosa, esvaziada das entranhas e revestida com trajes de aparato, tinha sido difícil para Luís a contemplação do coração de seu pai, colocado perto do leito funerário, num cofre de cristal e de bronze dourado. Cada um que via aquele coração, com as artérias cortadas rente, por detrás do vidro, permanecia estupefato devido a seu pequeno tamanho; "um coração de criança... ou de passarinho", murmuravam os visitantes. E era difícil acreditar que um órgão tão minúsculo tivesse animado tão terrível monarca.[2]

Depois o corpo tinha sido transportado, por vias fluviais, de Fontainebleau para Paris; em seguida, na própria capital, tinham se sucedido o despacho de mensageiros, as vigílias, os ofícios religiosos e as procissões intermináveis, tudo isso num horroroso clima de inverno em que se chafurdava na lama gelada, um vento traiçoeiro cortava o peito e uma nevezinha malvada açoitava o rosto.

Luís X invejava seu tio Carlos de Valois que, constantemente ao lado dele, decidindo sobre todos os assuntos, tomando providências em relação aos problemas do direito de precedência, era infatigável, voluntário e parecia ter nervos de rei.

Já ao falar com o abade Egidius, Valois, tinha começado a se preocupar com a sagração de Luís X, que ocorreria no verão seguinte. Pois o abade de Saint-Denis não tinha somente a guarda dos túmulos reais e do pendão real da França, mas também das vestimentas e atributos usados pelos reis durante a coroação. Valois fazia questão de saber se tudo estava em ordem. O grande mantô real não teria sofrido alguns estragos no decorrer daqueles vinte e nove anos? E os cofres de jóias que transportariam o cetro até Reims, as esporas reais e a mão de justiça*, estariam em bom estado? Os ourives precisariam se pôr ao trabalho o mais depressa possível a fim de adaptar o tamanho da coroa à cabeça do novo rei.

O abade Egidius observava que a tosse continuava sacudindo o jovem rei sem parar e pensava: "Claro, vamos preparar tudo; mas será que ele vai chegar até lá?"

Quando acabaram a refeição, Hugues de Bouville, camareiro-mor de Felipe, o Belo, veio quebrar diante de Luís X seu bastão dourado, mostrando com isso que seu ofício estava terminado. O gordo Bouville tinha os olhos cheios de lágrimas; suas mãos tremiam e teve que recomeçar três vezes até conseguir quebrar o cetro de madeira, imagem de delegação do grande cetro real de ouro. Depois, murmurou ao camareiro-mor de Luís, Mathieu de Trye, que ia sucedê-lo naquelas funções:

— Vossa vez, senhor.

Então a tribo dos Capetos deixou a mesa e dirigiu-se ao pátio em que esperavam as montarias.

Do lado de fora, a multidão era bem magra para gritar: "Viva o rei!" Os súditos já tinham sentido frio o bastante, na véspera, olhando o grande cortejo

---

* Cetro real em cuja extremidade é representada uma mão esculpida em marfim ou em metal precioso. (N. T.)

formado pelas tropas, pelo corpo eclesiástico, pelos mestres de Universidade, pelas corporações diversas; o espetáculo do dia seguinte não oferecia mais nada que pudesse maravilhar. Caía uma espécie de granizo que atravessava as roupas até a pele; e apenas alguns fanáticos da adulação saudavam o novo rei, ou então as pessoas da vizinhança, que podiam gritar da porta de casa sem se molhar.

Desde a infância, Luís, o Cabeçudo, esperava o momento de reinar. A cada admoestação, fracasso ou contrariedade que punha em relevo sua mediocridade de espírito e de caráter, dizia consigo mesmo, enraivecido: "No dia em que eu for rei..." E mais de cem vezes ele desejara que a sorte apressasse o desaparecimento de seu pai.

Ora, eis que soava a hora tão esperada, eis que ele acabava de ser proclamado rei. Acabava de sair de Saint-Denis... Mas nada o convencia, interiormente, de que alguma mudança tivesse se produzido nele. Sentia-se apenas mais fraco do que na véspera e pensava ainda mais naquele pai que jamais amara.

Com a cabeça baixa, os ombros trêmulos, ele conduzia seu cavalo por entre os campos desertos em que restos de palha despontavam em meio aos restos de neve. O crepúsculo caía rapidamente. Chegando à porta de Paris, o cortejo fez uma parada para permitir aos arqueiros da escolta que iluminassem as tochas.

O povo da capital quase não foi mais entusiasta do que o de Saint-Denis. Aliás, que razões teria para se mostrar alegre? O inverno precoce entravava os transportes e multiplicava os falecimentos. As últimas colheitas tinham sido ruins. Os víveres encareciam à medida que se tornavam mais raros. A fome pairava no ar. E o pouco que se conhecia do novo rei não incitava à esperança.

Dizia-se que era desajeitado, briguento e cruel; e o público, que já o designava por um apelido nada lisonjeador, não podia citar nenhum ato importante ou generoso que ele tivesse feito. Sua única fama vinha do infortúnio conjugal.

"É por isso que o povo não me testemunha afeição alguma", dizia-se Luís X; "a culpa é daquela vagabunda que lançou a injúria sobre mim, diante de todos... Mas se eles não querem me amar, vão ver... eu os farei tremer até que me aclamem como se me amassem perdidamente. E antes de mais nada hei de encontrar uma esposa para ter a meu lado uma rainha... e assim minha desonra será apagada".

Mas o relatório que lhe fizera na véspera seu primo Robert d'Artois, de volta da fortaleza de Château-Gaillard, não supunha que seus planos se realizassem facilmente. "A biscate acabará cedendo! Vou infligir-lhe um tratamento tão cruel e tormentos tais, que ela acabará cedendo!"

Em meio às camadas mais baixas do povo, correra a notícia que o novo rei distribuiria moedas em sua passagem, por isso grupos de pobres esperavam nas esquinas. As tochas dos arqueiros iluminavam por um instante os rostos magros, os olhos ávidos e as mãos estendidas dos pobres. Mas nenhuma moeda, por menor que fosse, foi distribuída.

Passando pelo Châtelet e por uma das pontes sobre o Sena, o cortejo atingiu assim o palácio da ilha da Cité.

A condessa Mahaut deu o sinal de dispersão, declarando que cada qual tinha agora necessidade de abrigar-se do frio e de repousar, e que ela voltaria para o palácio d'Artois. Prelados e senhores feudais tomaram o caminho de suas moradas. Os irmãos do novo rei, eles próprios, também se retiraram. De tal modo que, quando pôs os pés no chão, Luís X não se encontrava mais circundado por tantas pessoas, tendo com ele apenas os servos e escudeiros pessoais, seus tios Évreux e Valois, Marigny e Mathieu de Trye.

Passaram pela galeria merceeira, imensa e quase deserta naquela hora. Alguns mercadores, que acabavam de trancar com cadeados suas bancas, tiraram os gorros em sinal de respeito.

O Cabeçudo avançava lentamente, as pernas duras nas botas pesadas, o corpo quente de febre. Ele olhava, à direita e à esquerda, as quarenta estátuas de reis, colocadas no alto sobre largos pedestais esculpidos, que Felipe, o Belo, tinha decidido colocar ali, na entrada da habitação real, tal como réplicas de pé das estátuas que jaziam em Saint-Denis, a fim de que o soberano vivo aparecesse para cada visitante como o continuador de um raça sagrada, designada por Deus para exercer o poder.

Aquela colossal família de pedra, de olhos brancos sob o clarão das tochas, só podia abater ainda mais o pobre príncipe de carne e osso que encarnava agora a sucessão real.

Um merceeiro disse à sua mulher:

— Nosso rei não tem ares de muito orgulho.

A mulher, zombeteira, respondeu:

— Ele tem mesmo é ares de chifrudo.

Ela não falara muito alto, mas sua voz aguda ressoou no silêncio. O Cabeçudo estremeceu, com o rosto bruscamente inflamado de raiva, buscando descobrir o autor do insulto. Cada qual, na escolta, desviava os olhos e fingia não ter ouvido nada.

Dos dois lados do arco de estilo gótico florido que sobrepujava a escadaria principal, encontravam-se, uma fazendo pendente à outra, as estátuas de Felipe, o Belo, e de Enguerrand de Marigny; pois o coadjutor recebera essa honra única de ter sua efígie numa galeria de reis. Honra justificada, aliás, pelo fato de que o embelezamento do Palácio era, essencialmente, obra sua.

Ora, a estátua de Enguerrand irritava, mais do que qualquer outro, Carlos de Valois que, cada vez que passava diante dela, indignava-se por ver ali colocado aquele burguês. "A astúcia e a intriga levaram-no a tanta impudência, que ele assume ares de quem tem sangue igual ao nosso. Mas isso não tarda por esperar", pensava Valois; "nós vamos fazer-vos descer desse pedestal e vos ensinaremos muito depressa que o tempo de vossa grandeza faz parte do passado."

— Senhor Enguerrand — disse ele a seu inimigo, com altivez —, creio que agora o rei pretende reunir-se apenas com sua família.

Marigny, a fim de evitar uma explosão, não quis demonstrar que compreendera o que o outro queria dizer. Assim mesmo, quis mostrar que só recebia ordens do rei e disse, dirigindo-se a este:

— Vossa Majestade, muitos negócios pendentes me esperam. Posso retirar-me?

Os pensamentos de Luís estavam longe. A palavra lançada pela merceeira ressoava em sua cabeça.

— Retirai-vos, senhor, retirai-vos — respondeu ele com impaciência.

V

O REI, SEUS TIOS E O DESTINO

A mãe de Luís X, a rainha Jeanne, herdeira da Navarra, morrera em 1305. A partir de 1307, isto é, a partir do momento em que, com dezoito anos, ele fora investido oficialmente da coroa de Navarra, Luís recebera o palácio de Nesle como residência pessoal. Portanto, jamais tinha vivido no palácio real desde as reformas autorizadas por seu pai nos últimos anos.

Assim, naquela noite de dezembro, de volta de Saint-Denis, ao entrar nos apartamentos reais para deles tomar posse, não encontrava nada que lembrasse sua infância. Nenhuma marca no assoalho que ele conhecesse desde sempre, nenhum rangido familiar nessa ou naquela porta que ele sempre tivesse ouvido, nada que pudesse emocioná-lo ou enternecê-lo. Seu olhar não encontrava nada que lhe permitisse dizer: "Minha mãe, diante desta lareira, me pegava em seu colo... diante dessa janela, reconheci a chegada da primavera pela primeira vez..." As janelas tinham agora outras proporções, as lareiras eram novas.

Soberano econômico, quase avarento no que dizia respeito às despesas pessoais, Felipe, o Belo, não se continha quando se tratava de enaltecer a realeza. Queria que o palácio fosse de uma imponência esmagadora, tanto no exterior quanto no interior, e que de alguma forma constituísse um equilíbrio em relação ao centro da capital, isto é, à igreja de Notre Dame. De um lado, a grandeza do Estado; de outro, a glória de Deus; aqui, a glória do rei.

Para Luís, aquela era a morada do pai, um pai silencioso, distante, terrível. De todos os aposentos, o único que lhe parecia familiar era a sala do Conselho, em que tantas vezes ouvira, mal abrira a boca: "Calai-vos, Luís!"

Avançava de sala em sala. Alguns domésticos, seguindo silenciosamente seus passos, deslizavam ao longo das paredes; os secretários apagavam-se nas escadas; todos observavam ainda um silêncio de vigília mortuária.

Foi no aposento em que Felipe, o Belo, normalmente se encerrava para trabalhar que Luís finalmente se deteve. Era de dimensões modestas, mas com uma enorme lareira em que ardia um fogo suficiente para assar um boi. Para que fosse possível aproveitar o calor sem sofrer com o ardor das chamas, alguns guarda-fogos de vime trançado, que um servo vinha regar de tempos em tempos, tinham sido dispostos diante do fogo. Candelabros em forma de coroa, de seis velas, propiciavam uma boa iluminação.

Luís despojou-se de sua capa, que pendurou num dos guarda-fogos. Seus tios, seu primo e seu camareiro fizeram como ele; logo os pesados tecidos encharcados de água, os veludos, as peliças, os mantôs bordados, puseram-se a fumegar, enquanto os cinco homens, usando agora apenas camisas e calças compridas, esquentavam-se junto ao fogo, semelhantes a cinco camponeses de volta de um enterro do interior.

De repente, do ângulo em que se encontrava a escrivaninha de Felipe, o Belo, veio um longo suspiro, quase um gemido. Luís X exclamou com uma voz aguda:

— O que é isso?

— É o cão Lombardo, Vossa Majestade — disse o servo encarregado de regar os guarda-fogos.

— Lombardo? Mas este cão estava em Fontainebleau, com o resto da matilha. Como é que ele chegou até aqui?

— Parece que ele veio sozinho, Vossa Majestade. Ele chegou anteontem à noite, todo sujo de lama, ao mesmo tempo em que levavam o corpo de nosso falecido rei para Notre Dame. Foi se esconder sob aquele móvel e não quer mais sair de lá.

— Pois que o expulsem. Que o tranquem nas estrebarias!

Opostamente a seu pai, Luís detestava os cães. Tinha medo deles depois que, na infância, fora mordido por um.

O servo abaixou-se e puxou pela coleira um grande galgo bege, do pêlo colado às costelas, dos olhos febris.

Era o cão com que presenteara o rei o banqueiro Tolomei e que não se separara mais do rei Felipe nos últimos meses. Como ele resistisse a partir, raspando com as garras o chão, Luís X aplicou-lhe um chute nos flancos.

— Esse animal dá azar. Ele chegou aqui no dia em que os Templários foram queimados numa fogueira, no dia em que...

Algumas vozes se fizeram ouvir no aposento vizinho. O servo e o cão cruzaram na porta com uma menininha, enfiada num vestido de luto, e que uma dama de companhia trazia pela mão, dizendo:

— Vamos, Senhora Jeanne, dizei boa-noite a Vossa Majestade, vosso pai.

A menininha de apenas quatro anos, de faces pálidas e olhos grandes demais, era, pelo menos até então, herdeira do trono francês.

Possuía a testa redonda e recurvada de Margarida de Borgonha, mas sua tez e seus cabelos eram claros. Avançava, olhando em linha reta diante dela com aquela expressão contrariada que têm as crianças mal-amadas.

Luís X, com um gesto, impediu que ela viesse até ele.

— Por que a trouxeram até aqui? Eu não quero vê-la! Que a levem sem mais tardar... para o palácio de Nesle! É lá que ela deve viver, pois é lá que...

— Meu sobrinho, deveis vos conter — disse o conde de Évreux.

Luís esperou que a dama de companhia e a princezinha — a primeira aparentemente mais assustada do que a outra — saíssem.

— Eu não suporto mais ver essa bastarda! — disse ele.

— Estais assim tão certo de que ela é uma bastarda, Luís? — disse o conde de Évreux distanciando do fogo suas vestimentas a fim de que elas não fossem chamuscadas.

— Para mim basta que exista uma dúvida, e não pretendo reconhecer coisa alguma de uma mulher que me traiu.

— Essa criança é loura, entretanto, como nós todos somos.

— Felipe d'Aunay também era louro — replicou amargamente Luís, o Cabeçudo.

O conde de Valois mostrou seu apoio ao jovem rei.

— Luís deve ter boas razões, meu irmão, para falar assim — disse ele com autoridade.

— E depois — retomou Luís X aos gritos —, eu não quero mais ouvir essa palavra que me lançaram agora mesmo, quando eu passava. Não quero mais adivinhá-la o tempo todo na cabeça das pessoas. Não quero mais dar ocasião para que pensem nisso ao me olhar.

Luís de Évreux conteve a resposta que tinha na ponta da língua: "Se tivesses uma melhor natureza, meu caro sobrinho, e um pouco de bondade no coração, talvez tua mulher te tivesse amado..." Ele pensava na infeliz menininha que ia viver somente em meio aos servos indiferentes, no imenso palacete de Nesle, deserto. E, de repente, ouviu Luís pronunciar:

— Ah! Eu vou me sentir tão sozinho aqui!

O conde de Évreux, com uma estupefação apiedada, contemplou aquele sobrinho que conservava os ressentimentos como um avarento sem ouro, que expulsava os cães porque um dia tinha sido mordido, que expulsava sua filha porque tinha sido traído e, ao mesmo tempo, queixava-se da solidão.

— Toda criatura vive na solidão, Luís — disse ele gravemente. — Cada um de nós vive na solidão o instante de seu falecimento; e é bem vão acreditar que as coisas sejam diferentes em outros instantes da vida. Mesmo o corpo da esposa com a qual dormimos permanece um corpo estranho. Mesmo as crianças que engendramos nos são estranhas. Sem dúvida, o Criador quis que assim fosse, para que cada um de nós só possa entrar em comunhão com Ele próprio, quer seja sozinho ou junto com todos os outros... O único remédio para tanta solidão só pode estar na compaixão e na caridade, isto é, na consciência de que os outros sofrem do mesmo mal que nós mesmos.

Os cabelos úmidos e caídos, o olhar vago, a camisa colada a seus flancos magros, o Cabeçudo assemelhava-se a um afogado que acabassem de tirar do fundo do Sena. Permaneceu um minuto silencioso. Algumas palavras, precisamente como "caridade" ou "compaixão", não tinham sentido algum para ele, e as ouvia tanto quanto escutava o latim dos padres. Virou-se para Robert d'Artois.

— Então, Robert, tendes certeza de que ela não cederá?

O gigante, que continuava se secando e cujas meias fumegavam como um caldeirão, sacudiu a cabeça.

— Vossa Majestade, meu primo, tal como vos relatei ontem, insisti de todas as maneiras junto a vossa esposa, usei com ela os mais diversos argumentos. Mas esbarrei-me contra uma recusa de tal forma intransigente, que posso vos assegurar que nada obteremos dela... Sabeis com o que ela conta? — acrescentou d'Artois com perfídia. — Espera que vós morrereis antes dela.

Luís X tocou instintivamente, por dentro da camisa, a pequena relíquia que usava pendurada ao pescoço; depois, dirigindo-se ao conde de Valois:

— Pois muito bem! Meu tio, vêdes que nem tudo é tão fácil como tínheis prometido e que a anulação não parece ser possível para tão cedo!

— Estou vendo, meu sobrinho, e penso muito no assunto — respondeu Valois.

— Meu primo, se temeis ficar em jejum — disse então Robert d'Artois —, sabei que poderei fornecer para vossa cama as mais doces fêmeas, que a vaidade de servir aos prazeres de um rei as torna muito acolhedoras...

Ele falava disso com gula, como se se tratasse de um assado no ponto ou de um bom prato ao molho.

Carlos de Valois agitou os dedos carregados de anéis.

— Mas antes de mais nada, do que serviria a anulação de vosso casamento, Luís, antes de escolher a nova mulher que desejais desposar? Não vos preocupeis tanto assim com essa anulação: um soberano acaba sempre por obtê-la. O que é necessário, agora, é escolher a esposa que fará a vosso lado uma bela rainha e que vos dará descendentes.

Quando um obstáculo se apresentava, o conde de Valois tinha essa maneira de desprezá-lo e de passar imediatamente para a próxima etapa; em guerra, não negligenciava as ilhas de resistência, mas contornava-as e ia atacar a fortaleza seguinte. De vez em quando tinha sucesso agindo assim.

— Meu irmão — disse Évreux —, pensais mesmo que a coisa é assim tão fácil, na situação em que se encontra Luís, sobretudo caso ele não queira aceitar uma mulher que seja indigna do trono?

— Ora, vamos! Posso nomear agora dez princesas européias que enfrentariam as maiores dificuldades a fim de usar a coroa da França... Por exemplo, sem procurar demais, tomemos minha sobrinha Clemência de Hungria... — disse Valois como se a idéia acabasse de lhe vir ao espírito, quando na verdade ela amadurecia no mínimo há uma semana.

Ele esperou que sua proposição produzisse algum efeito. O Cabeçudo levantara os olhos, interessado.

— Ela é do mesmo sangue que nós, posto que é uma Anjou — prosseguiu Valois. — Seu pai, Carlo Martello, que renunciou ao trono de Nápoles e Sicília a fim de reivindicar o da Hungria, morreu há muito tempo; sem dúvida é por isso que ela ainda não possui estado algum. Mas seu irmão Caroberto reina agora na Hungria e seu tio é rei de Nápoles. É verdade que ela ultrapassou um pouquinho a idade ordinária do casamento...

— Que idade tem ela? — perguntou Luís, inquieto.

— Vinte e dois anos. Mas isso não é melhor do que as mocinhas que são levadas ao altar quando ainda brincam de boneca e que, depois de ficarem grandes, revelam-se cheias de maldade, mentirosas e devassas? E depois, meu sobrinho, não se trata mais de vossas primeiras bodas!

"Tudo isso me soa bem demais, deve haver algum problema que escondem de mim", pensava o Cabeçudo. "Essa Clemência deve ser caolha ou corcunda."

— E como é ela... isto é, qual sua aparência física? — perguntou ele.

— Meu sobrinho, é a mais bela mulher de Nápoles, e os pintores, segundo o que me foi assegurado, esforçam-se para imitar seus traços quando pintam o rosto da Virgem nas igrejas. Já em sua infância, lembro-me bem, ela prometia ser de beleza notável, e tudo leva a crer que a promessa se cumpriu.

— Parece, de fato, que ela é belíssima — disse Luís de Évreux.

— E virtuosa — acrescentou Valois. — Espero que se encontrem nela todas as qualidades que embelezavam Margarida de Anjou, minha primeira mulher, que Deus a tenha. Eu acrescentaria ainda... mas quem ignora isso?... que um de seus tios, que é meu cunhado, Luís de Anjou, foi o santo bispo de Toulouse que renunciou ao reino para consagrar-se à religião e cujo túmulo, hoje, produz milagres.

— Assim logo teremos dois santos na família — observou Robert d'Artois.

— Meu tio, vossa idéia é excelente, ao que me parece — disse Luís X. — Filha de rei, irmã de rei, sobrinha de rei e de santo, bela e virtuosa... Ah! Espero que ela não seja morena, pelo menos, como a outra, que me traiu! Pois se ela é morena, não posso aceitar!

— Não, meu sobrinho, não, apressou-se em dizer Valois. Não há o que temer. Ela é loura, de boa raça franca.

— E pensais, Carlos, que essa família, tão religiosa tal como vós a descreveis, consentiria num noivado antes da anulação? — perguntou Luís de Évreux.

O conde de Valois inchou-se todo, da barriga até o torso.

— Sou um excelente aliado de meus parentes de Nápoles para que eles me recusem algo — replicou ele. — E as duas empreitadas podem ser conduzidas ao mesmo tempo. A rainha Maria, que outrora honrou-me dando-me uma de suas filhas em casamento, há de conceder sua neta para meu sobrinho mais caro, a fim de que ela seja rainha no mais belo reino do mundo. Vou ocupar-me disso pessoalmente.

— Então, não esperemos para agir, meu tio — disse Luís X. — Enviemos uma representação diplomática a Nápoles. O que pensais disso, Robert?

Robert d'Artois avançou um pouco, com as palmas abertas, como se propusesse partir imediatamente para a Itália.

O conde de Évreux interveio mais uma vez. Não que sentisse alguma hostilidade pelo projeto; mas tal decisão era um negócio do reino tanto quanto de família, e pedia que ela fosse debatida em Conselho.

— Mathieu — disse logo Luís X dirigindo-se a seu camareiro —, comunicai a Marigny que ele deve convocar o Conselho amanhã de manhã.

Ao escutar tais palavras, o Cabeçudo experimentou certo prazer. Bruscamente se sentia rei.

— Por que Marigny? — disse Valois. — Caso desejais, posso eu mesmo me encarregar disso ou dizer a meu chanceler que o faça. Marigny acumula tarefas demais e prepara apressadamente Conselhos cujo único objetivo é o de apoiar suas decisões, sem sequer examinar de perto os problemas. Mas vamos mudar isso tudo, meu sobrinho, e vou tratar de reunir para Vossa Majestade um Conselho mais digno de servir ao reino.

— Muito bem. Pois fazei-o depressa, meu tio — respondeu Luís X, sentindo-se de novo seguro, como se a iniciativa fosse dele mesmo.

As vestimentas estavam secas, e cada qual as vestiu de novo.

"Bela e virtuosa... Bela e virtuosa...", repetia a si próprio Luís X. Naquele momento foi de novo tomado por um acesso de tosse e quase nem ouviu as despedidas dos outros.

Descendo a escada, d'Artois disse a Valois:

— Ah, meu primo, como vós lhe vendestes bem nossa sobrinha Clemência! Sei de alguém cujos lençóis, hoje à noite, vão arder de desejo!

— Robert! — fez Valois fingindo que o repreendia. Não deveis esquecer que, de agora em diante, é do rei que estais falando.

O conde de Évreux seguia-os em silêncio. Pensava na princesa que vivia num castelo em Nápoles e cuja sorte, sem que ela soubesse, talvez acabasse de ser decidida agora mesmo. O conde de Évreux sentia-se sempre impressionado pela maneira fortuita, misteriosa, pela qual se agenciam os destinos humanos.

Porque um grande soberano morrera antes da hora, porque um jovem rei suportava mal o celibato, porque seu tio estava impaciente para satisfazê-lo e para afirmar a influência que exercia sobre ele, porque um nome lançado fora retido, uma moça de cabelos louros que, a quinhentas léguas de distância, pensava que vivia um dia como qualquer outro, acabava de se tornar o centro das preocupações da corte da França...

Luís de Évreux foi surpreendido por um novo acesso de escrúpulos.

— Meu irmão — disse ele a Valois —, essa pequena Jeanne, pensais realmente que ela é uma bastarda?

— No momento ainda não tenho certeza, meu irmão — disse Valois pousando a mão cheia de anéis sobre o ombro de Évreux. — Mas posso assegurar que logo, logo, todos vão considerá-la como tal!

A partir de então, o meditativo conde de Évreux também poderia ter dito a si mesmo: "Porque uma princesa de França arranjou um amante, porque sua cunhada da Inglaterra a denunciou, porque um rei justiceiro tornou o escândalo público, porque um marido humilhado dirigiu sua vingança contra uma criança que ele quis declarar ilegítima... As conseqüências de tudo isso pertenciam ao futuro, ao desenvolvimento da fatalidade em constante criação pela combinação contínua da força das coisas e dos atos dos homens.

VI

EUDELINE, A LAVADEIRA DO CASTELO REAL

O cortinado em volta da cama, ornamentado por um brocado sombrio semeado de flores-de-lis de ouro, parecia um pedaço do firmamento noturno. As cortinas, feitas com o mesmo tecido, estremeciam sob a fraca luz da lamparina a óleo suspensa por três correntes de bronze[3]; a colcha de brocado de ouro, caindo em pregas retas até o chão, cintilava com estranhas fosforescências.

Fazia duas horas que Luís X buscava em vão o sono naquele leito que fora o de seu pai. Ele se sentia sufocado sob as cobertas forradas de peliça, mas tiritava tão logo saía de debaixo delas.

Felipe, o Belo, tinha falecido em Fontainebleau, o que não impedia Luís de experimentar um forte mal-estar naquela cama, como se percebesse ali a presença do cadáver.

Todas as imagens dos últimos dias, todas as obsessões dos dias vindouros entrechocavam-se em seu pensamento... Alguém gritava "chifrudo" em meio à multidão; Clemência de Hungria recusava seu pedido, ou então já tinha ficado noiva de outro; ... o austero rosto do abade Egidius debruçava-se sobre a cova... "Agora faremos duas orações..." "Sabeis com o que ela conta? Ela espera que morrereis antes dela!"... Um baú de cristal abrigava um coração com as artérias cortadas, tão pequeno quanto o coração de um cordeiro...

Levantou-se bruscamente, com o coração batendo como um relógio cujo balancim tivesse caído. Entretanto, o médico do palácio, examinando o rei antes que ele se deitasse, dissera que estava em boa saúde. O sono repararia uma fadiga que era bem compreensível; caso a tosse persistisse, veriam no dia seguinte a prescrição de alguma erva em chá adoçada com mel ou então aplicariam sanguessugas... Mas Luís não havia confessado o mal-estar que sentira durante a cerimônia na basílica de Saint-Denis, aquele frio que se apossara de seus membros, aquela sensação de que o mundo vacilava em volta dele e à qual não podia dar nome algum. Era tomado agora pelo mesmo mal.

Torturado pelas obsessões, o Cabeçudo, num camisolão branco sobre o qual ele jogara um mantô forrado de peliça, andava pelo quarto como se fosse caçado por ele mesmo e como se corresse o risco, caso parasse por um único segundo, de ser abandonado pela vida.

Será que sucumbiria da mesma maneira que seu pai, fulminado na cabeça pela mão de Deus? "Eu também", pensava ele com pavor", eu também estava presente quando queimaram os Templários, diante desse palácio... Quem é que sabe a noite em que vai morrer? Quem é que sabe o dia em que será abatido pela loucura? E caso ele chegasse a sobreviver àquela abominável noite, caso visse despontar a tardia alvorada de inverno, em que estado de esgotamento não estaria no dia seguinte, em que deveria presidir seu primeiro Conselho?" Ele diria: "Senhores..." Que palavras, de fato, deveria pronunciar?... "Cada um de nós, meu sobrinho, vive na solidão o instante de seu falecimento, e é em vão que se pensa que as coisas se passam de outra maneira nos outros momentos da vida..."

— Ah, meu tio... — pronunciou sozinho, em voz alta, o Cabeçudo —, por que dissestes isto?

Sua própria voz lhe pareceu estranha. Continuava a vagar, ofegante e trêmulo, em volta do grande leito imerso entre as sombras noturnas.

Era o móvel que o horrorizava. Aquele leito parecia-lhe maldito, e ele nunca chegaria a dormir nele. Era o leito do defunto. "Mas então vou passar assim todas as noites de meu reinado, dando voltas inúteis a fim de não morrer?", perguntava-se ele. Não haveria meios de ir se deitar em outro lugar, de chamar os criados para que lhe preparassem outro quarto? Onde arranjar a coragem para dizer: "Não posso ficar aqui porque tenho medo." Como se apresentar diante dos mordomos, dos camareiros, de tal forma desfeito, trêmulo e desamparado?

Ele era rei e não sabia como reinar; era homem e não sabia como viver; era casado e não tinha mulher... E mesmo se Maria da Hungria aceitasse, quantas semanas, quantos meses ainda deveria esperar antes que uma presença humana viesse tranquilizar suas noites? "E será que essa mulher vai me amar realmente? Será que não vai fazer como a outra?"

De repente ele tomou uma resolução. Abriu a porta e foi sacudir o primeiro camareiro que dormia completamente vestido na ante-sala.

— Ainda é dama Eudeline que cuida das roupas do palácio?

— Sim, Vossa Majestade, creio que sim — respondeu Mathieu de Trye.

— Pois bem, tratai de ter certeza. E, se for ela, fazei-a vir até mim imediatamente.

Surpreendido, sonolento... "Ele consegue dormir, esse aí!", pensou o Cabeçudo com ódio..., o camareiro perguntou ao rei se ele desejava que trocassem os lençóis.

O Cabeçudo fez um gesto de impaciência.

— Sim, é isso. Tratai de ir buscá-la, eu já vos disse!

Depois ele voltou para o quarto e continuou sua ronda ansiosa, dizendo consigo mesmo: "Será que ela continua morando aqui? Será que vão encontrá-la?"

Dez minutos mais tarde, dama Eudeline entrou, carregando uma pilha de lençóis, e Luís X sentiu imediatamente que não estava mais com frio.

— Senhor Luís... isto é, quero dizer... Vossa Majestade! — exclamou a lavadeira-chefe. — Eu sabia que não deviam arrumar vosso leito com lençóis novos! Não é bom para dormir. Foi o senhor de Trye que quis. Ele disse que este é o uso. Por mim teríamos colocado lençóis bem finos, que já foram lavados muitas vezes.

Era uma grande mulher loura, avantajada, com grandes seios, e uma bela aparência maternal que fazia pensar na paz, nas temperaturas mornas e no repouso. Ela devia ter pouco mais de trinta anos, mas seu rosto exprimia uma espécie de surpresa adolescente e tranquila. De sob seu gorro branco de dormir escapavam-se longas tranças que tinham a cor do ouro e que se desfaziam sobre os ombros, por sobre sua camisola. Ela a cobrira depressa com uma capa.

Luís a olhou por um momento sem dizer nada, o tempo que Mathieu de Trye, prestes a ser útil, compreendesse que ele não era mais necessário.

— Não foi por causa dos lençóis que vos convoquei — disse finalmente o rei.

Um suave rubor de confusão coloriu as faces da lavadeira.

— Sim senhor, isto é, Vossa Majestade! O fato de voltar ao palácio fez com que vos lembrásseis de mim?

Eudeline tinha sido sua primeira amante, dez anos antes. Quando Luís, então com quinze anos, ficara sabendo que logo iam fazer com que se casasse com uma princesa de Borgonha, ele tinha sido tomado por um forte frenesi para descobrir o amor, ao mesmo tempo que sentia o maior pânico diante da idéia de não saber como se comportar junto à esposa que ganharia. E enquanto Felipe, o Belo, pesava as vantagens políticas desta aliança, o jovem príncipe só tinha pensamentos para os mistérios da natureza. De noite, imaginava todas as damas da corte sucumbindo a seus ardores; mas durante o dia permanecia mudo diante delas, com as mãos tremendo e o olhar fugidio.

Numa tarde de verão, tinha se precipitado sobre aquela bela moça que, por uma galeria deserta, ia com passos calmos, os braços carregados de roupas. Havia se lançado contra ela com violência, com ira, como se sentisse raiva dela pelo medo que ele tinha. Era ela ou nenhuma outra, agora ou nunca... Mas ele não a violou; sua agitação, sua ansiedade, sua falta de jeito o tornavam bem incapaz. Exigiu de Eudeline que ela o ensinasse a fazer amor. Na falta de segurança masculina, utilizou suas prerrogativas de príncipe. Ele teve sorte; Eudeline não zombou dele, e, num aposento servindo de depósito de roupas limpas, ela sentiu certa honra por entregar-se aos desejos daquele filho de rei, deixando-o acreditar que ela encontrava naquilo algum prazer. Depois disso, sempre se sentiu homem diante dela.

Em algumas manhãs, quando ele estava se vestindo para a caça ou para ir se exercitar nas armas de torneio, Luís mandava chamá-la; e Eudeline logo compreendera que a necessidade de amar só se apoderava dele quando tinha medo. Durante diversos meses, antes da chegada de Margarida de Borgonha, e mesmo depois, Eudeline havia ajudado Luís, o Cabeçudo, dessa maneira, a superar seus terrores.

— Vossa filha, onde se encontra ela atualmente? — perguntou ele.

— Ela está com minha mãe, que a cria. Eu não quis que ela permanecesse aqui comigo. Ela se parece demais com o pai — respondeu Eudeline com um sorrisinho.

— Pelo menos essa eu posso ter certeza de que é minha.

— Mas é claro, Senhor! Ela é de Vossa Majestade! Seu rosto parece mais com o vosso a cada dia que passa. E isso tornaria incômoda a presença dela aqui no palácio.

Pois uma criança, que fora batizada com o mesmo nome da mãe, fora concebida naqueles amores apressados. Toda mulher minimamente dotada para a intriga teria assegurado sua própria fortuna utilizando seu ventre, e assim teria talvez obtido até mesmo um título de nobreza. Mas o Cabeçudo tremia tanto só de pensar em confessar a verdade ao rei Felipe, que Eudeline, apiedando-se mais uma vez, tinha se calado.

O marido da lavadeira, escrivão de menor importância a serviço do senhor Nogaret, naquela época andava atrás do legiferador do rei pelas estradas da França e da Itália. Um dia, de volta para casa, ao encontrar sua mulher perto de dar à luz, ele se pôs a contar os meses na ponta dos dedos e começou a perder o controle. Mas geralmente os homens que uma mulher trai são todos de natureza semelhante. O escrivão não tinha um espírito muito enérgico. E desde que sua mulher confessou de onde vinha o presente, o temor apagou a raiva de ser enganado, tal como o vento apaga uma vela. Escolheu o silêncio, mas morreu pouco tempo depois, menos de mágoa, aliás, do que de um pernicioso mal que lhe atacava as entranhas e que trouxera dos pântanos romanos.

E dama Eudeline tinha continuado a cuidar da lavanderia do palácio em troca de cinco centavos por centena de peças lavadas. Tornou-se lavadeira-chefe, o que era uma bela posição burguesa no seio da morada real.

Enquanto isso, a pequena Eudeline crescia, não sem aparentar a disposição própria das crianças adulterinas para apresentar com toda a evidência, no rosto, os traços herdados da ascendência ilegítima; e dama Eudeline tinha esperança de que um dia Luís se lembraria de tudo aquilo. Ele lhe prometera mundos e fundos, solenemente, jurando que no dia em que se tornasse rei cobriria de títulos e de ouro sua filha.

Naquela noite, Eudeline pensava que tinha tido razão de esperar, e maravilhava-se pelo fato de ele manifestar tanta prontidão para cumprir suas promessas. "Ele não tem mau coração", pensava ela. "Ele tem esse jeito cabeçudo, mas não é ruim."

Emocionada pelas lembranças, pelo sentimento do tempo que passara, pelas estranhezas do destino, ela contemplava aquele soberano que encontrara outrora em seus braços a primeira realização de uma virilidade inquieta, e que agora estava ali, de camisolão, sentado numa poltrona, com os cabelos caindo até o queixo e os braços em volta dos joelhos.

"Por quê", perguntava a si mesma Eudeline, "por que isso aconteceu comigo?"

— Que idade tem sua filha? — perguntou Luís X. — Nove anos, não é isso?

— Exatamente, Vossa Majestade.

— Vou lhe dar um destino de princesa tão logo ela esteja em idade de se casar. Isto é o que eu quero. E você? O que quer?

Ele precisava dela. Teria sido aquele o momento de aproveitar. A discrição não vale nada quando se lida com os poderosos da terra, e é preciso apressar-se a fim de exprimir uma necessidade, uma exigência, um desejo, nem que se tenha de inventar um, desde que eles se propõem a satisfazê-los. Porque depois eles se sentem liberados de reconhecimento simplesmente pelo fato de terem oferecido algo e negligenciam qualquer outro dom. O Cabeçudo teria de bom grado passado a noite expondo sua repentina generosidade, só para que Eudeline lhe fizesse companhia até a alvorada. Mas, surpreendida com a pergunta, ela contentou-se em responder:

— O que desejardes, Vossa Majestade.

E logo Luís X voltou a pensar apenas nele mesmo.

— Ah! Eudeline... Eudeline! — exclamou ele. — Eu devia ter mandado chamá-la no palacete de Nesle, onde sofri muito nos últimos meses.

— Eu sei, Senhor Luís, que tivestes muitos problemas com vossa esposa... Mas eu não teria ousado vir até Vossa Majestade. Eu não sabia se teríes sentido alegria ou vergonha ao me rever.

Ele a olhava, mas não a escutava mais. Seus olhos mostravam uma fixidez perturbadora. Eudeline sabia muito bem o que significava aquele olhar. Ela o conhecia desde seus quinze anos.

— Apaga a vela — ordenou Luís bruscamente.

— Aqui, Vossa Majestade? — murmurou ela com certo temor, mostrando a cama de Felipe, o Belo.

— Exatamente, aí mesmo! — respondeu o Cabeçudo com uma voz surda.

Por um instante ela hesitou, diante do que lhe parecia um sacrilégio. Mas, afinal, Luís era o rei agora, e essa cama tinha se tornado a dela. Ela tirou seu gorro, deixou cair a capa e a camisola. Suas tranças de ouro desfizeram-se completamente. Ela estava um pouco mais gorda do que outrora, mas continuava tendo belas curvas, umas costas amplas e tranquilas, ancas cujo toque lembravam a seda sobre a qual brincava a luz... Seus gestos pareciam dóceis, e era precisamente de docilidade que o Cabeçudo estava ávido. Do mesmo modo que os criados esquentavam a cama antes de ele se deitar, aquele belo corpo ia expulsar os demônios do seu próprio.

Um pouco inquieta, um pouco maravilhada, Eudeline deslizou sob as cobertas bordadas de ouro.

— Eu tinha razão — disse ela logo depois. — Esses lençóis novos dão coceiras! Eu sabia!

Luís tinha se livrado febrilmente de seu camisolão; magro, com os ombros ossudos, e pesado de tão desajeitado, ele se jogou sobre ela com uma precipitação desesperada, como se a urgência não pudesse tolerar a menor demora.

Pressa vã. Os reis não podem comandar tudo e estão, em certas coisas, expostos a frustrações, tanto quanto os outros homens. Os desejos do Cabeçudo eram sobretudo mentais. Agarrado aos ombros de Eudeline como um afogado agarra-se a uma bóia, ele se esmerava, por simulacro, em superar uma falha da natureza, com pouca esperança de conseguir. "Se foi da mesma forma que ele honrou a senhora Margarida", pensava Eudeline, "fica mais fácil compreender por que ela o enganou."

Todos os encorajamentos silenciosos que ela lhe dispensou, todos os esforços que ele fez e que não eram de forma alguma os de um príncipe que caminha para a vitória permaneceram infrutíferos. Ele se distanciou dela, desfeito, envergonhado. Tremia, à beira da raiva ou dos soluços.

Ela tentou acalmá-lo:

— Vós cavalgastes tanto hoje! Vós sentistes tanto frio e deveis ter o coração tão triste! É muito natural que isso ocorra na noite em que se enterrou o próprio pai, e isso pode acontecer a qualquer um, vós sabeis.

O Cabeçudo contemplava aquela bela mulher loura, oferecendo-se a ele, mas inacessível, estendida lá como para encarnar algum castigo infernal, e que o olhava com compaixão.

— É culpa daquela vagabunda, daquela rameira... — disse ele.

Eudeline recuou, com medo de que a injúria se endereçasse a ela.

— Eu queria que ela fosse condenada à morte depois do que fez — continuou ele com os dentes rangendo. — Meu pai recusou, meu pai não me vingou. E, agora, eu é que estou como um morto... nessa cama em que sinto toda a minha infelicidade, nessa cama em que jamais poderei dormir!

— Não, Senhor Luís — disse Eudeline, atraindo-o suavemente para ela. — Não é assim, essa cama é tão boa. É uma cama de rei! E, para expulsar os sentimentos que vos dominam, tendes de encontrar uma rainha que venha ocupá-la convosco.

Ela estava emocionada, e era modesta, irrepreensível, nem sentia despeito algum.

— Pensa realmente, Eudeline?

— É claro, Vossa Majestade, tenho certeza. Numa cama de rei, é preciso uma rainha — repetiu ela.

— Talvez logo eu tenha uma. Parece que ela é loura, como você.

— Que grande elogio fazei-me assim -_ respondeu Eudeline.

— Dizem que ela é belíssima — continuou o Cabeçudo — e muito virtuosa. Vive em Nápoles...

— Estou certa de que ela vos tornará feliz. Agora deveis repousar um pouco.

Maternal, ela lhe oferecia o apoio de um ombro que cheirava a alfazema e escutava-o sonhar em voz alta com aquela mulher desconhecida, aquela princesa longínqua cujo lugar ela ocupara, de maneira tão vã, naquela noite. Ele se consolava nas miragens do futuro por seus infortúnios passados e seus fracassos presentes.

— É isso mesmo, Vossa Majestade, é de uma esposa como essa que precisais. Vós vereis como vos sentireis melhor perto dela...

Finalmente ele se calou. E Eudeline permaneceu ali, sem ousar se mexer, com os olhos bem abertos olhando as três correntes da lamparina, esperando a alvorada para se retirar.

O rei de França estava dormindo.

Segunda Parte

OS LOBOS SE ENTREDEVORAM

I

LUÍS, O CABEÇUDO, DIRIGE SEU PRIMEIRO CONSELHO REAL

Há dezesseis anos, Marigny era membro do Conselho real, e durante sete anos ocupara lugar à direita do rei. Durante dezesseis anos, servira ao mesmo soberano e sempre para fazer prevalecer a mesma política. Durante dezesseis anos tivera certeza de encontrar no Conselho amigos fiéis e subordinados diligentes. Naquela manhã, compreendeu muito bem, desde que atravessou o limiar da porta da câmara do Conselho, que tudo seria diferente.

Em volta da comprida mesa, os conselheiros estavam reunidos mais ou menos no mesmo número que de costume, e a lareira difundia pelo aposento o mesmo cheiro de carvalho queimado. Mas os lugares tinham sido distribuídos de maneira diferente e ocupados por outros personagens.

Junto aos membros de direito ou de tradição, tais como os príncipes de sangue ou o condestável Gaucher de Châtillon, Marigny não avistava nem Raul de Presles, nem Nicole le Loquetier, nem Guilherme Dubois, todos eles legiferadores eminentes, servidores fiéis de Felipe, o Belo. Tinham sido substituídos por homens como Étienne de Mornay, chanceler do conde de Valois, ou Béraud de Mercœur, grande e turbulento senhor feudal e um dos mais violentamente hostis, há anos, à administração real.

Quanto ao próprio Carlos de Valois, havia atribuído a si mesmo o lugar de Marigny.

Dos velhos servidores do Rei de ferro, além do condestável, permanecia apenas o ex-camareiro Hugues de Bouville, sem dúvida porque ele pertencia à alta nobreza. Os conselheiros oriundos da burguesia tinham sido dispensados.

Marigny apreendeu num relance todas as intenções de ofensa e de desafio que significavam para ele a composição de um Conselho como aquele. Permaneceu imóvel por um momento, com a mão esquerda sobre a gola de sua capa, sob seu largo queixo, o cotovelo apertado sobre sua pasta de documentos, como se pensasse: "Vamos lá! Será preciso lutar muito!" Ele parecia reunir forças.

Depois, dirigindo-se a Hugues de Bouville, mas de maneira a ser escutado por todos, ele perguntou:

— O Senhor de Presles está doente? Os Senhores de Bourdenai, de Briançon e Dubois tiveram algum impedimento para vir? Eles enviaram desculpas pela ausência?

O gordo Bouville hesitou por um momento e respondeu, baixando os olhos:

— Não fui encarregado da convocação do Conselho. Foi o senhor de Mornay que se ocupou disto.

Lançando-se sobre a poltrona da qual acabava de se apoderar, Valois disse então, com uma insolência que nem chegava a ser velada:

— Não esquecestes, senhor de Marigny, que o rei convoca o Conselho que ele quer, como quer e quando quer. É um direito de soberano.

Marigny esteve prestes a responder que era verdade, de fato, que o rei tem direito de convocar o Conselho que bem entende, mas que também era certo que ele tinha a obrigação de escolher homens competentes nos negócios do reino e que as competências não se formavam do dia para a noite.

Mas preferiu reservar seus argumentos para um debate mais propício e instalou-se, aparentemente calmo, diante de Valois, na cadeira que ficara vazia à esquerda da poltrona do rei.

Abriu sua pasta de documentos, tirou dela pergaminhos e tábuas de contar que arrumou diante de si mesmo. Suas mãos, caracterizadas por um refinamento nervoso, contrastavam com o peso de seu corpo. Procurou maquinalmente, na estante embutida sob a mesa, o ganchinho no qual normalmente pendurava sua bolsa e, não o encontrando, reprimiu um gesto de irritação.

Valois conversava, com ares misteriosos, com seu sobrinho Carlos de França. Felipe de Poitiers lia, aproximando dos olhos míopes, um documento que lhe fora dado pelo condestável e que dizia respeito a um de seus vassalos. Luís de Évreux permanecia calado. Todos trajavam a cor negra. Mas o conde de Valois, a despeito do luto da corte, estava vestido com uma soberba impressionante: seu manto de veludo era ornamentado por bordados de prata e pedaços de pêlo de arminho que o paramentavam como um cavalo de carruagem funerária. Não tinha diante de si nem pergaminho nem tabuinha de contar e deixava a seu chanceler a tarefa subalterna de ler e escrever. Ele se contentava em falar.

A porta que dava acesso aos apartamentos se abriu, e Mathieu de Trye apareceu, anunciando:

— Senhores, o rei.

Valois foi o primeiro a levantar-se e inclinar-se com uma reverência tão exagerada, a ponto de ela se tornar uma espécie de proteção majestosa. O Cabeçudo disse:

— Desculpai-me pelo atraso, senhores...

E de repente interrompeu sua fala, descontente por essa explicação tola. Esquecera que era rei e que tinha o direito de entrar por último na reunião do Conselho. Foi novamente tomado por um mal-estar ansioso, como na véspera em Saint-Denis, e como na noite precedente no leito paterno.

Era chegada a hora, de verdade, de se mostrar rei. Mas a virtude real não é uma disposição que se manifesta por milagre. Luís, com os braços abertos, os olhos vermelhos, não se mexia; hesitava em sentar-se e presidir o Conselho real.

Os segundos passavam e o silêncio tornava-se pesado.

Mathieu de Trye fez o gesto necessário: puxou ostensivamente a poltrona do rei. Luís sentou-se e murmurou:

— Tomai vossos lugares, senhores.

Em pensamento ele reviu seu pai naquele mesmo lugar e assumiu maquinalmente a pose dele, com as duas mãos sobre as cotoveleiras da poltrona. Isso lhe deu certa segurança. Virando-se então para o conde de Poitiers, ele disse:

— Meu irmão, minha primeira decisão vos diz respeito. Desde que se acabe o período de luto, pretendo vos conceder o pariato pelo condado de Poitiers, a fim de que façais parte do número de pares e de que me auxilieis a suportar o peso da coroa real.

Depois, dirigindo-se a seu outro irmão:

— A vós, Carlos, tenho a intenção de dar como feudo e apanágio o condado de Marche, com todos os direitos e rendas que cabem a ele.

Os dois príncipes se levantaram e vieram, cada qual de um lado da poltrona real, beijar a mão do irmão primogênito em sinal de agradecimento. As medidas que acabavam de ser anunciadas não eram nem excepcionais nem inesperadas. A atribuição do pariato ao primeiro irmão do rei constituía uma espécie de regra em uso. E, por outro lado, sabia-se há muito tempo que o condado de Marche, comprado por Felipe, o Belo, da família Lusignan, era destinado ao jovem Carlos[4].

Mas nem por isso o conde de Valois deixou de se empertigar todo, como se tais iniciativas tivessem cabido a ele. E fez na direção dos príncipes um pequeno gesto que exprimia: "Estais vendo, fiz um bom trabalho para vós."

Mas Luís X, de seu lado, não estava assim tão satisfeito, pois se esquecera de começar a reunião por uma homenagem à memória de seu pai, falando da continuidade do poder. As duas belas frases que preparara tinham saído de seu espírito. E agora não sabia mais como encadear o assunto.

De novo estabeleceu-se um silêncio, incômodo e pesado. Era evidente que faltava alguém naquela assembléia: o morto.

Enguerrand de Marigny olhava o jovem rei e esperava visivelmente que este pronunciasse: "Senhor, confirmo vossas atribuições de coadjutor e de reitor-geral do reino..."

Mas, como nada se ouvisse, Marigny fez como se a coisa tivesse sido dita, e perguntou:

— De que negócios, Vossa Majestade, desejais que eu vos informe? Sobre a recepção de ajudas e impostos, sobre o estado do Tesouro, os decretos do Parlamento, a fome que devasta as províncias, a posição de vossas guarnições, sobre a situação em Flandres ou sobre os requerimentos apresentados pelos senhores feudais da Borgonha e da Champagne?

O que significava claramente: "Vossa Majestade, eis aqui as questões de que me encarrego, e sobre elas poderia desfiar por muito tempo um comprido rosário. Pensais que sois capaz de governar sem mim?"

O Cabeçudo virou-se para seu tio Valois com ares de um pedinte em busca de apoio.

— Senhor de Marigny, o rei não nos reuniu para tratar desses assuntos — disse Valois. — Ele se ocupará disso em outra ocasião.

— Se ninguém me informa qual o objetivo do Conselho, Senhor, não posso adivinhá-lo — respondeu Marigny.

— O rei, senhores — prosseguiu Valois, sem parecer atribuir a menor importância à observação de Marigny —, o rei deseja ouvir vossa opinião sobre a primeira preocupação que, enquanto bom soberano, ele deve ter: o problema de sua descendência e da sucessão do Trono.

— É apenas isso, senhores — disse o Cabeçudo, tentando imprimir à sua fala um tom de grandeza. — Meu primeiro dever é o de cuidar da sucessão, e para isso preciso de uma mulher...

E depois ele se calou repentinamente. Valois retomou a fala.

— O rei considera, pois, que deve, desde já, apressar-se em escolher esposa, e sua atenção foi retida pela Senhora Clemência de Hungria, filha do rei Carlo Martello e sobrinha do rei de Nápoles. Desejamos ouvir vossos conselhos antes de enviarmos até lá nossos embaixadores.

Esse "desejamos ouvir" soou desagradavelmente no ouvido de diversos membros do Conselho. Seria então o conde de Valois quem reinava?

Felipe de Valois inclinou o rosto na direção do conde de Évreux.

— Eis a razão pela qual eles começaram por nos lisonjear com a concessão do pariato.

Depois, em voz alta:

— Qual é a opinião do senhor de Marigny em relação a esse projeto? — perguntou ele.

E nisso ele cometia conscientemente uma incorreção para com seu irmão mais velho, pois cabia ao soberano, e somente a ele, convidar seus conselheiros a expressar suas opiniões. Ninguém teria se aventurado a cometer uma tal gafe; mas já que o tio do novo rei se dava o direito de dominar o Conselho, o irmão bem que podia, também, tomar as mesmas liberdades.

Marigny avançou um pouco seu peito maciço.

— A Senhora de Hungria, com certeza, tem grandes qualidades para tornar-se rainha — disse ele —, já que o pensamento do rei escolheu-a. Mas tirando o fato de ela ser sobrinha do Senhor de Valois, o que com certeza é suficiente para que gostemos dela, não vejo muito bem o que essa aliança traria de bom para o reino. Seu pai Carlos Martel morreu há muito tempo, e era rei da Hungria apenas de nome; seu irmão Charobert...

Diferentemente de Carlos de Valois, ele pronunciava os nomes à francesa...

— ... seu irmão Charobert chegou enfim, no ano passado, após quinze anos de brigas e expedições, a ser investido da coroa magiar que, entretanto, não está lá muito firme sobre sua cabeça. Todos os feudos e principados da casa de Anjou já foram distribuídos nessa família tão numerosa, que se esparrama pelo mundo como o óleo derramado numa toalha. Logo seria possível pensar que a família de França não passa de um ramo da família da linhagem de Anjou[5]. Com um casamento como esse não se pode esperar nenhum aumento de extensão do reino, como teria desejado o rei Felipe, nem ajuda alguma para a guerra, pois todos esses príncipes longínquos estão ocupados o bastante em manter suas próprias posses. Em outras palavras, Vossa

Majestade, estou certo de que vosso pai teria feito oposição a uma união cujo dote seria composto mais de nuvens do que de terras.

O conde de Valois ficou vermelho, e seu joelho tremia sob a mesa. Cada uma das frases de Marigny continha uma perfídia em relação a ele.

— Aplicai-vos muito bem, senhor de Marigny, ao falar assim em nome de alguém que já foi enterrado. Quanto a mim, faço questão de me opor a vossas palavras, lembrando que a virtude de uma rainha vale mais do que uma província. As belas alianças com a Borgonha que vós tão bem urdistes deram no que deram, o que mostra que não podeis ser tomado como mestre no assunto. Vergonha e mágoa, eis tudo que resultou de vossas alianças.

— É isso mesmo! — declarou bruscamente o Cabeçudo.

— Vossa Majestade — declarou Marigny com uma ponta de lassidão e de desprezo —, vós éreis bem jovem quando vosso casamento foi decidido por vosso pai; e o Senhor de Valois não pareceu na época tão hostil à idéia, nem depois, quando, há menos de dois anos, decidiu casar seu próprio filho à irmã de vossa esposa, para tornar-se assim mais próximo de Vossa Majestade.

Valois mostrou-se abatido com tais argumentos, e seu rosto tornou-se ainda mais vermelho. Ele acreditara, de fato, que seria muito hábil unir seu filho primogênito, Felipe, à irmã mais jovem de Margarida, a que chamavam de Jeanne, a Pequena, ou a Manca, porque ela possuía uma perna mais curta do que a outra[6].

Marigny continuou:

— A virtude das mulheres é coisa incerta, Vossa Majestade, tanto quanto a beleza delas é coisa passageira. Mas as províncias permanecem. O reino, nesse últimos tempos, ganhou mais em tamanho pelos casamentos do que pelas guerras. Assim, por exemplo, o Senhor de Poitiers tem em seu poder a Comté-Franche, assim...

— Este Conselho — disse brutalmente Valois — vai continuar escutando os louvores que o senhor de Marigny faz a si mesmo, ou vai finalmente levar adiante as vontades do rei?

— A fim de satisfazer as vontades do rei, Senhor — replicou Marigny energicamente —, seria necessário não passar o carro antes dos bois. É possível sonhar com todas as princesas da terra para o rei, e compreendo que a impaciência se apodere dele; mas é preciso começar por desfazer seu casamento atual. Parece que o Senhor d'Artois não trouxe as notícias boas que esperáveis de Château-Gaillard. A anulação exige, pois, que se eleja um papa...

— ... esse papa que nos prometeis há seis meses, Marigny, mas que ainda não saiu de um conclave inexistente. Vossos enviados destruíram e arrasaram com tanta eficácia os cardeais em Carpentras, que estes fugiram, com as sotainas dobradas, pelos campos afora. Vós não tendes nisso tanta razão para vos orgulhar! Se tivésseis tido maior moderação e mais respeito pelos ministros de Deus, teríamos agora menos dificuldades.

— Evitei até agora que se eleja um papa partidário dos príncipes de Roma ou dos de Nápoles, precisamente porque o rei Felipe queria um papa que se pusesse a serviço da França.

Os homens investidos de poder são, antes de mais nada, levados a agir para transformar o universo, para moldar os acontecimentos e para ter razão. Riqueza, honras, distinções não passam, para eles, de ferramentas para a ação. Marigny e Valois eram dessa espécie.

Haviam sempre se enfrentado, e apenas Felipe, o Belo, tinha sido capaz de manter apartados os dois adversários, servindo-se, do melhor modo, da inteligência de cada um, num lado o senso político do legista e, no outro, o faro militar do príncipe de sangue. Mas Luís X estava completamente fora do debate e era totalmente incapaz de agir como árbitro entre os dois.

O conde de Évreux interveio, tentando trazer os espíritos de volta à calma, e avançou uma sugestão que pudesse conciliar os dois partidos.

— E se ao mesmo tempo que obtivéssemos uma promessa de casamento com a Senhora Clemência conseguíssemos também o compromisso de que sua família aceite um papa ou cardeal francês?

— Aí sim, Senhor — disse Marigny com mais calma —, um acordo como este teria algum sentido. Mas tenho grandes dúvidas de que cheguemos a ele.

— Não perdemos nada por tentar. Enviemos nossos embaixadores a Nápoles, se este é o desejo do rei.

— Sim, senhor conde.

— Bouville, e vossa opinião? — disse bruscamente o Cabeçudo, assumindo ares de quem tomava as rédeas da reunião.

O gordo Bouville teve um sobressalto. Tinha sido um excelente camareiro, atento às despesas e mordomo minucioso, mas seu espírito não era capaz de vôos muito altos; e Felipe, o Belo, quase não se dirigia a ele durante as reuniões do Conselho, a não ser para ordenar que abrisse as janelas.

— Vossa Majestade — disse ele —, é uma nobre família, essa em que quereis escolher vossa esposa, uma família que mantém todas as tradições da cavalaria feudal. Seríamos honrados em servir uma rainha que...

Ele se deteve, interrompido pelo olhar de Marigny, que parecia dizer: "Tu estás me traindo, Bouville!"

Entre Bouville e Marigny existiam velhos e sólidos elos de amizade. Tinha sido na casa do pai de Bouville, Hugues II, camareiro-mor em seu tempo, e que viria a morrer diante dos olhos de Felipe, o Belo, em Mons-en-Pévèle, que Marigny começara a servir como escudeiro; e no decorrer de sua extraordinária ascensão, sempre tinha se mostrado fiel ao filho de seu primeiro senhor.

A família Bouville pertencia à altíssima nobreza. A função de camareiro, e até mesmo a de camareiro-mor, era para esta família, há cerca de um século, quase hereditária. Hugues III, que sucedera a seu irmão Jean, que tinha ele mesmo sucedido ao pai de ambos, Hugues II, era, por natureza e atavismo, tão devoto servidor da coroa e tão maravilhado pela grandeza real, que, quando o rei falava, tudo que sabia fazer era aprovar. Que o Cabeçudo fosse tolo e desajeitado não fazia a menor diferença e, a partir do momento em que ele era *o rei*, Bouville estava prestes a tratá-lo com todo o zelo que havia dispensado a Felipe, o Belo.

Tal deferência recebeu imediatamente recompensa, pois Luís X decidiu que seria Bouville que ele enviaria a Nápoles. A escolha surpreendeu, mas não suscitou oposições. Valois, imaginando que resolveria tudo secretamente por meio de cartas, considerava que um homem medíocre, porém dócil, era exatamente o embaixador que lhe convinha. Enquanto Marigny pensava: "Enviai então Bouville. Ele terá a mesma aptidão para negociar que uma criança de cinco anos. Vós vereis os resultados."

O bom servidor, todo enrubescido, viu-se assim encarregado de uma alta missão que não podia esperar.

— Lembrai-vos bem, Bouville, que estamos na necessidade de um papa — disse o jovem rei.

— Vossa Majestade, não terei outra idéia em mente.

Luís X assumia de repente a autoridade; ele teria querido que seu mensageiro já estivesse a caminho. E prosseguiu:

— Na volta passareis por Avinhão e fareis todo o possível para apressar a realização do conclave. E posto que, ao que parece, os cardeais são gente que se deve comprar, tratai de vos munir de ouro pelo senhor de Marigny.

— Mas de onde tirarei este ouro, Vossa Majestade? — perguntou o último.

— Hmmm... ora, do Tesouro, evidentemente!

— O Tesouro está vazio, Vossa Majestade, isto é, restam apenas o suficiente para honrar os pagamentos que devem ser feitos daqui até o dia de São Nicolau, na espera de novas entradas.

— Mas como? O Tesouro está vazio, senhor? — exclamou o conde de Valois. — E vós não dissestes nada antes?

— Eu queria começar por isso, Senhor, mas vós me impedistes.

— E por que, em vossa opinião, encontramo-nos em tais dificuldades?

— Porque as parcelas de impostos entram mal em caixa quando são cobradas de um povo que passa fome. Porque os senhores feudais, como sois o primeiro a saber, mostram má vontade para pagar os auxílios pedidos pelo rei. Porque o empréstimo consentido pelas companhias dos banqueiros italianos foi destinado a pagar esses mesmos senhores pelos gastos com a última expedição a Flandres, aquela expedição que vós aconselhastes com tanta insistência...

— ... e que quisestes interromper por vossa própria vontade, senhor, antes que nossos cavaleiros tivessem podido encontrar a glória da vitória, e que nossas finanças pudessem tirar proveito disso. Se o reino não obteve mais vantagens nos tratados apressados que vós quisestes concluir em Lille, imagino que o mesmo não ocorreu convosco, pois não tendes o costume de esquecerdes de vossos próprios interesses nos negócios que concluís. Pude verificar isso à minha custa.

Essas últimas palavras faziam alusão à troca ocorrida entre os dois homens, quatro anos antes, entre os feudos de Gaillefontaine e Champrond, feita, aliás, a pedido de Valois, e pela qual ele se sentira enganado. A grande rixa entre os dois vinha disso.

— Nada deve impedir que o senhor de Bouville se ponha a caminho o mais rápido possível.

Marigny pareceu não ouvir que o rei estava falando. Levantou-se, e todos tiveram certeza de que algo de irreparável ia se produzir.

— Vossa Majestade, eu gostaria que o Senhor de Valois esclarecesse o que acabou de dizer sobre as convenções de Lille e de Marquette ou então que retirasse suas palavras.

Alguns segundos transcorreram sem que ruído algum se fizesse ouvir na sala do Conselho. Depois, o conde de Valois levantou-se, fazendo tremer as peliças de arminho que enfeitavam seus ombros e sua cintura.

— Declaro diante de vós, senhor, o que muitos dizem em vossas costas, a saber, que os flamengos compraram a retirada de nossos homens, e que assim vós recebestes altas somas que deveriam ter cabido ao Tesouro.

Com as maxilas contraídas, o rosto cheio de coágulos de sangue que de repente embranqueceram-se de ira, com os olhos perdidos como se enxergassem além das paredes, Marigny assemelhava-se à sua própria estátua da galeria merceeira.

— Vossa Majestade, no dia de hoje eu ouvi muito mais do que aquilo que um homem honrado poderia escutar em sua vida inteira. Todos os meus bens vêm da bondade do rei vosso pai, do qual fui em todas as coisas o mais próximo servidor durante dezesseis anos. Acabo de ser acusado, diante de Vossa Majestade, de roubo e de comércio com os inimigos do reino. Posto que nenhuma voz, aqui, e antes de mais nada a vossa própria, ouve-se em minha defesa contra essa horrível vilania, eu vos peço que nomeie uma comissão para examinar as minhas contas, pelas quais sou responsável diante de vós e unicamente diante de vós.

Os príncipes medíocres só toleram em volta de si a companhia de aduladores que lhes dissimulem sua própria mediocridade. A atitude de Marigny, seu tom, até mesmo sua presença lembravam ao jovem rei, com toda a evidência, que ele era inferior a seu pai.

Deixando-se levar rapidamente pela irritação, Luís X exclamou:

— Pois que assim seja! Essa comissão será nomeada, senhor, posto que sois vós mesmo que pedis.

Ao pronunciar tais palavras, ele se separava do único homem capaz de governar por ele e de dirigir o reino. A França pagaria caro, por muitos anos, aquele ímpeto de mau humor.

Marigny pegou sua pasta e recolheu os documentos, depois se dirigiu para a porta. Seu gesto irritou ainda mais o Cabeçudo, que lhe lançou:

— E até que a verificação chegue ao final, vós não tocareis mais em nosso Tesouro.

— Vou ficar longe dele, Vossa Majestade — respondeu Marigny no limiar da porta.

E todos escutaram seus passos distanciando-se pelo corredor.

Valois triunfava, quase surpreendido pela rapidez dos acontecimentos.

— Cometestes um erro, meu irmão — disse-lhe o conde de Évreux — não se pode agir assim com um homem como este.

— Não cometi erro algum, pelo contrário — replicou Valois —, e logo sereis grato pelo que acaba de ocorrer. Este Marigny é um furúnculo nas faces do reino, um furúnculo que devia ser furado o mais depressa possível.

— Meu tio — perguntou Luís X voltando mais uma vez para sua única preocupação —, quando é que podereis ordenar a partida de nossos embaixadores para a corte de Nápoles?

— Tão logo. — Valois lhe prometeu que Bouville partiria ainda naquela semana. E encerrou o Conselho. Luís X estava descontente com tudo e com todos, porque na verdade se sentia descontente consigo mesmo.

II

ENGUERRAND DE MARIGNY

Precedido, como de costume, por dois sargentos-maceiros que carregavam bastões ornamentados com a flor-de-lis, escoltado por secretários e escudeiros, Enguerrand de Marigny, voltando para casa, sufocava de raiva. "Esse espertalhão, esse manhoso, chegar a acusar-me de falsificar os tratados! Uma repreensão dessas é ainda mais divertida vindo dele, que passou a vida inteira vendendo-se àquele que desse mais... E esse reizinho que tem um cérebro de mosca e é tão rabugento como uma vespa, não disse uma palavra sequer em minha defesa, tudo o que fez foi tirar-me a responsabilidade pelo Tesouro!"

Andava sem ver coisa alguma, nem as ruas, nem as pessoas. Governava os homens de tão alto, e há tanto tempo, que perdera o hábito de olhá-los. Os parisienses distanciavam-se quando ele surgia, inclinavam-se, faziam-lhe grandes reverências tirando chapéus e gorros e, depois, seguiam-no com os olhos fazendo algum comentário amargo. Ele não era apreciado ou não era mais apreciado.

Chegando a seu palacete da rua Fossés-Saint-Germain, atravessou o pátio com passos apressados, jogou seu mantô aos primeiros braços que se estendiam em sua direção e, carregando ainda a pasta de documentos, subiu a escada em caracol.

Enormes baús, enormes candelabros, tapetes espessos, pesadas cortinas, o palacete era mobiliado apenas com objetos sólidos, feitos para durar. Um exército de domésticos estava constantemente a postos a serviço do Senhor Marigny e um exército de clérigos também trabalhava ali a serviço do reino.

Enguerrand empurrou a porta do aposento em que sua mulher costumava se encontrar. Ela bordava num canto próximo ao fogo da lareira; sua irmã, a Senhora de Chanteloup, uma viúva conversadeira, fazia-lhe companhia. Duas cadelas galgo da Itália, pequeninas e friorentas, saltitavam a seus pés.

Vendo a expressão do marido, a Senhora de Marigny logo se preocupou.

— Meu amigo, o que aconteceu? — perguntou ela.

Alips de Marigny, cujo nome de solteira era de Mons, vivia há quase cinco anos na admiração do homem que a desposara, em segundas bodas, e ardia por ele de uma devoção constante e apaixonada.

— Aconteceu que, agora que o rei Felipe não se encontra mais entre nós para mantê-los sob o chicote, os cães resolveram avançar contra mim.

— Posso ajudar de alguma maneira?

Agradeceu, mas de maneira tão dura, acrescentando que ele sabia se conduzir sozinho, que as lágrimas subiram aos olhos da jovem esposa. Enguerrand, então, debruçou-se para beijá-la na testa, e murmurou:

— Eu sei muito bem, Alips, que sois a única pessoa que me ama!

Depois passou para o gabinete de trabalho, jogou sua pasta de documentos sobre um baú. Ficou andando durante algum tempo de uma janela para a outra, a fim de dar à sua própria razão um pouco de tempo para vencer a ira. "Tirais de mim o Tesouro, Vossa Majestade, mas esqueceis o resto. Esperai para ver; vós não me destruireis assim tão facilmente."

Ele tocou um sininho.

— Quatro sargentos, imediatamente — disse ele ao oficial que acudiu.

Os sargentos convocados subiram até a sala dos guardas. Marigny distribuiu-lhes ordens:

— Tu vais chamar o senhor Alain de Pareilles, no Louvre. Tu vais buscar meu irmão, o arcebispo, que hoje deve estar no palácio episcopal. Tu vais buscar os senhores Dubois e Raul de Presles; e tu, o senhor Le Loquetier. Se eles não forem encontrados em seus palacetes, tratai de seguir suas pistas. E dizei a todos que eu os espero aqui.

Depois de os quatro homens partirem, fez deslizar um cortinado e abriu uma porta de comunicação com a sala dos secretários privados.

— Que venha alguém para o ditado.

Um amanuense chegou, trazendo púlpito e plumas para escrever. Marigny, com as costas viradas para a lareira, começou a ditar:

"A Vossa Majestade, o mui poderoso, amado e temível rei Eduardo da Inglaterra, duque de Aquitânia. Vossa Majestade, o estado em que me encontro após o retorno à companhia de Deus de meu senhor, mestre e suzerano, o saudoso rei Felipe e o maior que este reino conheceu, faz com que eu recorra a Vossa Majestade a fim de ser instruído sobre os interesses que dizem respeito ao bem de nossas duas nações..."

Interrompeu o ditado para tocar novamente o sininho. O oficial reapareceu. Marigny ordenou-lhe que fosse buscar seu filho, Luís de Marigny. Depois ele continuou sua carta.

Desde 1308, ano do casamento de Izabel de França com Eduardo II da Inglaterra, Marigny tivera ocasião de prestar a esse último diversos serviços políticos ou pessoais.

A situação, no ducado da Aquitânia, era sempre difícil e tensa, devido ao estatuto singular daquele imenso feudo francês dominado por um soberano estrangeiro. Mais de cem anos de guerra, de disputas sem fim, de tratados contestados ou negados tinham deixado seqüelas. Quando os vassalos da região de Guyenne, de acordo com seus interesses e rivalidades, dirigiam-se a um ou a outro dos soberanos, Marigny esmerava-se sempre para evitar os conflitos. Por outro lado, Eduardo e Izabel não formavam de modo algum um casal harmonioso. Quando Izabel se queixava dos costumes anormais de seu marido e o repreendia por seus favoritos, contra os quais ela vivia em luta declarada, Marigny pregava a calma e a paciência para o bem dos reinos. Enfim, a Tesouraria da Inglaterra passava por dificuldades freqüentes. Quando Eduardo se encontrava em falta de moeda, Marigny dava um jeito para lhe consentir um empréstimo.

Como agradecimento por tantas intervenções, Eduardo, um ano antes, gratificara o coadjutor francês com uma pensão vitalícia de mil libras[7].

Agora era a vez de Marigny de apelar para o rei inglês e de pedir-lhe apoio. Era importante para as relações entre os dois reinos que os negócios, na França, não mudassem de direção.

"... Não se trata, Vossa Majestade, de favores pessoais; ao contrário, vós vereis que se trata, isso sim, da paz entre os impérios, em nome da qual eu sou e para sempre serei vosso fiel servidor."

Ele fez com que relessem a carta e efetuou algumas correções.

— Recopiai-a e dai-me para assiná-la.

— Isso deve partir com os mensageiros, Senhor? — perguntou o secretário.

— De forma alguma. E vou selar o documento com meu selo pessoal.

O secretário saiu. Marigny abriu a gola de sua capa. A ação o sufocava.

"Pobre reino", pensava ele. "Em que confusão e miséria vai entrar, caso eu não me oponha! Será possível que todos os esforços que fiz até agora irão por água abaixo?"

Os homens que exerceram por muito tempo o poder acabam por se identificar com seus encargos e por considerar qualquer investida contra eles mesmos como um ataque direto contra os interesses do Estado. Marigny estava nesse caso e encontrava-se pronto, portanto, sem perceber, a agir contra o reino, desde que limitassem suas faculdades para dirigi-lo.

Foi nessa disposição que acolheu seu irmão arcebispo.

Jean de Marigny, alto e apertado em seu mantô roxo, assumia constantemente posturas estudadas que o coadjutor não apreciava. Enguerrand tinha vontade de dizer a seu irmão mais novo: "Deixa essas poses para teus cônegos, já que gostas disso, mas deixa-as de lado quando estás comigo, que te vi babar tua sopa e limpar o nariz com o dedo."

Em dez frases ele lhe contou o que se passara durante a reunião do Conselho e comunicou-lhe suas diretrizes, com o mesmo tom certeiro que usava para dirigir-se a seus amanuenses.

— Por enquanto eu não quero saber de um papa eleito, pois, enquanto não houver um, esse reizinho malvado estará em minhas mãos. Portanto, nada de cardeais reunidos e prontos a escutar Bouville quando este voltar de Nápoles. Nada de paz em Avinhão. Que tratem de brigar muito por lá, que tratem de se entredevorar. Fareis o necessário para isso, meu irmão.

Jean de Marigny, que começara por se mostrar indignado pelo que lhe contava Enguerrand, tornou-se sombrio tão logo seu irmão tratou do conclave. Ele refletiu por um momento, contemplando seu anel pastoral.

— E então, meu irmão? Estou esperando vosso sinal de aquiescência — disse Enguerrand.

— Meu irmão, sabeis muito bem o quanto quero vos ser útil e penso que poderei ser ainda mais útil se me tornar um dia cardeal. Ora, semeando no conclave mais discórdia do que já existe agora, corro o grande risco de perder a amizade deste ou daquele candidato a papa, Francesco Caëtani, por exemplo, que, caso seja mais tarde eleito, recusaria então que eu vista o chapéu de cardeal...

— Vosso chapéu de cardeal! Pois bem, é chegada a hora de falar no assunto. Vosso chapéu de cardeal, meu pobre Jean, caso um dia deveis usar um, será graças a mim, como já é graças a mim que tendes a mitra de bispo. Mas, se cálculos tão tolos fazem com que façais aliança com meus adversários, como esse Caëtani, então eu vos digo que logo vos transformareis, não somente sem chapéu de cardeal, mas ainda sem sapato ou coisa alguma, em monge relegado a algum convento sem importância. Esqueceis depressa demais, Jean, tudo que me deveis, e de que situação vos tirei, apenas há dois meses, devido à operação ilícita que fizestes com os bens da ordem do Templo — acrescentou ele.

Sob as grossas sobrancelhas, seu olhar tornou-se mais brilhante, mais agudo.

— ... a propósito, destruístes as provas que deixastes imprudentemente em poder do banqueiro Tolomei e das quais os banqueiros italianos se serviram para obrigar-me a fazer o que queriam?

O arcebispo fez com a cabeça um movimento que poderia ser interpretado como uma resposta afirmativa; mas logo depois ele se mostrou mais dócil e rogou a seu irmão que lhe desse as instruções que quisesse.

— Enviai até Avinhão — continuou Enguerrand — dois emissários, homens de Igreja e da mais absoluta confiança, isto é, gente com a qual sabeis que é possível contar. Dizei-lhes que passem um tempo em Carpentras, em Châteauneuf, em Orange, em toda parte por onde os cardeais se encontrem, e que esparramem com autoridade, como se isso viesse da corte da França, ruídos contraditórios. Um anunciará aos cardeais franceses que o novo rei permite o retorno da Santa Sé a Roma; outro dirá aos italianos que estamos inclinados a estabelecer o papado numa localidade ainda mais próxima de Paris, para que esteja ainda sob nossa dependência. Tudo isso não passa da verdade, afinal, mesmo sendo contraditório, já que o novo rei é incapaz de julgar tais problemas e que Valois quer o papa em Roma e que eu o quero em Paris. O rei só tem uma coisa na cabeça — a anulação de seu casamento — e não vê um palmo além. Ele vai obtê-la, mas somente quando eu quiser e de um pontífice que seja conveniente para mim... Por enquanto, então, devemos retardar a eleição. Cuidai para que os homens enviados não tenham nenhuma ligação entre si; seria mesmo desejável que eles nem sequer se conhecessem.

E com essas palavras, dispensou seu irmão, a fim de receber Luís, seu filho, que esperava na ante-sala. Mas depois de o jovem ter entrado, Marigny permaneceu silencioso por um momento. Pensava com ares de tristeza e amargura: "Jean vai me trair desde que acredite tirar algum proveito disso..."

Luís de Marigny era um moço magro, de bela aparência, e que se vestia com gosto. Tinha traços bem semelhantes aos do arcebispo, seu tio.

Filho de um personagem diante do qual todo o reino se inclinava, e ainda por cima afilhado do novo rei, o jovem Marigny não conhecia nem a necessidade de lutar, nem a dificuldade. Sem dúvida, dava mostras de admiração e respeito pelo pai, mas sofria em segredo devido à autoridade brutal deste homem e de suas maneiras rudes que revelavam origens modestas, e seu sucesso resultante de um caráter de homem de ação. Por pouco ele não repreenderia ao pai o fato de não ter nascido em berço de ouro.

— Luís, preparai-vos — disse Enguerrand. — Deveis partir agora mesmo para Londres a fim de entregar uma carta.

O rosto do jovem tornou-se sombrio.

— Isso não poderia esperar até amanhã, meu pai? Ou quem sabe não tendes alguém que possa me substituir? Eu devo ir à caça amanhã, no bosque de Boulogne... uma caça de menor importância, pois a corte está de luto, mas...

— Ir à caça! Mas então não pensais em outra coisa!?! — exclamou Marigny. — Será que não posso pedir nada aos meus, para os quais faço tudo, sem que eles comecem a reclamar? Deveis saber que sou eu quem é caçado agora, para que me arranquem o couro, e junto com o meu arrancarão também o vosso... Se me bastasse um simples mensageiro, eu teria pensado nisso sozinho! É ao rei da Inglaterra que vos envio, para que minha carta lhe seja remetida em mãos e para que não comecem a circular cópias dela que o vento traria de volta até aqui. Ao rei da Inglaterra! Isso é bastante para satisfazer vosso orgulho e para vos convencer de renunciar à caça?

— Perdoai-me, meu pai — disse Luís de Marigny. — Eu obedecerei.

— Ao entregar minha carta ao rei Eduardo, a quem lembrareis que ele vos encontrou no ano passado, em Maubuisson, vós acrescentareis algo que eu não quis escrever: que Carlos de Valois está fazendo suas intrigas para casar de novo o rei a uma princesa de Nápoles, o que faria com que nossas alianças voltem-se muito mais para o sul do que para o norte. Eis tudo, vós me ouvistes bem. E, se o rei Eduardo vos perguntar o que pode fazer por mim, dizei-lhe que ele me ajudaria muito recomendando-me fortemente ao rei Luís, seu cunhado... Levai convosco os escudeiros e os copeiros necessários; mas prestai atenção para não reunir uma escolta de príncipe. E dizei a meu tesoureiro que vos entregue cem libras.

Ouviram-se algumas batidas na porta.

— O Senhor de Pareilles chegou — disse o oficial.

— Que ele entre... Adeus, Luís. Meu secretário irá vos entregar a carta. Que o Senhor vos acompanhe.

Enguerrand de Marigny abraçou seu filho, gesto que não lhe era costumeiro. Depois se virou para Alain de Pareilles, que entrava, pegou-o pelo braço e, mostrando-lhe uma poltrona diante da lareira, disse:

— Vinde para perto do calor, Pareilles.

O capitão-geral dos arqueiros tinha os cabelos cor de aço, um rosto duramente marcado pelo tempo e pela guerra, e seus olhos viram tantos combates, golpes, rebeliões, torturas e execuções, que eles não podiam mais espantar-se com nada. Os enforcados de Montfaucon eram para ele um espetáculo habitual. Apenas no decorrer de um ano, conduzira o grão-mestre dos Templários à fogueira, os irmãos d'Aunay ao suplício da roda, as princesas reais à prisão.

Comandava o corpo dos arqueiros e dos sargentos de armas de todas as fortalezas; a manutenção da ordem no reino era seu negócio, bem como a aplicação dos decretos de justiça repressiva ou criminal. Marigny não tratava de maneira tão íntima nenhum membro de sua família, tanto quanto o fazia com Alain de Pareilles, velho companheiro, instrumento exato, sem defeitos nem fraquezas, do poder do Estado.

— Tenho duas missões para ti, Pareilles — disse Marigny. — Ambas dizem respeito à inspeção das fortalezas. Primeiro, peço-te que vás até Château-Gaillard a fim de sacudir aquele asno que é o guardião de lá... Como é mesmo o nome dele?

— Bersumée, Robert Bersumée.

— Tu dirás então a Bersumée que ele deve conformar-se mais estritamente às instruções recebidas. Soube que Robert d'Artois esteve lá e que viu a Senhora de Borgonha. Isso contraria as ordens. A rainha, se é que assim podemos chamá-la, está condenada à prisão, isto é, ao segredo. Nenhum salvo-conduto é válido para aproximar-se dela caso não traga meu lacre pessoal, ou o teu. Apenas o rei pode visitá-la, embora eu não veja muitas chances para que ele sinta vontade. Portanto, nada de embaixadores, nada de mensagens. E que esse asno saiba que, caso não obedeça a minhas ordens, eu lhe arranco as orelhas.

— O que desejas fazer da Senhora de Borgonha? — interrogou Pareilles.

— Nada. Que ela permaneça viva. Ela me serve de refém, e pretendo mantê-la assim. Que cuidem bem de sua segurança. Que amenizem, caso seja preciso, seu regime e suas condições de alojamento, sendo eles prejudiciais a sua saúde... Em segundo lugar: tão logo voltes de Château-Gaillard, tomarás a direção do sul da França, com três companhias de arqueiros que irás instalar no forte de Villeneuve, a fim de reforçar nossa guarnição de frente para Avinhão. Insisto para que mostres bem tua chegada e para que faças desfilar os arqueiros seis vezes consecutivas diante da fortaleza, de forma que da outra margem possam pensar que eles são mais numerosos, cerca de dois mil, digamos. É aos cardeais que destino essa parada de guerra, para completar os preparativos que estou lançando de outro lado. Isso feito, tu voltarás para cá; teu serviço pode ser de grande necessidade para mim por esses tempos...

— ... os ares que respiramos atualmente não são nem um pouco agradáveis, não é mesmo?

— Não, nem um pouco... Adeus, Pareilles. Vou ditar ao secretário tuas instruções.

Marigny estava mais calmo. As diversas peças de seu jogo começavam a ganhar forma. Sozinho por um momento, se pôs a pensar. Depois entrou no aposento dos secretários. Assentos de carvalho esculpido estavam dispostos contra as paredes à meia-altura, como em uma igreja. Cada assento era equipado de uma prancha móvel para escrever, da qual pendiam pesos que mantinham os pergaminhos esticados, e recipientes fixados às cotoveleiras, contendo tinta. Estantes giratórias, de quatro faces, sustentavam registros e documentos. Quinze amanuenses trabalhavam lá, em silêncio. Marigny, ao passar, rubricou e selou a carta ao rei Eduardo; e depois passou para o aposento seguinte em que os legiferadores convocados estavam reunidos, e outros, com eles, tais como Bourdenai e Briançon, vindos por vontade própria depois de conhecerem as mais recentes notícias.

— Senhores — disse Enguerrand —, não quiseram vos fazer a honra de vos convidar para o Conselho desta manhã. Pois vamos reunir entre nós nosso próprio Conselho.

— Ficará faltando nele apenas nosso falecido rei Felipe — disse Raul de Presles com um sorriso triste.

— Oremos para que sua alma nos guie — disse Geoffroy de Briançon.

E Nicole Le Loquetier acrescentou:

— Ele não duvidava de nossa lealdade.

— Sentemo-nos, senhores — disse Marigny.

E depois de todos terem se acomodado:

— Devo informá-los antes de mais nada que a gestão do Tesouro me foi tirada, e que o rei vai ordenar uma inspeção nas contas. A ofensa vos atinge tanto quanto a mim. Deveis abster-vos da indignação, senhores, pois temos mais o que fazer. Pois eu desejo apresentar contas transparentes, e para isso...

Ele deteve-se por um momento, depois recostou-se ao espaldar da cadeira.

— ... para isso — repetiu ele — deveis ordenar a todos os prebostes sob vossa responsabilidade, a todos os receptores de impostos, em todos os bailiados e senescalias, que paguem tudo o que é devido, imediatamente. Que sejam pagas todas as notas de manutenção, de reformas em curso, e tudo o que foi encomendado pela Coroa, sem omitir tudo o que diz respeito à casa de Navarra. Que tudo seja pago em todos os lugares, até que o ouro se esgote, mesmo as contas que poderiam merecer um prazo ainda. E depois apresentaremos o estado das dívidas do Tesouro.

Os legiferadores olharam para Marigny, olharam-se entre eles. Eles tinham entendido; e alguns não puderam impedir-se de sorrir. Marigny estalou os dedos, como se quebrasse nozes.

— O conde de Valois quer assegurar para ele o controle do Tesouro? Pois muito bem! Vai voltar lambendo os dedos e precisará ir procurar em outro lugar o dinheiro que deve financiar suas intrigas!

III

O PALACETE DA FAMÍLIA VALOIS

Ora, o rude afã em que se vivia, à margem esquerda do Sena, no palacete de Marigny, não passava de uma leve agitação em comparação com o que ocorria, à margem direita, no palacete da família Valois. Lá, já cantavam vitória, e por pouco já não pendurariam nas janelas os galhardetes do triunfo.

"Marigny ficou sem o Tesouro!" A novidade, primeiramente cochichada, agora era aclamada. Cada qual sabia, e queria mostrar que sabia; cada qual comentava, calculava, predizia, e isso tecia um enorme rumor de presunção, de conciliábulos, de adulações pegajosas. O menor escudeiro assumia ares de condestável para tratar asperamente os domésticos. As mulheres comandavam com maior exigência, as crianças esganiçavam com mais energia. Os camareiros, assumindo ares de gente importante, transmitiam entre eles ordens fúteis com a maior gravidade, e até o menor escriturariozinho pretendia assumir ares de grande dignitário.

As damas de companhia cacarejavam em volta da condessa de Valois, grande, seca, altiva. O cônego Étienne de Morlay, chanceler do conde, passava como um navio entre as vagas de nucas, debruçando-se com respeito. Toda uma clientela efervescente, cautelosa, entrava, saía, permanecia junto aos vãos das janelas, dava uma opinião sobre os negócios públicos. O cheiro do poder tinha se difundido por Paris, e cada qual se apressava para farejá-lo de mais perto.

As coisas permaneceram assim durante uma semana. Muitas pessoas vinham até o palacete, fingindo ter sido chamadas e com a esperança de serem, pois o Senhor de Valois, fechado em seu gabinete, consultava muitas pessoas. Viu-se mesmo aparecer lá, como um fantasma do século passado sustentado por um escudeiro de barba branca, o velho senhor feudal de Joinville, abatido e emagrecido pela idade. O senescal hereditário de Champagne, companheiro de São Luís durante a Cruzada de 1248 e que tinha sido nomeado seu turiferário, tinha 91 anos. Semicego, com as pálpebras úmidas e a razão diminuída pela metade, ele vinha trazer ao conde de Valois a caução da antiga cavalaria e da sociedade feudal.

O partido dos senhores feudais, pela primeira vez há trinta anos, estava ganhando; e ter-se-ia dito, diante da grande confusão dos que se apressavam para juntar-se a ele, que a verdadeira corte não estava no palácio da Cité, mas sim no palacete de Valois.

Verdadeira morada de rei, aliás. Nenhuma viga no teto que não fosse esculpida, nenhuma lareira cuja coifa monumental não fosse ornamentada com os escudos da França, de Anjou, de Valois, Perche, Maine ou Romagne, ou mesmo com as armas de Aragão ou os emblemas imperiais de Constantinopla, já que Carlos de Valois ocupara, furtiva e nominalmente, as coroas de Aragão e a do Império latino do Oriente. Em todos os aposentos o chão desaparecia sob as lãs de Esmirna, e as paredes eram cobertas pelos tapetes de Chipre. Os aparadores, as prateleiras sustentavam um faiscamento de ourivesaria, de esmaltes, de cobre cinzelado.

Mas aquela fachada de opulência e de prestígio ocultava uma lepra: a falta de dinheiro. Todas aquelas maravilhas estavam em três terços penhoradas a fim de cobrir os fabulosos gastos que se faziam naquela casa. Valois gostava de aparecer. Com menos de sessenta comensais, sua mesa lhe parecia vazia. E com menos de vinte pratos servidos, acreditava que o reduziam a um cardápio de penitente. Do mesmo modo que prodigava títulos e honras, ele também abundava em jóias, roupas, montarias, móveis, louças. Precisava exagerar em tudo para ter o sentimento de possuir o suficiente.

Cada qual aproveitava daquela pompa. Mahaut de Châtillon, a terceira Senhora de Valois, acumulava vestidos e ornamentos vestimentários, e não existia na França sequer uma princesa que se mostrasse de tal maneira coberta de pérolas e gemas. Felipe de Valois, o filho mais velho, cuja mãe era da família Anjou-Sicília, apreciava as armaduras de Pádua, as botas de Córdoba, as lanças de madeira do norte da Europa, as espadas da Alemanha.

Mercador algum que viesse oferecer ali um objeto raro ou suntuoso levava de volta sua mercadoria, caso tivesse habilidade bastante para insinuar que algum outro senhor feudal poderia adquiri-la se o conde de Valois não quisesse comprá-la.

As bordadeiras do palacete, bem como outras, que faziam para o conde trabalhos avulsos, não davam conta de bordar tantas cotas de armas, auriflamas, bacheiros para selas, capas e mantôs do senhor conde e vestidos da condessa.

O copeiro-mor roubava um pouco de vinho, os intendentes das cavalariças roubavam um pouco de ração dos cavalos, os camareiros roubavam velas e o cozinheiro tirava seus bocados das provisões de especiarias. Do mesmo modo que se roubava na lavanderia, desperdiçava-se na cozinha. E esse era o funcionamento ordinário do palacete.

Pois o conde de Valois tinha que enfrentar outras necessidades.

Genitor prolífico, tinha inúmeras filhas nascidas dos três casamentos. Cada vez que casava uma, Carlos se via na obrigação de endividar-se ainda mais a fim de que o dote e os festejos das bodas estivessem à altura dos tronos de seus genros. Sua fortuna desmanchava-se nessa rede de alianças.

Claro, possuía imensos domínios, os maiores depois do rei. Mas as rendas que tirava deles quase que nem chegavam mais a cobrir os juros dos empréstimos que fizera. Os credores, a cada mês, mostravam-se mais difíceis. Se ele tivesse menos urgência em restaurar seu crédito, o conde de Valois teria se mostrado menos apressado em apoderar-se dos negócios do reino.

Mas há combates que deixam o vencedor em maiores dificuldades do que o vencido. Tomando em mãos o Tesouro, Valois apoderava-se apenas de um punhado de vento. Os enviados que ele despachava aos bailiados e prebostados, a fim de que neles recolhessem alguns fundos, voltavam de mãos vazias. Todos tinham sido precedidos pelos enviados de Marigny; e não restava mais sequer uma moeda nos cofres dos prebostes, que tinham soldado todas as dívidas, bem ou mal, a fim de apresentar "contas bem transparentes".

E enquanto no andar térreo de seu palacete uma multidão se aquecia e bebia às suas custas, Valois, em seu gabinete, no primeiro andar, recebendo visitante após visitante, tentava encontrar os meios para alimentar não somente sua própria caixa, mas também, agora, a do Estado.

No final daquela semana, numa manhã, ele estava fechado com seu primo Robert d'Artois. Esperavam um terceiro personagem.

— Esse banqueiro, esse lombardo, vós o convocastes realmente hoje cedo? — perguntou Valois. — Confesso que tenho certa pressa em vê-lo.

— Ah, meu primo — respondeu o gigante —, minha impaciência não é menor do que a vossa. Pois de acordo com a resposta que vos dará Tolomei, espertalhão como nenhum outro, mas que entende de finanças, eu me apressarei a vos apresentar uma solicitação.

— De que se trata?

— De meus atrasados, meu primo, minhas rendas atrasadas do condado de Beaumont que há 25 anos me foi outorgado para fingir que me pagavam assim pelo domínio de Artois. Ainda não senti o cheiro desse dinheiro[8]. Hoje a dívida para comigo sobe a mais de 25 mil libras, e é com base nesta soma que Tolomei me empresta, com grande usura. Mas posto que tereis doravante o controle do Tesouro...

Valois levantou os braços em direção ao céu.

— Meu primo — disse ele —, a tarefa de hoje consiste em encontrar o necessário para enviar Bouville até Nápoles, pois o rei me enche as orelhas sem parar com essa história. Em seguida, o primeiro negócio de que vou cuidar, eu vos prometo, é o vosso.

A quantas pessoas, nos últimos oito dias, não tinha ele feito a mesma promessa?

— Mas o golpe que Marigny acabou de nos fazer será o último, eu garanto! Vamos vencê-lo, e descontaremos vossos atrasados dos bens dele. Onde pensais que foram parar as rendas de vosso condado? No cofre dele, meu primo, no cofre dele!

E o conde de Valois, perambulando pelo gabinete, despejou mais uma vez todas as suas críticas em relação ao coadjutor, o que era a melhor maneira de desvencilhar-se do pedido de d'Artois.

Marigny, a seus olhos, era responsável por tudo. Um roubo tinha sido cometido em Paris? Marigny não controlava sua polícia como devia e, talvez, até dividisse com os ladrões o fruto dos assaltos. Um decreto do Parlamento desfavorizava um grande senhor feudal? Marigny é quem o tinha preparado.

Pequenos e grandes males, as ruas da capital cheias de lama, a insubmissão de Flandres, a falta de trigo, tudo isso tinha apenas um autor e uma origem. O adultério das princesas, a morte do rei e até mesmo o inverno precoce eram imputáveis a Marigny. Deus punia o reino pelo fato de ele ter tolerado durante tanto tempo um ministro tão malfeitor!

D'Artois, comumente barulhento e jactancioso, olhava seu primo em silêncio, incansavelmente. Na verdade, para alguém cuja natureza era mais ou menos proveniente da mesma origem, o Senhor de Valois tinha do que fasciná-lo.

Surpreendente personagem, este príncipe ao mesmo tempo impaciente e tenaz, veemente e astuto, corajoso de corpo mas fraco diante da adulação, e sempre animado por ambições extremas, sempre se lançando em empreitadas gigantescas e sempre fracassando por falta de uma apreciação precisa da realidade. A guerra era mais apropriada à sua personalidade do que a administração da paz.

Aos 27 anos, posto pelo irmão no comando dos exércitos franceses, ele tinha devastado a Guyenne em revolta; a lembrança daquela expedição sempre provocava nele entusiasmo. Aos 31 anos, chamado pelo papa Bonifácio e pelo rei de Nápoles para combater os gibelinos e pacificar a Toscana, havia sido tratado com indulgências só concedidas a um cruzado, ao mesmo tempo em que era honrado com os títulos de vigário-geral da Cristandade e de conde de Romagne. Ora, sua "cruzada", ele a empregara na extorsão das cidades italianas e na espoliação dos florentinos, dos quais arrancou cem mil florins de ouro em troca de consentir que pilhassem em outras plagas.

Esse grande senhor megalomaníaco dava mostras de um temperamento de aventureiro, de gostos de novo rico e de vontades de fundador de dinastia. Nenhum cetro podia encontrar-se livre nesse mundo, nenhum trono vago, sem que Valois estendesse imediatamente a mão em sua direção. E sempre sem ter sucesso.

Agora, aos 44 anos passados, Carlos de Valois dizia de bom grado: "Eu sempre me desgastei tanto só para perder a minha própria vida. A fortuna sempre me traiu!"

É que considerava então todos os seus sonhos desmoronados, o sonho de Aragão, o sonho de um reino de Arles, o sonho bizantino, o sonho alemão, e os juntava todos no grande sonho de um Império que se estendesse da Espanha ao Bósforo e que se assemelhasse ao mundo romano, tal como ele existira mil anos antes, sob o domínio de Constantino.

Havia fracassado em suas tentativas para dominar o universo. Pelo menos lhe restava a França, onde pudesse manifestar sua turbulência.

— Pensais realmente que ele vai aceitar, vosso banqueiro? — perguntou ele bruscamente a d'Artois.

— Mas é claro; ele exigirá garantias, mas aceitará.

— Eis a que estou reduzido, meu primo! — disse Valois com um grande desespero que não era fingido. — Estou na dependência de um usurário italiano para começar a pôr alguma ordem nesse reino!

IV

O PÉ DE SÃO LUÍS

O senhor Tolomei foi conduzido até o gabinete, e Robert d'Artois dobrou-se em dois para acolhê-lo, com as mãos abertas.

— Amigo banqueiro, tenho para convosco grandes dívidas e sempre prometi pagá-las desde que a sorte me favorecesse. Pois bem, chegou este momento!

— Boas novas, Senhor — respondeu Spinello Tolomei, inclinando-se.

— E antes de mais nada — prosseguiu d'Artois — quero começar por quitar o reconhecimento que vos devo, apresentando-vos um cliente real.

Tolomei inclinou-se novamente, e mais profundamente, diante do conde Carlos de Valois, dizendo:

— Mas quem é que não conhece o Senhor, nem que seja de vista ou de fama... Ele deixou profundas lembranças em Siena...

As mesmas que em Florença, com a diferença de que em Siena, cidade menor, ele só havia espoliado dezessete mil florins a fim de "pacificá-la".

— Eu também conservei boa impressão de vossa cidade — disse Valois.

— Minha cidade, agora, Senhor, é Paris.

A tez escura, as faces gorduchas e caídas, o olho vermelho fechado por malícia, Tolomei esperava que o convidassem a sentar-se, o que fez Valois indicando-lhe uma poltrona. Pois o senhor Tolomei merecia algumas considerações. Seus confrades, mercadores e banqueiros italianos de Paris, tinham-no eleito recentemente, depois da morte do velho Boccanegra, "capitão-geral" de suas companhias de finanças. Essa função, que lhe dava o controle da quase totalidade das operações de banco no país, conferia-lhe ainda um poder secreto, primordial. Tolomei era uma espécie de condestável do crédito.

— Não ignorais, amigo banqueiro — continuou d'Artois —, o grande movimento que agita o reino nos últimos dias. O senhor de Marigny, que não é lá muito de vossos amigos, creio, tal como não é nosso, encontra-se em maus lençóis...

— Sim, eu sei... — murmurou Tolomei.

— Aconselhei ao Senhor de Valois, posto que ele tinha necessidade de chamar um homem de finanças, de dirigir-se a vós, cuja habilidade e lealdade conheço tão bem...

Tolomei agradeceu com um sorrisinho de cortesia. Com uma das pálpebras fechadas, observava os dois grandes senhores feudais e pensava: "Se quisessem me oferecer a gerência do Tesouro, com certeza não me fariam tantos elogios."

— O que posso fazer para o Senhor? — disse ele, virando-se para Valois.

— Ora essa! Aquilo que pode fazer um banqueiro, senhor Tolomei! — respondeu o tio do rei com aquela bela arrogância que ostentava quando se preparava para pedir um empréstimo.

— Compreendo bem, Senhor. Tendes alguns fundos para aplicar em boas mercadorias cujo preço dobrará nos próximos seis meses? Quereis adquirir algumas partes no comércio da navegação, que se desenvolve muito neste momento em que é necessário transportar pelo mar tantas coisas que faltam? Eis aí alguns serviços que me dariam a honra de vos servir.

— Não, não se trata disso — disse com vivacidade Valois.

— Deploro, Senhor. Sinto muito por vós. Os melhores ganhos são obtidos em tempos de penúria...

— O que eu desejo, atualmente, é que me avanceis um pouco de dinheiro vivo... para o Tesouro.

Tolomei assumiu ares de quem sentia muito.

— Ah, Senhor, espero que não duvideis de meu desejo de vos servir; mas esta é exatamente a única coisa em que não posso vos satisfazer. Nossas companhias foram muito sacrificadas nesses últimos meses. Tivemos que consentir ao Tesouro um enorme empréstimo que não nos traz lucro algum, a fim de soldar os custos da guerra contra Flandres.

— Isso é um problema de Marigny.

— Sem dúvida, Senhor, mas era dinheiro nosso. Por isso, agora, nossos cofres estão com as fechaduras um tanto quanto enferrujadas. De quanto tendes necessidade?

— Dez mil libras.

Assim Valois tinha calculado suas necessidades, sendo cinco mil libras para a viagem de Bouville a Nápoles, mil para Robert d'Artois, e o resto para enfrentar suas próprias dificuldades mais urgentes.

O banqueiro juntou as mãos diante do rosto.

— Santa Madona! Mas de onde poderei tirá-las!?! — exclamou ele.

Tais protestos deviam ser entendidos como os preliminares de costume. D'Artois tinha prevenido Valois. Esse último assumiu o tom de autoridade que geralmente ele usava com seus interlocutores.

— Ora vamos, senhor Tolomei! Nada de trapaças, nada de esconder o dinheiro. Convoquei-o para que façais vosso trabalho, como sempre fizestes, e com lucros, creio.

— Meu trabalho, Senhor — respondeu tranqüilamente Tolomei —, meu trabalho é emprestar. Ora, de uns tempos para cá, tenho dado muito e sem nada em troca. Eu não sou fabricante de moedas, nem inventei a pedra filosofal.

— Não me ajudareis a me livrar de Marigny? Creio que isso é de vosso interesse, não?

— Senhor, pagar tributos a seu inimigo quando ele é poderoso e depois continuar pagando quando não é mais nada é uma operação que, haveréis de concordar, não resulta em grande coisa. Pelo menos seria necessário saber como as coisas vão se desenrolar e se teremos chances para tirar algum proveito.

Carlos de Valois, imediatamente, entoou a mesma ladainha que recitava a todos que vinham até seu palacete nos últimos oito dias. Ele ia, desde que tivesse os meios, suprimir todas as "novidades" introduzidas por Marigny e seus legiferadores burgueses; restituiria a autoridade dos grandes senhores feudais; restabeleceria a prosperidade no reino voltando ao velho direito feudal que fizera a grandeza da França. Restauraria a "ordem". Como todos os trapalhões políticos, tinha apenas essa palavra na ponta da língua, e o único conteúdo que lhe dava era o de um conjunto de leis, lembranças ou ilusões do passado.

— Dentro de muito breve, asseguro que teremos voltado aos bons costumes de meu antepassado São Luís!

E ao dizer isso ele mostrava, colocado sobre uma espécie de altar, uma relíquia em forma de pé que continha um osso do calcanhar de seu avô; este pé era de prata com unhas de ouro.

Pois os restos do santo rei tinham sido divididos, posto que cada membro da família, cada capela real tinha querido guardar uma parcela. A parte superior do crânio era conservada num belo busto de ourivesaria na Santa Capela; a condessa Mahaut d'Artois, em seu castelo de Hesdin, possuía alguns cabelos bem como um fragmento dos maxilares; e tantos outros pedaços, como falanges ou lascas de ossos, tinham sido assim repartidos, a tal ponto que era possível perguntar-se o que tinha restado no túmulo do ex-rei, em Saint-Denis. Pois mesmo os verdadeiros despojos mortais jamais tinham sido depositados lá... Uma lenda persistente corria, na África, segundo a qual o corpo do rei franco tinha sido enterrado perto de Túnis e que seu exército teria levado para a França apenas um ataúde vazio ou carregado com um cadáver de substituição[9].

Tolomei foi beijar devotamente o pé de prata e depois perguntou:

— Por que, exatamente, tendes necessidade dessas dez mil libras, Senhor?

Valois foi obrigado a revelar em parte seus projetos imediatos. O banqueiro de Siena escutava balançando a cabeça e dizendo, como se tomasse nota de tudo mentalmente:

"O Senhor de Bouville, em Nápoles... sim, muito bem; temos comércio com Nápoles por intermédio de nossos primos da família Bardi... Casar o rei? Sim, sim, eu vos escuto, Senhor... Reunir o conclave... Ah! Senhor, preparar um conclave custa mais caro do que construir um palácio, e as fundações do primeiro são bem menos sólidas... Sim, Senhor, eu vos escuto..."

Quando, enfim, ele soube o que desejava saber, o capitão-geral dos banqueiros declarou:

— Tudo isso com certeza foi muito bem pensado, Senhor, e eu vos desejo do fundo coração muito sucesso; mas nada me assegura que chegareis a casar o rei, nem que tereis um papa, nem mesmo que eu reveria meu ouro, caso vos concedesse um empréstimo, isto é, caso eu esteja em condições de concedê-lo.

Valois lançou um olhar irritado para d'Artois, parecendo dizer: "Que estranho tipo é este que me trouxestes? Será que terei falado todo este tempo em vão?"

— Então, banqueiro — exclamou d'Artois, levantando-se —, que taxa de lucros quereis? Que garantias? Que tipo de franquia ou alguma outra vantagem?

— Não quero nada, Senhor, não quero nenhuma garantia — protestou Tolomei —, não de vós, e sabeis muito bem, nem do Senhor de Valois, cuja proteção me é tão cara. Estou tentando simplesmente... encontrar os meios de ajudar.

Depois, virando-se novamente para o pé de prata, acrescentou vagarosamente:

— O Senhor acaba de dizer que os bons costumes do tempo de São Luís iam voltar ao reino. Mas o que quer dizer isso exatamente? *Todos* os costumes entrarão de novo em vigor?

— É claro — respondeu Valois sem compreender muito bem aonde o outro queria chegar.

— Será restabelecido, por exemplo, o direito dos senhores feudais a lavrar sua própria moeda no interior de suas terras? Se tal ordenança fosse reeditada... nesse caso, eu estaria então mais propenso a vos apoiar.

Valois e d'Artois se entreolharam. O banqueiro tocava diretamente numa das mais importantes medidas que Valois projetava adotar e era precisamente a que mantinha mais secreta porque ela também era a mais prejudicial ao Tesouro e poderia ser a mais contestada.

De fato, a unificação da moeda no reino, bem como o monopólio real de emitir moeda, eram instituições de Felipe, o Belo. Antes, os grandes senhores feudais fabricavam ou faziam fabricar, em concorrência com a moeda real, suas próprias peças de ouro e de prata que circulavam no interior de seus feudos; e esse privilégio era para eles uma enorme fonte de proveitos. O privilégio também favorecia aqueles que, como os banqueiros italianos, forneciam o metal bruto e jogavam com a variação cambial de uma região para outra. E Valois contava com esse "bom costume" a fim de recuperar sua própria fortuna.

— Podeis dizer-me ainda, Senhor — prosseguiu Tolomei, que continuava a olhar a relíquia como se estivesse estimando seu valor —, podeis dizer-me que ireis também restaurar o direito de guerra privada?

Essa era outra das prerrogativas feudais abolidas pelo Rei de ferro, a fim de impedir que os grandes vassalos declarassem guerra como bem entendessem, ensangüentando assim o reino para acertar seus conflitos pessoais, ostentar sua gloriazinha medíocre ou simplesmente escapar ao tédio.

— Ah! Que este santo costume volte logo para nosso reino — exclamou Robert. — Assim não tardarei a retomar meu condado de Artois, tirando-o de minha tia Mahaut!

— Se tendes necessidade de equipar vossas tropas, Senhor — disse Tolomei —, posso obter os melhores preços junto aos fornecedores toscanos de armas.

— Senhor Tolomei, acabastes de exprimir com precisão todas as coisas que quero realizar — disse então Valois, empertigando-se. — Peço-vos que deposite em mim vossa confiança.

Os homens de finanças não têm imaginação menor do que os conquistadores e deram provas de conhecê-los mal aqueles que acreditariam que eles são inspirados unicamente pela ganância dos ganhos. Seus cálculos, com freqüência, dissimulam sonhos abstratos de poder.

O capitão-geral dos banqueiros sonhava, não da mesma maneira que o conde de Valois, mas sonhava, ele também. Já se via fornecendo ouro bruto aos barões do reino e dirigindo as querelas entre eles, posto que caberia a ele negociar o armamento de que necessitariam. Ora, quem detém o ouro e as armas detém o verdadeiro poder. O senhor Tolomei sonhava assim com um reino pessoal...

— Então — retomou Valois —, estais decidido a me emprestar a soma que vos pedi?

— Talvez, Senhor, talvez. Não que eu esteja na capacidade de dispor dela, eu mesmo; mas posso, sem dúvida, ir buscá-la na Itália, o que seria mais conveniente, já que é para lá que viaja vosso embaixador. Para o Senhor isso não faz diferença, não é mesmo?

— Nenhuma — Valois foi obrigado a responder.

Mas o arranjo estava longe de corresponder realmente a seus votos, pois tornava difícil para ele, senão impossível, pegar uma quantia para suas próprias necessidades. Vendo Valois empertigar-se, Tolomei resolveu jogar alto.

— Oferecereis a garantia do Tesouro; mas cada qual sabe, pelo menos aqui entre nós, que o Tesouro está vazio, e ruídos como este correm depressa pelos entrepostos bancários. Deverei, portanto, me apresentar eu mesmo como fiador da operação, Senhor, o que faço de coração, para vos servir. Mas será necessário que um homem de minha confiança, portador das letras de câmbio, escolte vosso enviado a fim de receber na Itália o dinheiro emprestado e de ser o seu contador.

Valois contraía-se ainda mais.

— Ah! Senhor — disse Tolomei —, é que eu não posso de modo algum agir sozinho neste negócio; as companhias italianas são mais desconfiadas do que as nossas e preciso dar-lhes toda a segurança para que saibam que não serão trapaceadas.

Na verdade, ele queria ter um emissário seu na expedição que fosse, em seu nome e por sua conta, espionar o embaixador de Valois, controlar o emprego dos fundos emprestados, instruir-se sobre os projetos de aliança, conhecer as disposições dos cardeais e trabalhar em silêncio no sentido em que Tolomei o instruísse. O senhor Spinello Tolomei já estava reinando, um pouquinho só.

Robert d'Artois dissera a Valois que o banqueiro exigiria garantias; mas eles não tinham pensado que estas poderiam equivaler a uma parcela de poder.

O tio do rei era forçado, para satisfazer o soberano, a se acomodar às condições do banqueiro.

— E que acompanhante ireis designar, que não faça má figura junto ao senhor de Bouville? — perguntou Valois.

— Vou pensar nisso, Senhor, vou pensar. Não tenho muitas escolhas no momento. Meus dois melhores viajantes estão pelas estradas afora... Quando é que o senhor de Bouville deve partir?

— Se ele pudesse, partiria amanhã mesmo, ou no dia seguinte.

— E aquele moço — sugeriu Robert d'Artois — que foi para mim à Inglaterra?

— Meu sobrinho Guccio? — disse Tolomei.

— É isso mesmo, vosso sobrinho. Ele continua convosco? Pois bem, por que não o enviais? Ele é fino, espirituoso, e tem boa aparência. Ajudará nosso amigo Bouville a se virar melhor, pois este quase não fala italiano. Ficai tranqüilo, meu primo — acrescentou d'Artois dirigindo-se a Valois —, este jovem é uma boa escolha.

— Ele vai me fazer falta aqui — disse Tolomei. — Mas assim seja, Senhor, eu permito que ele vá. Vós obtereis sempre de mim tudo que quiserdes.

E logo depois ele se retirou.

Desde que Tolomei saiu do gabinete, Robert d'Artois, descontraindo-se, disse:

— E então, Carlos... eu não tinha me enganado, não é?

Como todo homem que toma emprestado depois de uma negociação daquele tipo, Valois estava ao mesmo tempo contente e descontente; e tratou de assumir uma atitude que não mostrasse demais seu alívio, nem seu despeito. Detendo-se por sua vez diante do pé de São Luís, ele disse:

— Foi isso, estais vendo, meu primo, foi a contemplação desta santa relíquia que fez com que o banqueiro decidisse. Nem todo o respeito pelas coisas nobres já está perdido na França, e este reino ainda pode ser restaurado!

— Foi um milagre, sim, de certa maneira — disse o gigante com uma piscadela.

Eles pediram aos criados os mantôs e as escoltas para que levassem ao rei a boa-nova da partida do embaixador para Nápoles.

Ao mesmo tempo, Tolomei informava o sobrinho, Guccio Baglioni, de que ele deveria se pôr a caminho, dois dias mais tarde, para a Itália, e enumerou-lhe suas instruções. O moço não deu mostras de um grande entusiasmo.

— *Come sei strano, tiglio mio!** — exclamou Tolomei. — A sorte te dá a ocasião de uma bela viagem, sem que isso te custe um único tostão, já que é o Tesouro, no fim das contas, que vai pagar. Tu conhecerás Nápoles, a corte dos Angevinos, tu vais encontrar príncipes e, se fores hábil, poderá fazer amigos. E talvez tu possas assistir aos preliminares de um conclave. Um conclave é uma coisa apaixonante! Ambições, pressão, dinheiro, rivalidades... e até um pouco de fé, para alguns. Todos os interesses do mundo estão presentes. Tu verás tudo isso. E tu me torces o nariz, como se eu viesse te informar de uma desgraça. Em teu lugar e idade, eu teria pulado de alegria e já estaria arrumando minhas malas... Para torceres assim o nariz, só pode ser por causa de alguma moça de quem lamentas te separar. Não seria a senhorita de Cressay, por acaso?

A tez cor de azeite do jovem Guccio escureceu um pouco, o que era sua maneira de enrubescer.

— Ela há de esperar, caso te ame — continuou o banqueiro. — As mulheres foram feitas para esperar. Sempre as encontramos na volta. E, se temes que ela te esqueça, aproveita então das que encontrares pelo caminho. As únicas coisas que jamais encontramos de volta são a juventude e a força para correr pelo mundo afora.

---

* "Como estás estranho, meu garoto!"

V

AS NOBRES DE HUNGRIA NUM CASTELO DE NÁPOLES

Há cidades mais fortes do que os séculos; o tempo não as modifica. Os dominadores nelas se sucedem; as civilizações nela se depositam como aluviões, mas elas conservam através das eras seu caráter, seu perfume próprio, seu ritmo e seus ruídos que as distinguem de todas as outras cidades da terra. Nápoles, desde sempre, faz parte dessas cidades. Assim ela fora, assim ela permanecia e permaneceria ao longo das eras, meio africana e meio latina, com suas ruelas estreitas, sua efervescência gritante, seu cheiro de óleo, de açafrão e de peixe frito, sua poeira cor de sol, seus barulhos de sininhos pendurados ao pescoço das mulas.

Os gregos a organizaram, os bárbaros a devastaram, os bizantinos e os normandos, cada qual por sua vez, nela se instalaram. Nápoles absorvera, utilizara, fundira as artes deles todos, suas leis e seu vocabulário; a imaginação da rua se alimentava de suas lembranças, seus ritos e mitos.

O povo não era nem grego, nem romano, nem bizantino; era o povo napolitano de sempre, povo que não se parece com nenhum outro no mundo, que usa a felicidade como uma máscara de mímico para dissimular a tragédia da miséria, que usa sempre a ênfase para apimentar a monotonia dos dias, e cuja preguiça aparente só é ditada pela sabedoria que consiste em não fingir que se faz algo quando não há nada a fazer; um povo que sempre amou a vida e a fala, que sempre teve que trapacear com o destino e que sempre demonstrou um grande desprezo pela agitação militar porque a paz, que lhe foi raramente outorgada, jamais o entediou.

Naqueles tempos, aproximadamente depois de meio século, Nápoles passara do domínio dos Hohenstaufen para o dos príncipes de Anjou. O estabelecimento destes últimos, chamados pela Santa Sé, tinha se realizado em meio a assassinatos, repressões e massacres que ensangüentavam então toda a península. As contribuições mais certeiras da nova monarquia podiam ser vistas, por um lado, nas indústrias de lã que ela fundara nos subúrbios para delas tirar suas rendas e, por outro lado, no enorme edifício, parte residência, parte fortaleza e parte palácio, que ela mandara construir perto do mar pelo arquiteto francês Pierre de Chaulnes, o Castelo Novo, gigantesco torreão róseo erigido em direção do céu e que os napolitanos, deixando-se levar por seu humor e apego característicos aos velhos cultos fálicos, tinham imediatamente apelidado de Maschio Angioino, isto é, "Macho Angevino".

Numa manhã de janeiro de 1315, num aposento na parte alta daquele castelo, Roberto Oderisi, jovem pintor napolitano e aluno de Giotto, contemplava o retrato que tinha acabado e que constituía o centro de um tríptico. Imóvel diante de seu cavalete, com um pincel entre os dentes, não conseguia parar de examinar o quadro, no qual o óleo ainda fresco brilhava com reflexos molhados. Perguntava-se se um toque de amarelo mais pálido ou, ao contrário, de amarelo levemente mais alaranjado não teria dado melhor resultado para representar o brilho dourado dos cabelos, se a testa tinha um aspecto suficientemente claro, se os olhos, aqueles belos olhos azuis um pouco redondos tinham realmente a expressão da vida. Os traços tinham sido fielmente reproduzidos, sim, os traços... mas, e o olhar? O que daria a reprodução exata do olhar? Um pontinho branco na menina dos olhos? Um sombreado um pouco mais profundo no canto das pálpebras? Como conseguir, por meio de cores misturadas e dispostas umas depois das outras, restituir a realidade de um rosto e as estranhas variações da luz no contorno das formas? Talvez o problema não estivesse nos olhos, afinal, mas sim na transparência do nariz ou então no brilho claro dos lábios...

"Eu pinto Virgens demais, e sempre com a mesma inclinação do rosto, e sempre com a mesma expressão de êxtase e de ausência...", pensou o pintor.

— Então, senhor Oderisi, o quadro está acabado? — perguntou a bela princesa que lhe servia de modelo.

Há uma semana, ela passava três horas, todos os dias, sentada naquele aposento, posando para um retrato pedido pela corte de França.

Através da grande ogiva com os vidros abertos percebiam-se os mastros dos navios do Oriente amarrados no porto e, além deles, a continuação da baía de Nápoles, o mar imensamente azul sob o faiscamento da luz solar e o perfil triangular do Vesúvio. O ar estava suave, e o dia era agradável.

Oderisi tirou o pincel da boca.

— Ai de mim! Está acabado, sim.

— Por que dizeis "ai de mim"?

— Porque agora estarei privado da felicidade de ver todas as manhãs Donna Clemenza, o que fará com que, para mim, o sol não se levante mais.

Este era um galanteio gentil, pois o fato de um homem declarar a uma mulher, fosse ela princesa ou serva de albergue, que ele iria cair gravemente doente por não mais revê-la constituía, para um napolitano, apenas um mínimo obrigatório de cortesia. E a dama de companhia que bordava, silenciosa, num canto do aposento, encarregada de velar pela decência do encontro, não encontrou nisso motivo sequer para levantar a cabeça.

— E depois, Senhora, e depois... ai de mim! Porque esse retrato não é de jeito nenhum muito bom — acrescentou Oderisi. — Ele não dá de vós uma imagem de beleza tão perfeita quando a verdade.

Poder-se-ia compreender que ele se aborrecesse e, ao criticar-se, era sincero. Sentia a mágoa do artista diante da obra acabada, quando ele percebe que não pôde fazer ainda melhor. Aquele jovem de dezessete anos já apresentava as qualidades de um grande pintor.

— Posso ver? — perguntou Clemência de Hungria.

— Ah, Senhora! Sei que a honra de pintar vosso retrato deveria ter cabido a meu mestre.

Tinham pedido, de fato, a Giotto que o fizesse, enviando-lhe um mensageiro através da Itália. Mas o ilustre toscano, ocupado naquele ano a pintar a vida de São Francisco de Assis sobre os muros da Santa-Croce, em Florença, respondera, do alto de seus andaimes, que se dirigissem a seu jovem discípulo de Nápoles.

Clemência de Hungria levantou-se e aproximou-se do cavalete. Alta e loura, possuía menos graça do que grandeza e menos de feminilidade, talvez, do que de nobreza. Mas a impressão um tanto severa que produzia seu porte era equilibrada pela pureza do rosto e pela expressão maravilhada do olhar.

— Mas, *signor* Oderisi — exclamou ela —, pintastes-me mais bela do que sou realmente!

— Segui fielmente vossos traços, Donna Clemenza, e também esforcei-me para pintar vossa alma.

— Se é assim, eu gostaria que meu espelho tivesse tanto talento quanto vossos pincéis.

Sorriram, agradecendo-se mutuamente pelos cumprimentos trocados.

— Esperemos que esta imagem agrade na corte de França... isto é, a meu tio Valois — acrescentou ela, demonstrando um pouco de confusão.

Pois a ficção que corria, e na qual ninguém acreditava, pretendia que o retrato se destinava a Carlos de Valois — pela grande afeição que ele dedicava a sua sobrinha.

Clemência, ao dizer isso, enrubesceu. Aos 22 anos, ela ainda enrubescia com facilidade e se repreendia por isso, que considerava como uma fraqueza. Quantas vezes sua avó, a rainha Maria de Hungria, não repetira a sua neta: "Clemência, quando se é princesa, e ainda por cima destinada a tornar-se rainha, não se deve enrubescer!"

Seria mesmo possível que se tornasse um dia rainha? Com os olhos voltados para o mar, sonhava com aquele primo distante, aquele rei desconhecido do qual lhe falavam tanto há vinte dias, desde que chegara de Paris um embaixador oficioso...

O senhor de Bouville tinha descrito o rei Luís X como um príncipe infeliz, porque duramente atingido em seu afeto, mas dotado de todas as qualidades agradáveis de aparência, espírito e coração que poderiam seduzir uma dama de tão alta linhagem. Quanto à corte de França, podia-se ver nela um modelo, oferecendo uma mistura perfeita de alegrias de família e de grandezas de realeza... Ora, nada era melhor para seduzir Clemência do que a perspectiva de vir a curar os ferimentos de alma de um homem experimentado pela traição de uma esposa indigna e, depois, pela morte prematura de um pai adorado. Para Clemência, o amor não podia se separar da devoção. A isto acrescentava-se o orgulho de ter sido escolhida pela França... "Eu terei esperado muito tempo por uma colocação, a tal ponto que nem esperava mais obter algo. Mas agora Deus vai me dar o melhor esposo e o mais feliz dos reinos." Assim, há três semanas ela vivia com o sentimento do milagre e transbordava de gratidão para com o Criador e para com o universo.

Um cortinado, bordado de leões e de águias, abriu-se, e um jovem de baixa estatura, nariz afilado, olhos ardentes e alegres, cabelos muito negros, entrou, inclinando-se.

— Oh, *signor* Baglioni! — disse Clemência com um tom alegre.

Gostava do jovem de Siena que servia de intérprete ao embaixador e que para ela, portanto, fazia parte dos mensageiros da felicidade.

— Senhora — disse ele —, o senhor de Bouville me manda perguntar se pode vir vos visitar.

— Tenho sempre um grande prazer em ver o senhor de Bouville. Mas, vinde, aproximai-vos, e dizei-me o que pensais desta imagem que agora está acabada.

— Eu digo, Senhora — respondeu Guccio, depois de permanecer por um instante silencioso diante do quadro —, eu digo que este retrato é fiel às maravilhas e que mostra a mais bela dama que meus olhos jamais admiraram.

Oderisi, com os antebraços manchados de ocre e de vermelho, derretia-se com o elogio.

— Então estais mesmo apaixonado por alguma senhorita francesa, como acreditei ter compreendido? — perguntou Clemência, sorrindo.

— Sim, estou apaixonado, Senhora...

— Então não sois sincero com ela, ou então comigo, senhor Guccio, pois sempre ouvi dizer que, quando se ama, não há semblante mais belo no mundo do que o da pessoa amada.

— A dama que manda em meu coração e que me deu o seu — replicou Guccio com entusiasmo — é, com certeza, a mais bela que há... depois de vós, Donna Clemenza, e dizer isto não significa de modo algum que meu amor não é sincero.

Desde que se encontrava em Nápoles e que tinha se metido nos projetos de casamento do rei, o sobrinho do banqueiro Tolomei se comprazia em assumir ares de cavaleiro ferido pelo amor de uma bela longínqua. Na verdade, sua paixão acomodava-se muito bem na distância, e ele não tinha perdido nenhuma ocasião de satisfazer os prazeres que se oferecem ao viajante.

A princesa Clemência, por sua vez, sentia-se cheia de curiosidade e de disposições afetuosas em relação aos amores alheios; ela teria querido que todos os rapazes e todas as moças da terra fossem felizes.

— Se Deus quiser que eu parta para a corte de França...

Ela enrubesceu novamente.

— ... terei prazer em conhecer aquela em quem tanto pensais e que com quem desejo que possais vos casar.

— Ah, Senhora! Queiram os céus que possais vir! Não tereis servidor mais fiel do que eu e, estou certo disso, serva mais devotada do que ela.

E dobrou um dos joelhos, com ares de grande gentileza, como se estivesse num torneio, diante do camarim das damas. Ela agradeceu com um gesto; Clemência tinha belos dedos bem torneados, um pouco longos, semelhantes aos dedos das santas que se vêem nos afrescos.

"Ah! Como é bom o povo, como as pessoas são gentis!", pensava Clemência, olhando o italianinho que, naquele momento, representava para ela a França inteira.

— Podeis dizer-me o nome dela ou isto é um segredo? — perguntou ela ainda.

— Para vós não é um segredo, posto que desejais saber, Donna Clemenza. Ela se chama Maria... Maria de Cressay. É de linhagem nobre, seu pai era cavaleiro e ela me espera em seu castelo, a dez léguas de Paris... Tem dezesseis anos.

— Pois bem, sede feliz, é o que vos desejo, *signor* Guccio; sede feliz com vossa bela Maria de Cressay.

Guccio saiu e lançou-se pelas galerias, dançando. Já imaginava a rainha de França assistindo a suas bodas. Mas ainda era preciso, para que um belo projeto como aquele vingasse, que o rei Luís, por sua vez, tivesse condições de desposar Donna Clemenza e que a família de Cressay, por outra, consentisse em dar a um banqueiro italiano plebeu a mão de Maria...

O jovem encontrou Hugues de Bouville no apartamento em que ele estava alojado. O antigo camareiro, com um espelho na mão, admirava-se de todos os lados a fim de assegurar-se de sua aparência, arrumando as mechas pretas e brancas que faziam com que ele se assemelhasse a um enorme cavalo malhado. Estava se perguntando se não teria sido melhor tingir os cabelos.

As viagens enriquecem a juventude. Mas também ocorre que perturbem pessoas que já chegaram à maturidade. Os ares italianos tinham perturbado Bouville. Aquele valente senhor, muito atento a seus deveres, não tinha podido resistir, desde que chegara a Florença, ao desejo de enganar sua mulher, e logo depois tinha corrido para uma igreja a fim de confessar seus pecados. Em Siena, onde Guccio conhecia algumas damas bem instaladas na galanteria, ele tinha recaído, mas já com menos remorsos. Em Roma se comportara como se tivesse rejuvenescido vinte anos. Nápoles, pródiga em volúpias fáceis, com a condição de se estar munido de um pouco de ouro, fazia com que Bouville vivesse numa espécie de encantamento. O que em qualquer outro lugar teria passado por vício, naquela cidade assumia um aspecto desarmante de tão natural, e quase ingênuo. Pequenos rufiões de doze anos, esfarrapados e lourinhos, louvavam as qualidades de uma irmã mais velha com uma eloqüência à moda da Antiguidade, depois permaneciam comportadamente sentados no aposento ao lado, esperando enquanto coçavam os pés. Além do mais tinha-se o sentimento de cumprir assim uma boa ação, permitindo a uma família inteira que ela se alimentasse durante toda a semana. E, depois, o prazer de passear em pleno mês de janeiro sem usar mantô! Bouville tinha adotado a última moda e usava agora aventais de mangas curtas de duas cores, com listras transversais. Claro, ele tinha sido roubado, um pouco em cada esquina por onde passava. Mas o preço era realmente pequeno para tanto prazer!

— Meu amigo — disse ele quando viu entrar Guccio —, não achais que emagreci um pouco? Não é impossível que eu chegue a recuperar meu corpo de outrora.

A suposição dava mostras de um grande otimismo.

— Senhor — disse o jovem —, Donna Clemenza está pronta para vos receber.

— E o retrato? Espero que não tenha sido acabado...

— Sim, senhor, ele está pronto.

Bouville suspirou profundamente.

— Então, é sinal de que devemos retornar para a França. O que lamento muito, confesso, pois tomei-me de amizades por este lugar, e teria dado alguns florins a este pintor para que mais prolongasse um pouco seu trabalho. Coragem, as melhores coisas têm um fim.

Trocaram um sorriso de conivência e, para ir até os apartamentos da princesa, o gordo embaixador tomou Guccio pelo braço, afetuosamente.

Entre aqueles dois homens, tão diferentes pela idade, pela origem e pela situação, uma verdadeira amizade nascera e tinha se solidificado, pouco a pouco. Aos olhos de Bouville, o jovem toscano parecia a própria encarnação daquela viagem, com suas liberdades, suas descobertas e o sentimento da juventude reencontrada. Além do mais, o moço se mostrava ativo, sutil, discutia muito bem com os fornecedores, administrava os gastos, contornava as dificuldades, organizava os prazeres. Quanto a Guccio, ele compartilhava, graças a Bouville, de um modo de vida digno de senhor feudal, freqüentando os príncipes com familiaridade. Suas funções maldefinidas de intérprete, secretário e tesoureiro lhe garantiam consideração especial. E, depois, Bouville não era econômico nas lembranças; e durante as longas cavalgadas, ou então à noite, quando jantavam nos albergues ou hotéis dos monastérios, ele instruía Guccio sobre muitas coisas que diziam respeito ao rei Felipe, o Belo, sobre a corte de França e as famílias reais. Assim, abriam-se um com o outro, dando-se a conhecer, mutuamente, mundos desconhecidos, completando-se às maravilhas, formando uma curiosa dupla em que o adolescente, freqüentemente, era o guia do velho tolo.

Entraram, portanto, de braços dados nos apartamentos de Donna Clemenza; mas os ares de despreocupação com que chegaram apagaram-se depressa, quando viram, plantada diante do quadro, a velha rainha Maria de Hungria. Dobrados em mil reverências, avançaram com passos prudentes.

A Senhora de Hungria tinha setenta anos. Viúva do rei de Nápoles, Carlos II, o Manco, mãe de treze filhos cuja metade ela já vira morrer, conservava da maternidade as bacias largas, e de seus lutos longas rugas que emendavam as pálpebras à sua boca desdentada. Era alta, de tez cinzenta, cabelos brancos, e toda sua fisionomia exprimia força, decisão e autoridade, traços que a velhice não tinha atenuado. Colocava a coroa na cabeça desde que acordava. Aparentada à Europa inteira e reivindicando para sua descendência o reino da Hungria, ela acabara obtendo-o após vinte anos de lutas.

Agora que seu neto Carlos Roberto, ou Caroberto, herdeiro e primogênito de Carlos Martel, morto prematuramente, ocupava o trono de Budapeste, que a canonização de seu segundo filho, o falecido bispo de Toulouse, parecia coisa certa, que seu terceiro filho, Roberto, reinava em Nápoles e em Puglia, que o quarto era príncipe de Tarento e imperador titular de Constantinopla, que o quinto era duque de Durazzo, e que suas filhas sobreviventes estavam casadas, uma com o rei de Maiorca, outra com Frederico de Aragão, a rainha Maria ainda não considerava sua tarefa terminada; ela ocupava-se então de sua neta, Clemência, a órfã, irmã de Caroberto, que ela criara.

Virando-se bruscamente para Bouville, como um falcão da montanha ao descobrir uma presa, fez-lhe sinal para que se aproximasse.

— Então, senhor Bouville, o que pensais desta imagem?

Bouville entrou em meditação diante do cavalete. O que ele contemplava era menos o rosto da princesa do que as duas abas laterais destinadas a dobrarem-se sobre o quadro a fim de protegê-lo e sobre as quais Oderisi pintara, de um lado, o Maschio Angioino e, de outro, numa perspectiva em superposição, o porto e a baía de Nápoles. Olhando a figuração daquela paisagem que ele logo não veria mais, Bouville já experimentava um sentimento de nostalgia.

— A arte do pintor me parece sem defeitos — disse ele enfim. — O único senão talvez seja a moldura, que me parece simples demais para enquadrar um rosto tão belo. Não pensais que um ornato dourado...

Ele tentava ganhar um ou dois dias.

— Isso não é importante, senhor — disse a velha rainha cortando-lhe a palavra. — Pensais que o quadro parece com o modelo? Sim. Eis o que é importante. A arte é objeto bem frívolo e muito me espantaria que o rei Luís se preocupasse com guirlandas. É o rosto que interessa, não é verdade?

Ela não escolhia suas palavras e, diferentemente do restante da corte, não se preocupava em dissimular o motivo da visita do embaixador francês. Entretanto, dispensou Oderisi dizendo-lhe:

— Vosso trabalho foi bem feito. Recebereis o que vos é devido junto a nosso tesoureiro. E, agora, podeis retornar para pintar nossa igreja e cuidai para que em seu trabalho o diabo seja bem preto e os anjos bem resplandecentes.

E para também se livrar de Guccio ordenou-lhe que ajudasse o pintor a levar embora seus pincéis. Com o mesmo tom, ela mandou a dama de companhia ir bordar em outro lugar.

Depois, com as testemunhas distanciadas, virou-se novamente para Bouville.

— Então o senhor parte novamente para a França.

— Sim, o que lamento infinitamente, Vossa Majestade, pois todas as bondades que me foram feitas aqui...

— Mas vossa missão foi cumprida — disse ela, interrompendo-o. — Ou, pelo menos, quase.

Seus olhos negros estavam plantados nos de Bouville.

— Quase, Vossa Majestade?

— Quero dizer que o negócio está acertado em princípio, já que o rei, meu filho, e eu mesma, concordamos com o projeto. Mas tal assentimento, senhor...

Ela fez um movimento com os maxilares que realçou os tendões do pescoço.

— ... tal assentimento, não esqueçais, depende de uma condição. É verdade que nos sentimos altamente honrados pelas intenções do rei de França, nosso primo, e estamos prontos para amá-lo com uma perfeita fidelidade cristã e dar-lhe farta descendência, pois as mulheres em nossa família são fecundas. Mas nem por isso devo deixar de dizer que nossa resposta definitiva permanece submetida à condição de vosso soberano liberar-se da Senhora de Borgonha, de maneira rápida e clara. Não poderíamos nos contentar com uma repudiação aceita pelos bispos por complacência e que as instâncias mais altas da Igreja pudessem contestar.

— Obteremos a anulação muito depressa, Vossa Majestade, como já tive a honra de vos dizer.

— Senhor, falamos aqui apenas entre nós. Não deveis dar-me certeza de algo que ainda não se fez.

Bouville tossiu para ocultar seu incômodo.

— Essa anulação — respondeu ele — é a primeira preocupação do Senhor de Valois, que fará todo o possível para obtê-la, e que a considera, desde já, como adquirida...

— Sim, sim — resmungou a velha rainha —, eu conheço meu genro! Na palavra, nada resiste a ele, e seus cavalos nunca quebram as pernas, até o dia em que ele os joga num barranco.

Ainda que sua filha Margarida tivesse morrido quinze anos antes e que Carlos de Valois, depois disso, tivesse se casado mais duas vezes, ela continuava a chamá-lo de "meu genro".

— Fica claro, também, que não daremos terra alguma. A França me parece já ter suficientemente. Outrora, quando nossa filha desposou Carlos, ela entregou-lhe o domínio de Anjou como dote, o que era enorme. Mas no outro ano, quando uma filha do segundo casamento de Carlos veio se unir a nosso filho de Tarento, ela nos trouxe Constantinopla.

E a velha rainha, com suas mãos trêmulas, fez um gesto que significava que esse belo título não passava de vento.

Um pouco distanciada, perto da janela aberta, olhando o mar, Clemência sentia-se incomodada por assistir àquele debate. Devia o amor acomodar-se àqueles preâmbulos que se assemelhavam mais a uma discussão sobre um tratado? Era de sua felicidade, afinal, que se tratava ali, e de sua vida. Tinham recusado para ela, sem perguntar sua opinião, tantos partidos julgados insuficientes! E eis que agora se oferecia o trono de França, quando um mês antes ela ainda estava se perguntando se não seria obrigada a virar freira! Achava que sua avó assumia um tom bastante desagradável. Quanto a ela, sua disposição era de tratar com mais suavidade a chance, mostrar-se menos exigente sobre o direito canônico... Muito longe na baía, um navio de grande porte dirigia as velas para os lados da Barbária.

— Em meu caminho de volta, Vossa Majestade — dizia Bouville —, vou parar em Avinhão, encarregado das instruções do Senhor de Valois. E logo teremos o papa que nos falta.

— Gostaria de acreditar no que dizeis — respondeu Maria de Hungria. Mas desejamos que tudo esteja acertado antes do verão. Não nos faltam pretendentes para a mão da Senhora Clemência; outros príncipes desejam-na como esposa. Não podemos dar prazo maior.

Os tendões de seu pescoço tornaram-se de novo salientes.

— Lembrai-vos que em Avinhão — continuou ela — o cardeal Duèze é nosso candidato. Desejo muito que ele também seja o do rei da França. Caso se torne papa, vós obtereis a anulação ainda mais depressa, pois ele nos deve muitos favores e está realmente do nosso lado. Além do mais, Avinhão é terra angevina, da qual somos suzeranos, sob a autoridade do rei de França, está claro. Não deveis esquecer disso. Ide despedir-vos do rei meu filho, e que tudo se passe de acordo com vossos votos... Antes do verão, senhor Bouville — insisto: antes do verão!

Bouville, depois de se inclinar, retirou-se.

— Minha avó — disse Clemência com uma voz preocupada —, pensais que...

A velha rainha deu uns tapinhas em seu braço.

— Agora tudo está nas mãos de Deus, minha neta, e só nos acontecem as coisas que Ele quer.

E ela também saiu do aposento.

"O rei Luís talvez tenha outras princesas em mente", pensou Clemência depois de ter ficado sozinha. "Seria hábil apressá-lo desta maneira? Será que assim ele não preferirá escolher outra?"

Mantinha-se de pé diante do cavalete, com as mãos cruzadas em torno da cintura, retomando maquinalmente a atitude de seu retrato, e perguntava a si mesma:

"Será que um rei ainda sentiria prazer ao beijar essas mãos?"

VI

A CAÇA AOS CARDEAIS

Bouville e Guccio embarcaram dois dias depois, de manhã. Tinha sido decidido que fariam a viagem de volta pelo mar, para ganhar tempo. Na bagagem, levavam um cofrezinho de metal que continha o ouro entregue pelos Bardi de Nápoles, cuja chave era guardada por Guccio, pendurada junto ao peito. Debruçados no parapeito do castelo de popa, Bouville e Guccio olharam, com melancolia, distanciar-se Nápoles, o Vesúvio e as ilhas. Percebiam-se grupos de velas brancas deixando o cais para a pesca do dia. Depois entraram em alto-mar.

O Mediterrâneo estava calmo, com o mínimo de brisa necessária para fazer deslizar o navio. Guccio, que se lembrava da detestável travessia do canal da Mancha, feita um ano antes, e que tinha conservado certo medo dos navios, se regozijava por não se sentir mal. Bastaram-lhe duas horas para sentir-se confiante com a bela estabilidade da embarcação, bem como para se sentir satisfeito por sua valentia; e por pouco ele se teria comparado a Marco Polo, o grande navegador veneziano, cuja obra *Divisão do Mundo*, que fora composta há pouco tempo inspirada em suas viagens, era muito lida e célebre naqueles anos. Guccio ia e vinha de um lado para o outro, instruía-se sobre os termos da marinha e assumia ares de homem de aventuras, ao passo que o antigo camareiro real continuava a lamentar a vida maravilhosa que ele fora obrigado a deixar para trás.

Cinco dias depois, chegaram a Aigues-Mortes. Daquele lugar, São Luís partira outrora para a Cruzada; mas a construção do porto só tinha sido realmente terminada sob o reinado de Felipe, o Belo.

— Vamos — disse o gordo Bouville, esforçando-se por livrar-se da nostalgia —, agora temos que nos dedicar às tarefas mais urgentes.

Os escudeiros tiveram que arranjar cavalos e mulas, os domésticos tiveram que pôr de pé os porta-mantôs, preparar o retrato de Oderisi pintado numa grande caixa, e o cofre dos Bardi do qual Guccio não tirava os olhos.

O tempo estava ruim, nublado, e Nápoles agora assemelhava-se apenas à lembrança de um sonho.

Um dia e meio de cavalgada, com uma parada em Arles, foi necessária para ganhar Avinhão. Durante esse trajeto, o senhor de Bouville adoeceu de frio. Habituado demais ao sol da Itália, ele negligenciara sua maneira de se vestir. Ora, os invernos da Provença são curtos, mas às vezes muito rudes. Tossindo, escarrando e com o nariz escorrendo, Bouville protestava sem parar contra os rigores climáticos daquele país que parecia não ser mais o seu.

A chegada em Avinhão, sob as rajadas do mistral, foi decepcionante, pois não havia um único cardeal na cidade. Algo que era bem estranho para uma cidade que é sede do papado! Ninguém pôde dar informação alguma ao enviado do rei da França, ninguém sabia de nada — ou não queria saber.

O palácio pontifical estava fechado, portas e janelas, e era vigiado somente por um porteiro mudo ou que fingia sê-lo[10]. Vinda a noite, Bouville e Guccio decidiram então alojar-se na fortaleza de Villeneuve, do outro lado da ponte. Lá, um capitão emburrado e avarento em comentários informou-lhes que os cardeais sem dúvida encontravam-se em Carpentras, e que para vê-los era melhor ir naquela direção. E então forneceu aos viajantes, mas sem pressa, a refeição e o leito.

— O capitão dos arqueiros — disse Bouville a Guccio — não se mostra muito solícito a quem se apresenta como enviado do rei. Vou relatar assim que voltar a Paris.

Ao nascer do sol, todos já estavam montados a cavalo a fim de percorrer as seis léguas que separam Avinhão de Carpentras. Bouville retomara certa esperança. O papa Clemente V manifestara, antes de morrer, o desejo de que o conclave se reunisse em Carpentras; podia-se pensar, pois, que se os cardeais estavam reunidos naquela cidade, talvez o conclave estivesse enfim reunido, ou pelo menos preparando-se para reunir-se.

Mas em Carpentras foi preciso render-se às evidências. Não havia sequer sombra de um único chapéu vermelho. Por outro lado, o tempo estava gelado e o vento que continuava soprando engalfinhava-se pelas ruelas e açoitava os rostos. A isso acrescentava-se, para os viajantes, um vago sentimento de insegurança ou de complô; pois mal Bouville e os seus tinham saído de Avinhão, de manhã, e dois cavaleiros os tinham ultrapassado, sem fazer-lhes nenhuma saudação, galopando a toda velocidade em direção de Carpentras.

— É estranho — observara Guccio. — Dir-se-ia que a única preocupação destes aí é chegar antes de nós.

A pequena cidade estava deserta; os habitantes pareciam ter-se metido embaixo da terra ou terem fugido.

— Será que é nossa chegada que produz este efeito? — perguntou Bouville. — Nossa escolta não é assim tão grande a ponto de amedrontar tanto.

Na catedral encontraram apenas um velho cônego que fingiu inicialmente entender que eles queriam confessar, arrastando-os para a sacristia. Ele se exprimia aos cochichos ou por gestos. Guccio, que temia uma armadilha e preocupava-se com os cofres deixados sobre as mulas diante da entrada da igreja, avançava com a mão sobre a adaga. O velho cônego, depois de fazer com que repetissem seis vezes a mesma pergunta, depois de ter pensado, balançado a cabeça e acariciado sua murça descorada pelo tempo, consentiu enfim em confiar-lhes que os cardeais tinham se retirado para a cidade de Orange. Tinham-no deixado lá, sozinho...

— Para Orange? — exclamou o senhor de Bouville.

Nisso ele foi acometido por um acesso de espirros, e o barulho repercutiu pela catedral inteira.

— Mas pelo santo corpo de Deus — disse ele quando recuperou o fôlego —, vossos cardeais mais parecem andorinhas e não verdadeiros prelados! Tendes certeza de que eles estão em Orange?

— Tenho, sim... — respondeu o velho cônego, chocado pela expressão que acabava de ouvir. — Do que mais se pode ter certeza neste mundo, a não ser da existência de Deus? Creio que, em Orange, vós podereis pelo menos encontrar os italianos.

Depois ele se calou, como se temesse já ter falado demais. Com certeza tinha certos rancores e bem que desejaria se vingar, mas não ousava falar mais.

— Pois bem, que assim seja! Vamos para Orange — decidiu Bouville com uma lassidão irritada. — É muito longe daqui? Seis léguas, também? Vá lá, seis léguas. Aos cavalos, todos!

Ora, tão logo Bouville e Guccio pegaram o caminho de Orange, e dois cavaleiros, de novo, passaram a rédeas soltas. E daquela vez os viajantes não tiveram mais dúvidas de que era realmente por causa deles que faziam aquelas cavalgadas.

Bouville, tomado de repente por uma disposição guerreira, quis que se pusessem ao encalço dos cavaleiros, mas Guccio opôs-se com firmeza.

— Estamos carregados demais, senhor Hugues, para que possamos alcançar estes homens; as montarias deles estão descansadas, e as nossas, não; e, sobretudo, não quero deixar o cofre para trás.

— É verdade — reconheceu Bouville —, meu cavalo não é bom; sinto que ele se dobra com meu peso e bem que gostaria de trocar de montaria.

Quando chegaram a Orange, não ficaram surpresos ao descobrir que os *Monsignori* estavam ausentes da cidade. Entretanto, Bouville perdeu a paciência quando ouviu como resposta que, para vê-los, era preciso ir até Avinhão.

— Mas estivemos ontem em Avinhão — gritou ele ao clérigo que lhes dava as informações pedidas — e lá tudo estava vazio como a palma da minha mão! E Monsenhor Duèze? Onde está Monsenhor Duèze?

O clérigo replicou que Monsenhor Duèze, sendo bispo de Avinhão, devia encontrar-se em seu bispado. A discussão parecia vã.

Naquele dia, o preboste de Orange, por uma infeliz coincidência, estava ausente, e o escriturário que o substituía não tinha instrução alguma para tomar providências em relação ao conforto dos recém-chegados. Estes tiveram que passar a noite num albergue muito sujo e frio, próximo de um terreno cheio de ruínas, invadido pelas más ervas e no qual o vento urrava. Sentado diante de Bouville, que estava abatido de cansaço, Guccio pensava que ele deveria pegar em mãos a expedição caso quisesse um dia voltar para Paris com ou sem resultados.

Um homem da escolta, ao desarriar um animal, tivera uma perna fraturada por um coice de mula e era preciso deixá-lo lá. Duas das montarias estavam feridas na altura do garrote; outras precisavam trocar as ferraduras. O senhor de Bouville, quanto a ele, estava com o nariz escorrendo sem parar, a ponto de fazer dó. Mostrou tão pouca energia durante todo o dia seguinte e ficou tão desesperado ao rever as muralhas de Avinhão, que não opôs nenhuma resistência à idéia de se ver substituir por Guccio.

— Jamais poderei ousar apresentar-me diante do rei — gemia ele. — Eu me pergunto quais são os meios para se conseguir um papa, quando todos que usam uma batina fogem desde que chegamos! Nunca mais este conselho vai se reunir, nunca mais! E por causa desta missão vou perder, por toda a vida, todos os méritos.

Ele se perdia em preocupações sem importância. Será que o retrato da Senhora Clemência estava bem embalado? Será que ele não fora estragado pelos solavancos da viagem?

— Deixai tudo por minha conta, senhor Hugues — respondeu-lhe Guccio, com autoridade. — E, antes de mais nada, devo tratar de vos alojar num lugar quente. Parece-me que tendes grande precisão de calor!

Guccio saiu em busca do capitão da cidade e falou com um tom tão firme — como deveria ter feito Bouville desde o início —, fazendo ecoar tão alto seu forte sotaque italiano, os títulos de seu chefe e os que ele outorgava a si mesmo, e empregou tamanha naturalidade ao exprimir suas exigências, que em menos de uma hora esvaziaram uma casa para que ele pudesse ocupá-la. Guccio instalou seus homens e fez com que Bouville fosse para uma cama bem aquecida. Depois de cobrir bem Bouville, que se desculpava hipocritamente por não decidir mais nada pelo fato de estar doente, Guccio lhe disse:

— Esse cheiro de armadilha que paira no ar não me agrada nem um pouco; por isso, agora eu quero pôr ao abrigo o nosso ouro. Aqui há um agente dos Bardi, e é a ele que vou confiar meu depósito. Depois disso vou me sentir mais à vontade para ir procurar vossos desgraçados cardeais.

— Meus cardeais, meus cardeais! — resmungou Bouville. — Não são meus cardeais coisa nenhuma, e estou mais aborrecido do que ninguém com todas essas voltas que eles nos obrigam a dar. Voltaremos a falar no assunto depois que eu tiver dormido um pouco, está bem? É que agora estou tremendo de frio. Pelo menos estais seguro em relação a vosso banqueiro? Podemos ter confiança nele? Esse dinheiro, afinal, pertence ao rei de França...

Guccio o olhou do alto.

— Podeis estar certo, senhor Hugues, que estou preocupado com esse dinheiro como se ele pertencesse a alguém de minha própria família.

E ele se dirigiu então ao banco, no bairro de Saint-Agricol. O agente dos Bardi, que era um primo do chefe daquela poderosa companhia de banqueiros, recebeu Guccio com a cordialidade que se deve ao sobrinho de um grande confrade, e foi trancar o ouro, ele mesmo, em seu cofre forte. Depois trocaram assinaturas, e o banqueiro conduziu o visitante até seu salão, a fim de ouvi-lo sobre as dificuldades que enfrentava.

Um homem magro, ligeiramente arqueado, que se mantinha diante da lareia, voltou-se quando eles entraram e exclamou:

— *Guccio Baglioni! Per Bacco, sei tu? Che piacere di vederti!**
— *Carissimo Boccacio, che fortuna! Che faï qua?***

As pessoas que se encontram pelo caminho afora são sempre as mesmas, porque são sempre elas, de fato, que viajam. Não havia nada de tão extraordinário no fato de o *signor* Boccacio encontrar-se lá, já que ele era o viajante mais importante da companhia dos Bardi.

Mas as amizades nascidas ao acaso das estradas, entre pessoas que viajam muito, são mais rápidas, mais entusiastas e muitas vezes mais sólidas do que as que se estabelecem entre sedentários.

Boccacio e Guccio tinham se conhecido, um ano antes, a caminho de Londres. Paris tinha reunido novamente os dois algumas vezes, e eles se olhavam como se fossem amigos desde sempre. A alegria de ambos exprimiu-se por meio de boas expressões toscanas, bem carregadas em termos de grosseria. Um ouvinte não advertido em relação aos hábitos florentinos não teria compreendido por que dois companheiros tão alegres tratavam-se reciprocamente de bastardos, de purulentos e de sodomitas.

Enquanto o Bardi de Avinhão lhe servia um pouco de vinho perfumado com especiarias, Guccio contava sua expedição, as desventuras que vivera nos últimos dias procurando os cardeais, e ele traçou também um quadro lamentável do estado do senhor de Bouville.

Logo Boccacio estourou de rir.

— *La caccia ai cardinali, la caccia ai cardinali! Vi hanno preso per il culo, i Monsignori!****

Depois, retomando um tom sério, forneceu a Guccio algumas explicações.

— Não deves ficar surpreso pelo fato de os cardeais se esconderem — disse ele. — Aprenderam a ser prudentes, e tudo que vem da corte da França ou que se anuncia como tal faz com que se ponham em fuga. No verão passado, Bertrand de Got e Guilherme de Budos, os sobrinhos do papa falecido, chegaram por aqui, enviados por teu amigo Marigny, dizendo que vinham para levar à região de Bordeaux o corpo do tio morto. Vinham acompanhados por quinhentos homens armados, o que é um pouco demais para um único cadáver! A missão deles era preparar a eleição de um cardeal francês, e

---

* "Guccio Baglioni! Por Baco, és tu? Que prazer em ver-te!"
** "Caríssimo Boccacio, que sorte! O que fazes por aqui?"
*** "A caça aos cardeais, a caça aos cardeais! Eles enrolaram todo mundo muito bem!"

não foi a delicadeza que lhes serviu de argumento. Uma bela manhã, as casas de Suas Iminências foram todas saqueadas, enquanto tomavam de assalto o convento de Carpentras, onde se realizava o conclave; e os cardeais, escapando pela brecha de um muro, fugiram para o mato a fim de salvar a própria pele. Não fosse aquela brecha no muro que lhes foi dada pela Providência, eles teriam se saído muito mal. Alguns correram por uma boa légua, com a batina levantada até os joelhos. Outros foram se esconder nas granjas das redondezas. Eles ainda conservam a lembrança de tudo isso.

— Acrescentai a isso que acabam de reforçar a guarnição de Villeneuve e que os cardeais, a qualquer momento, esperam ver os arqueiros atravessando a ponte. Vós fostes visto indo e voltando de Villeneuve, e isso é o bastante... Sabeis quem são os cavaleiros que vistes diversas vezes passando por vossos homens a caminho? São gente do arcebispo de Marigny, sou capaz de jurar. Estão aos montes por toda a parte, atualmente. Não consigo compreender exatamente o que fazem, mas certamente não fazem nada para vos ajudar.

— Vós não obtereis nada, Bouville e tu, apresentando-vos como enviados pelo rei de França, e correis até mesmo o risco, numa dessas noites, de tomar uma sopa tão temperada que sereis incapazes de levantar no dia seguinte. Atualmente a única recomendação que pode ser útil junto aos cardeais... alguns cardeais, é a do rei de Nápoles. Vós vindes de lá, não é isso?

— Exatamente — respondeu Guccio — e temos até as bênçãos da rainha Maria de Hungria para ver o cardeal Duèze.

— Mas por que não disseste antes? É o único que conhecemos! Ele é nosso cliente há vinte anos. Pessoa bem estranha, aliás, este Monsenhor Duèze. Parecia muito bem colocado, em Carpentras, para tornar-se papa.

— Então por que não deixaram que ele fosse eleito? Ele é francês.

— Nasceu francês. Mas foi chanceler de Nápoles, e é por isso que Marigny não quer saber dele. Posso fazer com que tu o encontres quando quiseres, amanhã, se te convém.

— Então sabes onde encontrá-lo?

— Ele não tirou os pés daqui — disse Boccacio, rindo. — Volta para tua hospedagem e te mandarei notícias antes que caia a noite. E se tens um pouco de dinheiro, como me dizes, será ainda mais fácil obter a entrevista. Pois o bom cardeal na maioria das vezes está sem dinheiro e nos deve grandes somas.

Três horas mais tarde, o *signor* Boccacio batia à porta da casa em que estava hospedado Bouville. Trazia boas informações. O cardeal Duèze iria, no dia seguinte, por volta das nove horas, fazer um passeio a uma légua ao norte de Avinhão, num lugar chamado de Pontet, por causa de uma pontezinha que se encontrava lá. O cardeal aceitaria encontrar totalmente por acaso o senhor de Bouville, caso este viesse a passar pelo local, com a condição de que não estivesse acompanhado por mais de seis homens. Ambas as escoltas deveriam permanecer distanciadas, num campo ao lado, enquanto Duèze e Bouville conversassem no meio, longe de todos os olhares e ouvidos. O cardeal da cúria organizaria as coisas.

— Guccio, meu filho, vós sois minha salvação, e para sempre vos serei grato — disse Bouville, cuja saúde, com a esperança de volta, melhorava um pouco.

Na manhã do dia seguinte, portanto, Bouville, ladeado de Guccio, do *signor* Boccacio e de quatro escudeiros, foi até o Pontet. Havia muita neblina, o que apagava os contornos e os sons, e o lugar estava deserto como desejava o cardeal. O senhor de Bouville tinha enfiado três mantôs. Esperaram por um bom tempo.

Enfim, um grupinho de cavaleiros surgiu da neblina, rodeando um homem jovem que montava uma mula branca e que desceu com agilidade dela. Usava uma capa escura sob a qual se adivinhava seu hábito vermelho e estava com a cabeça coberta por um gorro forrado com proteções laterais de orelhas. Avançou com um passo rápido, quase saltitante, pela relva dura de geada, e viu-se então que o jovem era mesmo o cardeal Duèze, e que Sua Adolescência tinha nada mais, nada menos do que setenta anos. Apenas o rosto, com as faces e as têmporas cavadas, com as sobrancelhas brancas sobre uma pele seca, traía sua idade, mas os olhos tinham conservado a vivacidade atenta da juventude.

Bouville também se pôs a caminho e foi dar com o cardeal, depois de passar por uma mureta. Os dois homens permaneceram por um instante observando-se mutuamente, perturbados um pela aparência do outro. Bouville, com seu respeito inato pela Igreja, esperava ver um prelado cheio de majestade, um pouco untuoso, e não aquele duende saltitando na neblina. O cardeal da cúria, que pensava lhe terem enviado um capitão de guerra do tipo de Nogaret ou de Bertrand de Got, analisava aquele homem gorducho coberto com tantas camadas de roupa como uma cebola e que assoava o nariz escandalosamente.

Foi o cardeal que atacou. Sua voz só podia surpreender quem ainda não a tivesse ouvido. Velada como um tambor fúnebre, ao mesmo tempo viva, rápida e abafada, ela não parecia sair dele, mas sim de outra pessoa que estivesse por perto e que o interlocutor procurava instintivamente com os olhos.

— Então, senhor de Bouville, vindes da parte do rei Roberto de Nápoles, que me faz a honra de depositar em mim sua confiança cristã. O rei de Nápoles, o rei de Nápoles... — repetiu ele. — Muito bem. Mas vós sois também um enviado do rei da França. Vós éreis camareiro-mor do rei Felipe, que não gostava muito de mim... não sei por quê, aliás, pois agi da maneira mais conveniente para ele na ocasião do conclave de Viena, a fim de fazer com que os Templários fossem suprimidos.

Bouville compreendeu que a entrevista ia assumir um tom verdadeiramente político e sentiu-se, ali naquele campo da Provença, como se estivesse sendo interpelado em pleno Conselho real. Ele abençoou sua memória, implorando a ela que lhe fornecesse um bom argumento como resposta.

— Parece-me, Monsenhor, que fizestes uma oposição à idéia de decretar herege o papa Bonifácio; e o rei Felipe não tinha esquecido isso.

— Senhor, na verdade, isso era me pedir demais. Os reis não percebem o que exigem. Quando se pertence ao colegiado no qual os papas são recrutados, é normal que se sinta repugnância diante da idéia de criar tais precedentes. Um rei, quando sobe ao trono, não manda decretar que seu pai era um traidor, adúltero e saqueador, ainda que muitas vezes isso seja a mais pura verdade. O papa Bonifácio morreu louco, nós sabemos, recusando os sacramentos e proferindo horríveis blasfêmias. Mas havia perdido o juízo porque o esbofetearam em pleno trono. O que teria ganho a Igreja espalhando aos quatro cantos essa vergonha? Quanto às bulas publicadas por Bonifácio antes de ficar louco, elas apresentavam, como única heresia, o fato de desagradar ao rei da França. Ora, em tal matéria, o julgamento pertence ao papa, muito mais do que ao rei. E Clemente V, meu venerado benfeitor... sabeis que é a ele que devo o pouco que sou... o papa Clemente era da mesma opinião. O Senhor de Marigny não gosta de mim, tampouco; ele faz tudo para se opor a mim, desde que o trono de São Pedro esteja vago. Então, não compreendo coisa alguma! Marigny continua sendo ainda tão poderoso na França ou ele apenas finge que é? Afirma-se que ele não manda mais em nada; entretanto, tudo continua ainda a se passar de acordo com suas ordens.

Estranho homem aquele cardeal que acumulava as espertezas para evitar o encontro de um embaixador e que, desde o primeiro encontro com o mesmo, desde o primeiro instante, entrava diretamente no assunto, como se conhecesse desde sempre seu interlocutor.

— A verdade, Monsenhor — respondeu Bouville, que não queria encetar um debate sobre Marigny —, a verdade é que venho expressar aqui o desejo do rei Luís e do Senhor de Valois, de ter um papa o mais depressa possível.

As sobrancelhas brancas do cardeal se arquearam.

— Belo desejo, quando me impedem, por cautela, por dinheiro ou pela força, de ser eleito, e isso há nove meses! Não é que eu me considere digno de tão alta missão... mas quem seria então, isso é o que pergunto... Não é que eu seja mais ávido do que outro por um título cujo peso conheço muito bem. O bispado de Avinhão já me dá trabalho suficiente, e também os tratados aos quais consagro todo o tempo que me sobra. Comecei a escrever um *Thesaurus pauperum*, uma *Arte transmutatória* sobre as receitas de alquimia, e também um *Elixir dos Filósofos*, cuja redação já está bem avançada e que eu queria acabar antes de morrer... Será que mudaram de opinião a meu respeito em Paris? Agora sou eu que desejam ter como papa?

Bouville constatou naquele momento que as instruções de Valois eram tão imperativas quanto vagas. Tinham dito a ele: "Um papa".

— Mas é claro, Monsenhor — respondeu ele molemente. — Por que não vós mesmo?

— Então devem ter algo de grave a me pedir... isto é, algo a obter daquele que será eleito. O que querem?

— Ocorre, Monsenhor, que o rei está na necessidade de obter a anulação de seu casamento...

— Para poder se casar com a Senhora Clemência de Hungria? — disse o cardeal.

— Então conheceis o projeto?

— Pois vós não estivestes durante três semanas em Nápoles e não trazeis de lá um retrato da Senhora Clemência?

— Vejo que estais bem informado, Monsenhor.

O cardeal não respondeu e pôs-se a observar o céu como se olhasse passar as nuvens.

— Anulação... — disse ele com sua voz abafada que se dissolvia na neblina. — Claro, sempre é possível obter uma anulação. As portas da igreja encontravam-se bem abertas no dia do casamento? Vós assististes à cerimônia... e não lembrais de nada. Pode ser que outros se lembrem que as portas talvez estivessem fechadas... Vosso rei é primo muito próximo de sua esposa! Talvez tenham se esquecido de pedir a autorização do responsável eclesiástico para realizar este casamento entre parentes tão chegados. Quase todos os casamentos dos príncipes na Europa poderiam ser anulados por este motivo; eles são primos de todos os lados, e basta ver o produto de tais uniões para se dar conta. Um é manco, outro é surdo, outro se esmera sem sucesso em fazer um herdeiro. Se de tempos em tempos não ocorresse entre eles algum pecado ou aliança indesejável, logo os veríamos todos mortos de doença ou de langor.

— A família da França — respondeu Bouville, magoado — goza de excelente saúde, e nossos príncipes de sangue são robustos como ninguém.

— Sim, sim... mas quando a doença não os atinge no corpo, ela se declara na cabeça. E depois, as crianças morrem demais em baixa idade... Não, francamente, não estou com pressa de ser papa.

— Mas se vós fôsseis eleito papa, monsenhor — disse Bouville, tentando retomar o fio da meada —, a anulação vos pareceria coisa possível... antes que chegue o verão?

— Anular é menos difícil — disse amargamente Jacques Duèze — do que reunir os votos para que eu não perca.

A entrevista não avançava. Bouville, percebendo seus homens que andavam de um lado para o outro, ao longe, lamentava não poder chamar Guccio, ou então aquele *signor* Boccacio que parecia tão hábil. A bruma estava menos densa e deixava filtrar a pálida presença do sol. Um dia sem vento. Bouville apreciava aquela trégua. Mas estava cansado de ficar de pé e seus três mantôs começavam a pesar. Sentou-se maquinalmente na mureta feita de pedras achatadas superpostas e perguntou:

— Enfim, Monsenhor, em que pé se encontra o conclave?

— O conclave? Mas não há conclave algum. O cardeal d'Albano...

— Estais falando do senhor Arnaud d'Auch, que veio a Paris no ano passado...

— Como legado, para condenar o grão-mestre da ordem dos Templários. É isso mesmo. Sendo ele cardeal camerlengo, cabe-lhe nos reunir. Ora, ele arranja as coisas para que nada seja feito, depois que o senhor de Marigny — cujas ordens dizem que ele obedece — o proibiu de convocar a reunião.

— Mas...

Bouville percebeu então que estava sentado, ao passo que o prelado permanecia de pé, e levantou-se bruscamente, desculpando-se.

— Não há de quê, senhor Bouville, por favor — disse Duèze, insistindo para ele se sentasse novamente.

E ele mesmo decidiu sentar-se sobre a mureta, para a qual se dirigiu com agilidade.

— Se o conclave finalmente se reunisse — continuou Bouville —, a que chegaríamos?

— A nada. O que é perfeitamente compreensível.

Perfeitamente compreensível, com certeza, para o cardeal que, como todo candidato a uma eleição, fazia todos os dias a conta dos eventuais sufrágios; menos compreensível para Bouville, que teve alguma dificuldade para entender o que ele disse depois, sempre com a mesma voz de confessor.

— O papa deve ser eleito por dois terços dos votantes. Nós somos vinte e três: quinze franceses e oito italianos. Desses oito, cinco são pelo cardeal Caetani, sobrinho de Bonifácio... e eles são irredutíveis. Nós jamais os teremos ao nosso lado. Querem vingar Bonifácio, odeiam a coroa da França e todos os que, diretamente, ou por intermédio do papa Clemente, meu venerado benfeitor, tenham servido a mesma.

— E os outros três?

— ... odeiam Caetani. Trata-se de dois Colonna e de um Orsini. Rivalidades ancestrais. Como nenhum dos três pode esperar algo em seu próprio benefício, eles me são favoráveis, à medida que faço oposição a Francesco Caetani; a menos que... a menos que prometam a eles que a Santa Sé será levada para Roma, o que poderia num instante colocar todos os italianos de acordo, nem que logo depois se matassem entre si.

— E os quinze franceses?

— Ah! Se os franceses votassem juntos, teríeis um papa há muito tempo! No início, seis estavam comigo, e, por meu intermédio, o rei de Nápoles tinha se mostrado generoso para com eles.

— Seis franceses — contou Bouville — e três italianos, isso faz com que tenhamos nove.

— Sim, senhor... Isso dá nove, quando precisamos de dezesseis para chegar ao objetivo. Notai que os outros franceses não são em número suficiente, tampouco para ter o papa que desejaria Marigny.

— Trata-se então de obter mais sete votos para a vossa candidatura. Pensai que alguns podem ser obtidos por dinheiro? Tenho meios de vos deixar alguns fundos. Quanto é necessário para cada cardeal?

Bouville pensou que tinha levado as coisas com grande habilidade. Para sua surpresa, Duèze não pareceu entusiasmar-se com a sugestão.

— Não creio que os cardeais franceses que nos faltam sejam sensíveis a esse tipo de argumento. Não que a honestidade seja entre todos a maior virtude, nem que eles levem uma vida austera. Mas é que o medo que lhes inspira o Senhor de Marigny é, por enquanto, maior do que tudo, até mesmo do que a atração pelos bens deste mundo. Os italianos são mais gananciosos, mas o ódio, neles, desempenha o papel de consciência.

— Então quer dizer que tudo depende de Marigny e do poder que ele exerce junto a esses nove cardeais franceses?

— Hoje, tudo depende disso, senhor de Bouville... Amanhã, isso talvez possa depender de outra coisa. Que quantidade de ouro podeis deixar comigo?

Bouville arregalou os olhos.

— Mas acabais de dizer, Monsenhor, que este ouro não serviria de nada!

— Compreendestes mal, senhor. Este ouro não pode me ajudar a conquistar novos partidários, mas ele seria muito necessário para conservar os que tenho e aos quais devo beneficiar, enquanto não sou eleito. Que bela história teríamos se eu perdesse os votos que tenho agora quando vós conseguísseis encontrar os que me faltam!

— Qual a soma de que precisais?

— Se o rei de França for rico o bastante para me fornecer seis mil libras, eu me encarregarei de empregá-las muito bem.

Naquele momento, Bouville teve necessidade de assoar novamente o nariz. O outro considerou aquele gesto como uma espécie de refinamento e temeu ter lançado uma cifra alta demais. Este foi o único ponto que marcou Bouville em toda a entrevista.

— Mesmo com cinco mil... — cochichou Duèze — eu daria conta de manter as coisas como estão, por certo tempo...

Ele já sabia que a maior quantidade daquele ouro não sairia de seus próprios bolsos ou, melhor, que ele serviria para aliviar suas dívidas.

— Tal soma vos será entregue pelos Bardi — disse Bouville.

— Que eles a mantenham depositada — respondeu o cardeal. — Tenho uma conta com eles. Utilizarei o dinheiro de acordo com a necessidade.

Depois disso, mostrou-se de repente apressado para montar em sua mula, garantiu a Bouville que não deixaria de rezar por ele e que teria prazer em revê-lo. Estendeu ao gordo homem seu anel para que o beijasse e, depois, foi-se, saltitando na relva, tal como havia chegado.

"Curioso papa que teríamos com esse aí", pensava Bouville ao vê-lo distanciar-se; "um papa que cuida de alquimia tanto quanto dos assuntos da Igreja; será que ele escolheu a atividade mais adequada?"

Bouville, acima de tudo, não estava muito descontente consigo mesmo. Tinham-no encarregado de ver os cardeais? Ele conseguira aproximar-se de um. Tinham-lhe dito para encontrar um papa? Aquele Duèze parecia não pedir outra coisa... Tinham-lhe dito para distribuir ouro? Pois o ouro estava distribuído.

Quando Bouville juntou-se a Guccio e contou-lhe com ares de satisfação os resultados de sua entrevista, o sobrinho de Tolomei exclamou:

— Assim, senhor Bouville, conseguistes comprar por um preço elevadíssimo o único cardeal que já estava do nosso lado!

E o ouro que os Bardi de Nápoles, por intermédio de Tolomei, tinham emprestado ao rei de França voltou para os Bardi de Avinhão a fim de reembolsá-los pelo que tinham emprestado ao candidato do rei de Nápoles.

VII

UMA ASSINATURA EM TROCA DE UM PONTÍFICE

Com suas pernas magras e suas maneiras de garça, o queixo caído, Felipe de Poitiers estava diante de Luís, o Cabeçudo.

— Meu irmão — dizia ele com uma voz cortante e fria que não deixava de lembrar a de Felipe, o Belo —, eu vos comuniquei as conclusões de nosso exame da situação. Não podeis me pedir para negar a verdade, quando ela aparece em plena luz.

A comissão nomeada para verificar as contas de Enguerrand de Marigny tinha acabado, um dia antes, seus trabalhos.

Durante várias semanas, Felipe de Poitiers, os condes de Valois, de Évreux e de Saint-Pol, o camareiro-mor de Luís de Bourbon, o arcebispo Jean de Marigny, o cônego Étienne de Mornay, e o camareiro-mor do rei, Mathieu de Trye, reunidos sob a presidência minuciosa do conde de Poitiers, tinham estudado linha a linha o diário de contas do Tesouro, por um período de dezesseis anos; eles tinham exigido explicações e obtiveram justificativas e peças de arquivo, sem omitir um só capítulo. Ora, tal investigação, tão severa, tinha sido efetuada num clima de rivalidade e muitas vezes de ódio, já que a comissão se dividia em duas partes mais ou menos iguais entre adversários e partidários de Marigny, que não deixavam aparecer coisa alguma que pudesse comprometê-lo. Sua administração dos bens da coroa e do dinheiro público revelava-se exata e escrupulosa. Marigny era rico, mas isso se devia ao liberalismo do finado rei e à sua própria habilidade financeira. Pois nada permitia concluir que ele tivesse um dia confundido seus interesses privados e os do Estado, e ainda menos que tivesse roubado o Tesouro. Valois, vitimado por uma furiosa decepção tal como um jogador que fizera mal suas apostas, tinha-se obstinado até o fim a negar as evidências; e seu chanceler Mornay tinha sido o único a apoiá-lo, a contragosto, naquela posição insustentável.

Luís X encontrava-se, portanto, na posse das conclusões da comissão, pronunciadas por seis votos contra dois, mas mesmo assim hesitava em aprová-las. Tal hesitação feria profundamente seu irmão.

— As contas de Marigny são limpas, e dei a Vossa Majestade provas disso — continuou Felipe de Poitiers. — Se desejais outro relatório que não seja o da verdade, então será preciso designar outro encarregado...

— As contas... as contas... — replicou Luís X. — Todos sabem muito bem que elas dizem o que querem que seja dito. E todos sabem também que vós sois favorável a Marigny.

Poitiers examinou seu irmão com um calmo desprezo.

— Eu não estou aqui para ser favorável a ninguém, Luís, a não ser ao reino e à justiça. E é por isso que venho vos apresentar, para assinatura, o documento que isenta Marigny de qualquer dívida e que deve ser dado a ele.

Todas as oposições de temperamento que tinham existido entre Felipe, o Belo, e Carlos de Valois reapareciam entre Luís X e Felipe de Poitiers. Mas os papéis, daquela vez, estavam invertidos. Outrora, o irmão reinante possuía realmente todas as qualidades de um rei, e Valois, comparado a ele, não passava de um desajeitado. Agora era o desajeitado que reinava, enquanto seu irmão caçula demonstrava aptidões de soberano. Durante vinte e nove anos, Valois pensara: "Ah! Se eu tivesse nascido primeiro!" E agora Poitiers começava a dizer a si mesmo, mas com um pouco mais de razão: "Com certeza eu seria capaz de me sair melhor no lugar que ocupa meu irmão e no qual o pôs seu nascimento."

— E depois, as contas não são tudo. Outras coisas não me agradam de forma alguma — disse Luís. — Por exemplo, esta carta que recebi do rei da Inglaterra, recomendando-me que renove a confiança que nosso pai tinha em Marigny e louvando os serviços que ele prestou aos dois reinos... Não gosto nem um pouco que me ditem meus atos.

— Então, só porque nosso cunhado vos dá um sábio conselho é preciso recusar-se a segui-lo?

Luís X desviou o olhar e agitou-se um pouco em sua poltrona. Não respondia diretamente às perguntas e queria, visivelmente, ganhar tempo.

— Antes de me pronunciar, vou esperar o relato de Bouville, cujo retorno está anunciado para agora mesmo — disse ele.

— Mas o que Bouville tem a ver com a vossa decisão?

— Quero ter notícias de Nápoles e do conclave — respondeu o Cabeçudo com irritação. — Não desejo de modo algum agir contra a vontade de nosso tio Valois no momento em que ele me encontra uma esposa e quando tenho necessidade de eleger um papa.

— Então estais pronto a sacrificar aos humores de nosso tio um ministro íntegro e a distanciar do poder o único homem que sabe, neste momento, conduzir os negócios do reino? Tomai cuidado, meu irmão; não podereis manter meias-medidas. Vistes muito bem que, enquanto estávamos esquadrinhando as contas de Marigny como se fossem as de um mau servidor, tudo continuava obedecendo a ele, na França, como ocorria no passado. Das duas, uma: ou devereis restabelecer integralmente o poder deste homem, ou então precisareis abatê-lo completamente, tomando-o como culpado por crimes inventados e castigando-o por ter sido fiel. Escolhei. Marigny pode levar ainda um ano antes de vos dar um papa; mas o papa que ele vos dará estará em conformidade com os interesses do reino. Quanto a nosso tio Carlos de Valois, ele vos prometerá um Santo Padre para o dia seguinte; mas com certeza não poderá ir mais depressa, e ainda por cima vos premiará com algum Caetani que há de querer levar o papado para Roma e, de lá, nomear os bispos e mandar em nossos assuntos da Igreja.

Pegou o documento que isentava Marigny de qualquer culpa e que ele mesmo preparara, e aproximou-o dos olhos, pois era muito míope, a fim de relê-lo por uma última vez.

"... e assim aprovo, elogio e aceito as contas do senhor Enguerrand de Marigny e o declaro em dia, ele e seus herdeiros, para com todas as receitas da Administração do Tesouro do Templo, do Louvre e da Câmara do Rei."

Faltavam ao pergaminho apenas a rubrica real e a aposição do selo.

— Meu irmão — continuou Poitiers —, Vossa Majestade deu-me a certeza de que eu seria nomeado par do reino no final do período de luto, e que portanto já podia me considerar como tal. Pois bem, enquanto par do reino, eu vos dou o conselho de assinar. Isso seria apenas cumprir um ato ditado pela justiça.

— A justiça pertence unicamente ao rei! — exclamou o Cabeçudo com a repentina violência que demonstrava quando se sentia em maus lençóis.

— Não, Vossa Majestade — replicou calmamente Felipe —, não. É o rei que pertence à justiça, a fim de ser sua expressão e de fazê-la triunfar.

Naquele mesmo dia e aproximadamente na mesma hora, Bouville e Guccio chegavam a Paris. A capital começava a se entorpecer no frio e na escuridão que chega cedo com as noites de inverno.

Mathieu de Trye foi ter com os viajantes na altura da porta Saint Jacques. Estava encarregado de saudar Bouville em nome do rei e de conduzi-lo imediatamente até ele.

— O quê? Sem o menor repouso? — disse Bouville. — Estou tão estafado quanto sujo, meu bom amigo, e se ainda estou de pé é por milagre. Não tenho mais idade para tais empreitadas. Não seria possível me dar um tempo para que eu faça minha toalete e para que eu durma um pouquinho?

Ele estava descontente com aquela pressa que lhe impunham. Imaginara que jantaria com Guccio uma última vez, no gabinete privado de algum bom albergue, e que diriam então a sós todas as coisas que não tinham podido ainda confiar um ao outro, naqueles sessenta dias de viagem, e que se sente vontade de dizer na última noite, como se a ocasião não fosse nunca mais se apresentar.

Em vez disso, foram forçados a se separar em plena rua e sem sequer uma grande efusão de amizade, pois a presença de Mathieu de Trye os incomodava. Bouville estava sentido; experimentava a melancolia das coisas que se acabam; e, olhando Guccio ir embora, via distanciarem-se os belos navios de Nápoles, aquele miraculoso momento de juventude com o qual a sorte acabava de gratificar sua idade madura. Agora, a árvore estava cortada de uma vez por todas e não brotaria mais.

"Não agradeci suficientemente a esse gentil companheiro por todos os serviços que ele me prestou e pelos momentos agradáveis que sua escolta me proporcionou", pensava Bouville.

Ele nem sequer observou, de tanto que isso tinha se tornado natural, que Guccio levava o cofre que continha o restante do ouro dos Bardi; pequena soma, diga-se, depois de todas as despesas com a expedição e com o óbolo dado ao cardeal, mas que permitiria à companhia de Tolomei, pelo menos, que recebesse sua comissão.

Isso não impedia Guccio de sentir-se também emocionado por separar-se de Bouville. O senso do interesse não obstrui, de forma alguma, o nascimento de um verdadeiro sentimento nas pessoas que são bem dotadas para os negócios.

Bouville, entrando no Palácio real, notou alguns detalhes que não o agradaram. Os servos pareciam ter perdido a exatidão esmerada que ele soubera impor anteriormente, no tempo do rei Felipe, e aquele ar de deferência e de cerimônia, que provava, em seus mínimos gestos, que eles pertenciam à casa real. O relaxamento era visível.

Entretanto, quando o antigo camareiro-mor encontrou-se em presença de Luís X, ele perdeu toda capacidade crítica; estava diante do rei e não pensava em outra coisa que não fosse inclinar-se suficientemente.

— Então, Bouville — perguntou o Cabeçudo depois de ter concedido a seu embaixador um abraço rápido —, como é a Senhora de Hungria?

— Temível, Vossa Majestade, e me fez tremer o tempo todo. Mas ela tem um incrível espírito para sua idade.

— E sua aparência, seu rosto?

— Muito majestoso ainda, Vossa Majestade, mesmo se é verdade que ela não tem mais dentes.

Luís X recuou, inquieto. E Carlos de Valois, que assistia à audiência, deu uma gargalhada.

— Mas não, Bouville, o rei não vos pede notícias da rainha Maria, mas sim da Senhora Clemência.

— Oh, perdão, Vossa Majestade! — respondeu Bouville, enrubescendo. — A Senhora Clemência? Mas eu vou mostrá-la a Vossa Majestade.

Então mandou trazer o quadro de Oderisi, que tiraram da caixa e colocaram sobre um console. As abas que protegiam o retrato foram abertas. Trouxeram para perto dele algumas velas.

Luís avançou prudentemente, como se temesse a confrontação; depois sorriu a seu tio.

— Que belo país, aquele, Vossa Majestade, se soubésseis! — exclamou Bouville, revendo Nápoles pintada sobre as abas do quadro. — O sol brilha durante o ano inteirinho. As pessoas são alegres, e ouve-se cantar por toda a parte...

— Então, meu sobrinho, não vos enganei, não é mesmo? — disse Valois. — Admirai essa tez, esses cabelos que têm a cor do mel, essa bela pose de nobreza! E o colo, meu sobrinho, que belo colo de mulher!

Ele mesmo não tinha mais visto a jovem princesa há cerca de dez anos, e agora sentia-se tranqüilizado e cheio de contentamento consigo próprio.

— E devo dizer ao rei — acrescentou Bouville — que a Senhora Clemência é ainda mais agradável de se contemplar ao natural...

Luís permanecia calado. Parecia que havia esquecido a presença dos outros. Com a testa projetada para a frente, a espinha um pouco curvada, estava absorvido numa demorada contemplação do quadro. Fazia mais do que examiná-lo; ele o interrogava e se interrogava. Nos olhos azuis de Clemência de Hungria ele reencontrava algo dos olhos de Eudeline, uma espécie de paciência sonhadora, de bondade pacificadora. O sorriso e as próprias cores não deixavam de sugerir alguns pontos de semelhança com a mais bela lavadeira do palácio... Uma Eudeline, mas que nascera em berço de reis, e para ser rainha.

Durante um instante, Luís procurou superpor ao retrato sua lembrança do rosto de Margarida de Borgonha, sua testa arredondada, seus cabelos negros encaracolados, sua pele morena, seus olhos que facilmente se tornavam hostis... E depois aquele rosto se apagou. O de Clemência reapareceu, triunfante em sua calma beleza. E Luís adquiriu a convicção de que, perto daquela loura princesa, seu corpo não mais temeria as falhas.

— Ah! Ela é bela, ela é mesmo muito bela! — disse enfim. — Meu tio, tivestes uma boa idéia encomendando esta imagem. Fico imensamente grato. E quanto a vós, senhor de Bouville, eu vos darei duzentas libras, pagas pelo Tesouro... no dia das bodas.

— Oh! Vossa Majestade! — murmurou Bouville com gratidão. — A honra de vos servir já é para mim uma grande recompensa.

O rei andava de um lado para o outro, todo agitado.

— Então estamos noivos — continuou ele. — Estamos noivos... Resta-me agora apenas obter a anulação de meu casamento.

— Sim, Vossa Majestade, e é preciso que isso seja feito antes do verão. É a condição para que possais contrair matrimônio com a Senhora Clemência.

— Espero que não tenha que esperar tanto tempo. Mas quem foi que estabeleceu esta condição?

— A rainha Maria, Vossa Majestade... — continuou Bouville. — Ela tem outros partidos interessados em sua neta e, ainda que sejais para ela o mais glorioso e o mais desejado, ela não pretende comprometer-se de outro modo.

Luís X, então, voltou-se com uma expressão interrogativa para Valois, que, ele mesmo, assumiu um semblante surpreso.

Durante a ausência de Bouville, Valois, que entrara em contato epistolar com Nápoles, gabava-se de poder arranjar as coisas, e tinha dado certeza ao sobrinho de que o compromisso estava se formalizando de maneira definitiva e sem cláusula de prazo.

— A Senhora de Hungria exprimiu então essa condição, no último minuto? — perguntou a Bouville.

— Não, Vossa Majestade, ela falou nisso diversas vezes e voltou ao assunto no momento da despedida.

— Bah! Não passam de palavras para nos apressar e para dar valor à sua neta. Se porventura — o que aliás é totalmente improvável — a anulação demorasse mais tempo, a Senhora de Hungria teria paciência.

— Não sei, Vossa Majestade. A coisa foi dita de maneira muito séria e firme.

Valois não se sentia muito à vontade e batia com as pontas dos dedos no braço da cadeira.

— Antes do verão... — murmurou Luís —, antes do verão... E como estão as coisas em relação à reunião do conclave?

Bouville fez então um relato de sua expedição a Avinhão, sem insistir muito sobre suas desventuras pessoais; relatou as informações recolhidas durante sua entrevista com o cardeal Duèze e insistiu no fato de que a eleição de um papa dependia antes de mais nada de Marigny.

Luís X escutava com grande atenção, desviando ao mesmo tempo os olhos para o retrato de Clemência de Hungria.

— Duèze... sim — dizia ele. — Por que não Duèze? Ele estaria prestes a promulgar a anulação... Faltam-lhe sete votos dos franceses... Então tendes certeza, Bouville, que apenas Marigny pode levar a cabo este problema da eleição do papa?

— É a minha profunda convicção, Vossa Majestade.

O Cabeçudo deslocou-se lentamente até a mesa em que estava o documento preparado por Felipe de Poitiers para inocentar Marigny. Ele pegou uma pluma de ganso, mergulhou-a no tinteiro.

Carlos de Valois empalideceu.

— Meu sobrinho — exclamou ele num sobressalto —, vós inocentareis então este espertalhão?

— Muitos outros, meu tio, afirmam que as contas dele são transparentes. Seis senhores feudais da comissão designada para examinar o problema têm esta opinião; não há mais ninguém, além de vosso chanceler, que compartilha de vossa opinião.

— Meu sobrinho, eu vos imploro para esperar... Esse homem vos engana, como enganou vosso pai! — gritou Valois.

Bouville teria preferido estar fora do aposento.

Luís X fixava seu tio com um olhar emburrado, malvado.

— Eu vos disse que preciso de um papa — pronunciou ele.

— Mas Marigny opõe-se a Duèze!

— Pois bem! Que ele escolha um outro!

Para cortar de uma vez por todas essa nova objeção, ele acrescentou, quase fora de si, mas com uma grande autoridade no tom:

— Lembrai-vos que o rei pertence à justiça... a fim de fazer com que ela triunfe.

E assinou o documento.

Valois retirou-se sem esconder o despeito. Sufocava de raiva. "Eu teria feito melhor", pensava, "arranjando para ele uma jovem estropiada e com o rosto desagradável. Ele estaria com menos pressa agora. Fui enrolado, e agora Marigny vai voltar às graças da corte com as ferramentas que eu forjei para expulsá-lo dela."

VIII

A CARTA DO DESESPERO

Uma rajada de vento esbofeteou a estreita vidraça, e Margarida de Borgonha jogou-se para trás, como se alguém, do fundo do céu, estivesse tentando atingi-la.

O dia começava a nascer, incerto, no interior da Normandia. Era a hora de os primeiros guardas subirem até as ameias da fortaleza de Château-Gaillard. A tempestade do oeste mandava embora enormes nuvens, carregando em seus sombrios flancos montanhas de água; e os plátanos, às margens do rio Sena, dobravam suas espinhas desfolhadas.

O sargento Lalaine tirou o ferrolho das portas que, dando para a escada em caracol, isolavam as duas princesas; o arqueiro Gros-Guilherme depôs no quarto de Margarida duas tigelas de madeira cheias de um requentado fumegante; depois saiu sem dizer coisa alguma, arrastando os pés.

— Branca... — chamou Margarida, aproximando-se do patamar.

Ela não obteve resposta.

— Branca! — repetiu ela, mais alto.

O silêncio que se seguiu encheu-a de angústia. Enfim ela ouviu uma lenta batida de tamancos de madeira nos degraus. Branca entrou, vacilante, descomposta; seus olhos claros, ao clarão cinzento que enchia o aposento, tinham uma inquietante expressão de ausência e, ao mesmo tempo, de obstinação.

— Tu dormiste um pouco? — perguntou-lhe Margarida.

Em silêncio, Branca foi até o jarro de água colocado sobre o banco, ajoelhou-se e, inclinando-o na direção da boca, bebeu enormes goles. Ela adotava assim, há algum tempo, posturas estranhas a fim de realizar os gestos ordinários da vida de todos os dias.

Não restava mais nada no aposento, dos móveis de Bersumée. O capitão da fortaleza os tinha pego de volta três meses antes, imediatamente após a visita brutal que lhe fizera Alain de Pareilles, a fim de lembrar-lhe as instruções de Marigny. Tinham sido levados embora os baús e as cadeiras trazidas em honra do Senhor d'Artois, bem como a mesa em que a rainha prisioneira jantara diante de seu primo. Alguns elementos da mobília grosseira fornecida à tropa guarneciam mediocremente o cárcere redondo. A cama continha um colchão cheio de cascas de grãos secos. Mas Pareilles dissera que a saúde da princesa Margarida era importante para Marigny; por isso, Bersumée prestava atenção, desde então, para que não lhe faltassem muitos cobertores. Os lençóis, porém, tinham sido trocados apenas uma vez e só acendiam a lareira quando o tempo gelava.

As duas mulheres sentaram-se lado a lado na beirada da cama, com as tigelas colocadas sobre os joelhos.

Branca começou a lamber a tigela, sem utilizar a colher. Margarida não comia nada. Esquentava os dedos em volta do recipiente de madeira; aqueles eram os únicos bons minutos do dia e a última alegria dos sentidos que lhe restara. Fechava os olhos, concentrada naquele miserável prazer que consistia em recolher um pouco de calor no oco das mãos.

De repente, Branca levantou-se e jogou sua tigela no meio do aposento. O caldo quente derramou-se no chão, onde ficaria por toda a semana.

— Mas o que tens? — perguntou Margarida.

— Eu quero morrer, eu quero me matar! — urrou Branca. — Eu vou me jogar do alto da escada... E tu ficarás sozinha... sozinha!

Margarida suspirou e mergulhou a colher em sua tigela.

— Nós nunca sairemos daqui por causa de ti — continuou Branca — porque não quisestes escrever a carta que Robert veio te pedir. É culpa tua. Isso não é vida... ficar trancada aqui. Mas eu vou morrer, e tu ficarás sozinha.

A esperança decepcionada é funesta para os prisioneiros. Branca acreditara, ao tomar conhecimento da morte de Felipe, o Belo, e sobretudo ao ver chegar Robert d'Artois, que ela seria libertada. E depois nada tinha se passado, a não ser o fim quase total do abrandamento que a passagem do primo das duas mulheres tinha provocado nas condições de vida delas. Desde então, Branca parecia outra. Ela parara de se lavar. Emagrecia. Passava de uma raiva repentina a um repentino acesso de choro que deixava marcas sobre suas faces maculadas. Seus cabelos, um pouco mais longos, saíam colados, embaraçados, de dentro do gorro grosseiro. Estava cheia de represão contra Margarida, e repetia isso incessantemente; ela a considerava responsável por tudo e a acusava de tê-la empurrado para os braços de Gautier d'Aunay, ela a insultava e depois exigia, tripudiando, que escrevesse a Paris a fim de aceitar a proposta que lhe tinha sido feita. E o ódio instalava-se entre aquelas duas mulheres que não tinham ninguém como companhia e apoio.

— Pois bem, morre, então, já que não tens coragem para lutar! — respondeu Margarida.

— Lutar para quê, contra o quê? Lutar contra as paredes... Para que tu sejas rainha? Por que esperas ainda ser rainha um dia? A rainha! A rainha! Olhai para a rainha!

— Mas, se eu tivesse cedido, eu é que teria sido libertada, e não tu, provavelmente.

— Sozinha, sozinha! Tu vais ficar sozinha! — repetia Branca.

— Tanto melhor! Isso é tudo o que desejo, ficar sozinha! — respondeu Margarida.

Nela também, as últimas semanas tinham causado mais estragos do que toda a primeira metade do ano de reclusão. Seu rosto tinha emagrecido, estava duro e marcado por feridas. Os dias escoavam-se sem nada trazer, e a mesma pergunta atormentava seu espírito, continuamente. Não teria ela cometido um erro ao recusar a proposta?

Branca pulou em direção da escada. Margarida pensou: "Que ela se arrebente! Que eu não ouça mais seus urros e gemidos! Ela não vai se matar, mas pelo menos vão levá-la embora daqui." E ela correu atrás de sua cunhada, com as mãos estendidas, como se fosse para empurrá-la para o vazio da escada.

Branca virou-se para trás. Por um instante, enfrentaram-se com o olhar. De repente, Margarida apoiou-se, quase caindo, à parede.

— Estamos ficando loucas... — disse ela. — Vamos lá, acho que essa carta deve ser escrita. Eu também não agüento mais.

E, debruçando-se, ela gritou:

— Guardas! Guardas! Quero o capelão!

A única resposta que ela obteve foi a do vento de inverno que arrancava as telhas dos tetos.

— Tu vês, ninguém responde... — disse Margarida, levantando os ombros. — Eu farei com que o chamem quando nos trouxerem o jantar.

Mas Branca desceu os degraus e pôs-se a bater na porta, embaixo, urrando que queria ver o capelão. Os arqueiros que montavam guarda interromperam o jogo de dados na sala do térreo e ouviu-se um deles saindo.

Bersumée chegou um momento depois, com seu gorro de pele de lobo enfiado até as sobrancelhas. Ele escutou o pedido de Margarida.

O capelão? Ele estava ausente naquele dia. Plumas para escrever, um pergaminho? Para fazer o quê? As prisioneiras não tinham direito de comunicar-se com ninguém, nem oralmente, nem por escrito. Tais eram as ordens do Senhor Marigny.

— Eu devo escrever ao rei — disse Margarida.

Ao rei? Eis o que deixava Bersumée atrapalhado. Será que a palavra "ninguém" devia ser aplicada também ao rei?

Margarida falou tão alto e foi tão convincente que o capitão acabou cedendo.

— Depressa, não me façais esperar! — exclamou ela.

Bersumée foi até a sacristia e trouxe ele mesmo o material pedido.

No momento de começar sua carta, Margarida sentiu uma última revolta, um último ímpeto de recusa. Nunca mais, caso por algum milagre seu processo viesse a ser reaberto, poderia pregar sua inocência e pretender que os irmãos Aunay tinham confessado sob tortura. E tirava de sua filha todo e qualquer direito à coroa...

— Vai, escreve, vai! — assoprava em seu ouvido Branca.

— Na verdade, nada pode ser pior do que isso que vivemos hoje — murmurou Margarida.

E ela redigiu sua renúncia.

"Eu reconheço e confesso que minha filha Jeanne não é filha de Vossa Majestade. Eu reconheço e confesso que me recusei de corpo a Vossa Majestade, de modo que o ato carnal não tenha podido se realizar entre nós... Eu reconheço e confesso que não tenho direito algum de me conservar unida a Vossa Majestade pelos laços do matrimônio. Espero, como me foi prometido por Vossa Majestade por intermédio do Senhor Robert d'Artois, caso eu fizesse a confissão sincera de meus erros, que vós tereis piedade de mim e que leveis em consideração o meu arrependimento, enviando-me para um convento da Borgonha."

Bersumée manteve-se junto dela, desconfiado, por todo o tempo em que ela escreveu; depois pegou a carta e estudou-a por um momento, o que não passava de simulação, pois ele não sabia ler muito bem.

— Isso deve chegar o mais rápido possível às mãos do Senhor Robert d'Artois — disse Margarida.

— Ah... Senhora, isso muda tudo. Vós dizíeis que a carta era endereçada ao rei...

— ... ao Senhor d'Artois para que ele a entregue ao rei... Está escrito aqui! Sois tão tolo a ponto de não enxergar?

— ... Ah, sim... mas quem vai entregá-la?

— Vós mesmo!

— Não tenho ordens.

Durante o dia inteiro ele não chegou a decidir o que devia fazer e esperou que o capelão estivesse de volta para lhe pedir uma opinião.

Não estando a carta selada, o capelão tomou conhecimento do conteúdo.

— "Reconheço e confesso... reconheço e confesso..." Ou ela está mentindo quando confessa comigo, ou então mentiu ao escrever isto — disse ele coçando sua cabeça de cor bege.

Estava ligeiramente bêbado e cheirava a cidra. Mas nem por isso deixava de lembrar que o Senhor d'Artois tinha feito com que ele esperasse durante três horas no frio, a fim de redigir uma carta para a Senhora Margarida, e que ele partira sem nada nas mãos, insultando-o. Persuadiu Bersumée a abrir uma garrafa e, depois de comentários sem fim, aconselhou-o a encaminhar o documento, querendo ver naquilo algumas esperanças pessoais.

Bersumée estava inclinado a fazê-lo e por motivos que eram também inteiramente pessoais. Dizia-se muito, na região de Andelys, que Marigny tinha caído em desgraça e corria que até mesmo o rei estava movendo um processo contra ele. Uma coisa era certa: se Marigny continuava a enviar instruções, ele não enviava mais dinheiro. Bersumée havia recebido bruscamente seus pagamentos atrasados, há três meses, e depois mais nada; e aproximava-se o momento em que não teria mais o necessário para alimentar seus homens e suas prisioneiras. A ocasião não era ruim para ir se informar diretamente sobre o que estava ocorrendo.

— Em teu lugar — dizia o capelão — eu faria com que a carta fosse entregue ao grande inquisidor, que também é confessor do rei. Ela escreveu: "Eu confesso..." Trata-se de um problema da Igreja e, ao mesmo tempo, de um problema do reino. Se tu queres, podes deixar que eu me encarrego. Conheço o irmão inquisidor; é do meu convento de Poissy...

— Não, irei eu mesmo — respondeu Bersumée.

— Então, não deixes de falar de mim, caso vejas o irmão inquisidor.

No dia seguinte, tendo passado ordens ao sargento Lalaine, Bersumée, com a cabeça coberta por seu capacete de ferro e montado em seu melhor pangaré, foi-se embora pela estrada de Paris.

Chegou no dia seguinte, no meio do dia, quando caía uma chuva torrencial. Cheio de lama até os olhos, com a farda encharcada, Bersumée penetrou numa taberna vizinha do Louvre, a fim de comer algo e de pensar um pouco. Pois durante todo o caminho a preocupação não tinha deixado de triturar-lhe os miolos. Como saber se agia bem ou mal, se agia contra ou a favor de seus interesses? Será que devia ir ter com Marigny ou com o Senhor d'Artois? Desobedecendo as ordens do primeiro, o que poderia ele ganhar junto ao segundo? Marigny... d'Artois... d'Artois ou Marigny? Ou, então, por que não o grande inquisidor?

A providência muitas vezes vela pelos tolos. Enquanto Bersumée esquentava um pouco o corpo junto à lareira, um grande tapa amical estalou sobre suas costas, tirando-o daquela meditação.

Era o sargento Quatro-Barbas, um antigo companheiro de guarnição, que acabava de entrar e que o reconhecera. Não se viam há seis anos. Eles se abraçaram, recuaram um pouco para examinar-se mutuamente, abraçaram-se de novo e com uma grande balbúrdia pediram vinho para celebrar o encontro.

Quatro-Barbas, um marmanjo magro dos dentes pretos e das pupilas alojadas no canto do olho, era sargento dos arqueiros na companhia do Louvre e cliente daquela taberna. Bersumée invejava-o pelo fato de morar em Paris. Quatro-Barbas invejava Bersumée pelo fato de ter subido na hierarquia mais rapidamente do que ele e porque comandava uma fortaleza. Tudo ia muito bem, então, já que cada qual podia acreditar-se admirado pelo outro!

— Como? Então és tu que manténs sob guarda a rainha Margarida? Diz-se que ela possuía cem amantes. Ela deve ter as coxas pegando fogo, e aposto que tu não te entedias com uma prisioneira dessas, safado! — exclamou Quatro-Barbas.

— Ah! Não digas uma coisa dessas!

Das brincadeiras passaram às lembranças, depois aos problemas atuais. O que haveria de verdadeiro nos rumores sobre a pretensa desgraça de Marigny? Quatro-Barbas devia saber, ele que vivia na capital. Bersumée soube, assim, que o Senhor de Marigny tinha triunfado sobre os maus boatos que circulavam a seu respeito, que o rei, três dias antes, tinha-o chamado e abraçado diante de vários senhores feudais e que ele era de novo tão poderoso quanto nunca.

"Eis-me em bons lençóis com esta carta...", pensava Bersumée.

Com a língua solta pelo vinho, Bersumée passou às confidências e, pedindo a Quatro-Barbas que jurasse que guardaria um segredo que ele próprio era incapaz de conservar, revelou-lhe a razão de sua viagem.

— Em meu lugar, como é que tu agirias?

O sargento balançou por um instante a cabeça acima da jarra de vinho, depois respondeu:

— Em teu lugar, eu iria ver junto ao Senhor Alain de Pareilles. Ele é teu chefe. Pelo menos, tu estarás a salvo de qualquer acusação posterior.

— Bem pensado. É o que eu vou fazer.

A tarde passou com os dois homens bebendo e comendo. Bersumée estava um pouco bêbado e, sobretudo, sentia-se aliviado por ter falado. Mas já era tarde demais para que executasse imediatamente sua decisão. E Quatro-Barbas, naquela noite, estava de folga. Os dois companheiros jantaram na taberna. O chefe do albergue desculpou-se pelo fato de ter apenas lingüiças com ervilha para lhes servir e queixou-se demoradamente das dificuldades que tinha para adquirir víveres. Apenas o vinho não lhe faltava.

— Mas vós ainda tendes mais sorte do que nós, no interior; lá, já começaram a vender até a casca das árvores — disse Bersumée.

Depois disso, para que a festa fosse completa, Quatro-Barbas arrastou Bersumée pelas ruelas de trás de Notre Dame para ver as moças de vida alegre que, devido a um decreto que datava da época de São Luís, continuavam a tingir os cabelos da cor do cobre, a fim de poderem ser diferenciadas das mulheres honestas.

De madrugada, Quatro-Barbas convidou o amigo para vir fazer sua toalete na caserna do Louvre; e por volta das nove horas, escovado, lustrado, barbeado até o sangue, Bersumée apresentou-se ao corpo de guarda do Palácio, a fim de encontrar o Senhor de Pareilles.

O capitão-geral dos arqueiros não mostrou a mínima hesitação depois de Bersumée ter-lhe explicado seu caso.

— De quem recebeis vossas instruções?

— De vós, senhor.

— Quem, acima de mim, comanda todas as fortalezas reais?

— O Senhor de Marigny, senhor.

— A quem deveis vos dirigir para resolver todos esses problemas?

— A vós, senhor.

— E acima de mim?

— Ao Senhor de Marigny, senhor.

Bersumée reencontrava assim o sentimento da honra e, ao mesmo tempo, de proteção, que conhece o bom militar, diante de um homem que tem patente superior à sua e que lhe dita por isso uma forma de se conduzir.

— Então — concluiu Alain de Pareilles —, é ao Senhor de Marigny que deveis entregar esta missiva. Mas cuidai para entregá-la em suas mãos, diretamente.

Uma meia hora mais tarde, na rua Fossés-Saint-Germain, vieram anunciar a Enguerrand de Marigny, que estava trabalhando em seu escritório, que um certo capitão Bersumée, vindo da parte do Senhor de Pareilles, insistia para vê-lo.

— Bersumée... Bersumée... — disse Enguerrand. — Ah! É aquele asno que comanda a tropa da fortaleza de Château-Gaillard. Que ele entre.

Tremendo ao defrontar-se com um personagem tão poderoso, Bersumée teve alguma dificuldade para tirar de sob sua farda e sua cota de malhas a carta destinada ao Senhor d'Artois. Marigny leu-a imediatamente, com a maior atenção, e sem deixar transparecer coisa alguma em sua expressão.

— Quando é que isso foi escrito?

— Anteontem, Senhor.

— Vós agistes muito bem trazendo-a até mim. Eu vos felicito por isso. Dizei à Senhora Margarida que sua carta chegará ao destino. E caso ela queira escrever outras fazei com que elas sigam o mesmo caminho... Como vai a Senhora Margarida?

— Como é possível quando se vive numa prisão, Senhor. Mas resiste melhor, com certeza, do que a senhora Branca, cujo espírito parece um pouco perturbado.

Marigny fez um gesto vago que parecia significar que o espírito das prisioneiras lhe interessava muito pouco.

— Cuidai da saúde delas. Que sejam alimentadas e que não passem frio.

— Senhor, sei que são vossas ordens, mas agora só tenho trigo sarraceno para servir a elas, e isso porque eu ainda tinha uma reserva. Para a lenha tenho que enviar os arqueiros para cortar árvores. Ora, eu não posso exigir um trabalho tão duro de homens que não comem o suficiente para matar a própria fome.

— Mas por que tudo isso?

— Falta-me dinheiro em Château-Gaillard. Eu não recebi o suficiente para pagar meus homens, nem para renovar os fornecimentos, cujo preço está altíssimo, como sabeis, nesses tempos de fome e penúria.

Marigny levantou os ombros.

— Vós não me surpreendeis — disse ele. — Por toda a parte as coisas andam assim. Não fui eu, nesses últimos meses, que governei o Tesouro. Mas as coisas vão voltar à ordem. O pagador de vossas entregas vai acertar vossa situação daqui a uma semana. Quanto vos é devido?

— Quinze libras e meio tostão, Senhor.

— Recebereis imediatamente trinta libras.

E Marigny chamou um secretário para acompanhar Bersumée e pagar-lhe o preço de sua obediência.

Quando ficou sozinho, Marigny releu a carta de Margarida, refletiu por um momento, depois a jogou no fogo e permaneceu diante da lareira até que o pergaminho se consumisse completamente.

Naquele momento se sentia realmente o mais poderoso dos personagens do reino. Todos os destinos estavam em suas mãos, até mesmo os do rei.

Terceira Parte

A PRIMAVERA DOS CRIMES

I

A FOME

A miséria dos franceses foi maior, naquele ano, do que nos últimos cem, e o flagelo dos séculos passados, a fome, reapareceu.

Em Paris, o preço da saca de sal atingiu os dez tostões de prata, e o sexteiro de farinha de trigo branca vendia-se até por sessenta tostões, preços que jamais tinham sido atingidos. Aquele encarecimento anormal resultava, claro, em primeiro lugar, da colheita desastrosa do verão precedente, mas também era devido, em grande parte, à desorganização da administração, à agitação que as ligas dos grandes senhores feudais mantinham em suas províncias e que tornava as trocas comerciais difíceis, ao pânico que as pessoas sentiam pelo medo de não ter mais o que comer e, enfim, à avidez dos especuladores.

Fevereiro é o mês mais difícil nos anos de fome. As últimas provisões do outono estão esgotadas, do mesmo modo que a resistência dos corpos e das almas. O frio vem juntar-se à fome. É o mês em que mais se morre. As pessoas se desesperam, como se jamais fossem rever a primavera, e esse desespero, em alguns, transmuta-se em abatimento e, em outros, em ódio. À força de tomar com freqüência o caminho do cemitério, cada um começa a se perguntar quando é que chegará a sua vez.

Nos campos, as pessoas comiam os cães que não podiam mais alimentar e os gatos que tinham se tornado novamente selvagens. Por falta de forragem, o rebanho morria e as pessoas brigavam em volta dos restos da carcaça. Mulheres arrancavam a relva queimada pelo gelo para devorá-la. Sabia-se que a casca da faia dava uma farinha melhor do que a casca do carvalho. Adolescentes afogavam-se todos os dias sob o gelo dos lagos, onde vinham mergulhar em busca de peixes. Quase não havia mais velhos. Os carpinteiros, lívidos e atribulados, montavam caixões sem parar. Os moinhos estavam mudos. Mães enlouquecidas acalentavam os cadáveres de seus filhos. Às vezes tomavam de assalto um monastério; mas a esmola não tem mais poder algum quando não se encontra nada para comprar. Às vezes as hordas titubeantes iam pelos campos em direção dos burgos, com o sonho vão de conseguir um pouco de pão doado; mas se chocavam a outras hordas esfomeadas que vinham da cidade e que pareciam avançar na direção do Juízo Final.

Assim iam as coisas nas regiões conhecidas como ricas, tanto quanto nas pobres, na região de Artois, tanto quanto em Auvergne, Poitou, Champagne, Borgonha ou Bretanha, e até mesmo nas regiões de Valois, Normandia, Beauce, Brie e Île-de-France. E também em Neauphle e Cressay.

A maldição que há um ano abatia-se sobre a família real parecia ter se estendido ao reino inteiro durante o inverno.

Guccio, ao voltar de Avinhão para Paris, tinha atravessado toda aquela aflição sem fim. Mas sendo alojado nos prebostados ou nos castelos reais, e munido de bom ouro para satisfazer o preço desmesurado dos albergues, tinha podido olhar do alto a fome generalizada.

Uma semana mais tarde, a cavalo no caminho de Paris para Neauphle, não se preocupava com mais nada do que vira. Seu mantô forrado de pele era bem quente, seu cavalo era ágil, e ele corria em direção da mulher que amava. Polia as frases com as quais contaria à bela Maria de Cressay como ele havia conversado com a Senhora Clemência de Hungria, que talvez logo se tornasse rainha de França, e lhe contaria como sua lembrança não o tinha deixado um dia sequer... o que, aliás, era verdade. Pois as infidelidades fortuitas não impedem de pensar — muito ao contrário — na pessoa à qual não se é fiel; e essa chega mesmo a ser a maneira mais freqüente pela qual os homens são constantes. E depois ele descreveria a Maria os esplendores de Nápoles... E se sentia enaltecido pelos prestígios da viagem e pelas altas missões que cumprira. E vinha se fazer amar.

Foi apenas nas vizinhanças do domínio de Cressay — porque Guccio conhecia bem a região e sentia ternura por ela — que começou a abrir os olhos e ver algo além de seus próprios pensamentos.

O aspecto deserto dos campos, o silêncio dos povoados, a raridade das fumaças subindo dos casebres, a ausência de animais, o estado de magreza e sujeira de alguns homens encontrados pelo caminho e, sobretudo, os olhares dos miseráveis provocaram no jovem toscano um sentimento de mal-estar e de insegurança. E quando adentrou o pátio do velho solar da família Cressay, logo depois do rio Mauldre, teve a intuição de uma infelicidade.

Não havia um galo sequer, não se ouvia um mugido de animal nos currais, um latido de cão. O moço avançou sem que ninguém, servo ou patrão, viesse a seu encontro. A casa parecia morta. "Será que eles foram todos embora?", perguntou-se. "Será que foram todos enforcados durante a minha ausência? O que aconteceu? Ou será que a peste passou por aqui?"

Ele amarrou as rédeas do cavalo a uma argola pendurada no muro e entrou na casa. Logo se encontrou diante da Senhora de Cressay.

— Oh! senhor Guccio! — exclamou ela. — Eu achava que... eu achava que... Então estais de volta...

As lágrimas brotaram nos olhos de dama Eliabel, e ela apoiou-se a um móvel, como se a surpresa a fizesse cambalear. Emagrecera uns dez quilos e tinha envelhecido dez anos. Boiava no vestido que antes se moldava a seu busto e a seus quadris. Sua expressão era cinzenta e suas faces mostravam-se caídas sob seu escapulário de viúva.

Guccio, para dissimular a surpresa ao vê-la assim tão mudada, olhou pelo salão em volta dele. Antes, percebia-se ali uma certa dignidade de vida de senhor feudal, mantida graças a meios modestos; agora, tudo traduzia a miséria inelutável, a nudez desorganizada e empoeirada.

— Não estamos em nossos melhores dias para acolher um hóspede — disse tristemente dama Eliabel.

— Onde estão vossos filhos?

— Na caça, como a cada dia.

— E a Senhora Maria? — perguntou Guccio.

— Ai! — sussurrou dama Eliabel, abaixando os olhos.

— O que aconteceu?

Dama Eliabel levantou os ombros, com um gesto de desolação.

— Ela está tão mal — disse ela —, tão fraca, que não tenho mais esperanças que consiga se levantar, nem que chegue até a próxima Páscoa.

— Mas de que mal ela sofre? — perguntou Guccio com ansiosa impaciência.

— Ora, do mal de que sofremos todos e do qual todos morrem por aqui! A fome, *signor* Guccio. Se um corpo tão forte como era o meu já está esgotado, imaginai então os males que a fome pode infligir às moças que ainda estão em idade de crescimento.

— Mas por Deus, dama Eliabel — exclamou Guccio —, eu achava que a fome só atingia os pobres!

— E o que pensais que somos, a não ser exatamente pobres? Não é porque fazemos parte da ordem de cavalaria e que possuímos um solar caindo aos pedaços que estamos melhor do que os outros. Todos os nossos bens, nós, que somos pequenos senhores feudais, estão em nossos servos e na labuta que tiramos deles. Como poderíamos esperar que nos alimentem, quando eles próprios não têm mais o que comer e vêm morrer diante de nossa porta nos estendendo as mãos? Tivemos que matar nosso rebanho para dividi-lo com eles. Acrescentai a isso que o preboste nos obrigou a fornecer-lhe víveres, segundo ordens do rei, ao que disse, sem dúvida para alimentar os sargentos, pois esses continuam bem gordos... Quando todos os nossos camponeses estiverem mortos, o que há de nos restar, a não ser a morte, também? A terra não vale nada; só tem valor quando é trabalhada, e não são os cadáveres que enterramos nela que vão fazer com que ela produza... Não temos mais servos nem servas. Nosso pobre manco...

— Aquele que nos servia à mesa?

— Sim, aquele mesmo... — disse ela com um sorriso triste. — Pois bem, ele partiu para o cemitério na semana passada. Como outros, antes dele.

Guccio balançou a cabeça, com um ar de compaixão. Mas uma única pessoa, em todo aquele drama, tinha importância para ele.

— Onde está Maria? — perguntou ele.

— Lá em cima, em seu quarto.

— Posso vê-la?

— Vinde comigo.

Guccio seguiu-a pela escada. E subiu com passos lentos, degrau a degrau, apoiando-se a uma corda que estava pendurada ao longo do corrimão.

Maria de Cressay estava deitada numa cama estreita, à moda antiga, de forma que o colchão e os cobertores ficassem elevados sob o busto, fazendo com que a pessoa que está deitada pareça estar sobre um plano inclinado, com os pés dirigidos para o chão.

— Senhor Guccio... senhor Guccio... — murmurou Maria.

Os olhos dela estavam rodeados de olheiras escuras, os cabelos castanho-dourados estavam soltos sobre a almofada de veludo usado até a trama. Suas faces emagrecidas, seu pescoço frágil apresentavam uma aparência inquietante. A impressão de irradiação solar que antes ela dava tinha se apagado, como se uma grande nuvem branca a tivesse coberto.

Dama Eliabel retirou-se para evitar que a vissem chorando.

— Maria, minha bela Maria — disse Guccio aproximando-se da cama.

— Enfim, viestes, enfim estais aqui de novo. Eu tive tanto medo... tanto medo de morrer sem poder vos rever!

Ela olhava Guccio intensamente, e seus olhos continham uma grande pergunta inquieta. Inclinada como estava, devido ao amontoamento dos colchões, não parecia de forma alguma real, mas sim recortada em algum afresco ou, melhor, em algum vitral de perspectivas longínquas.

— Do que sofreis, Maria? — disse Guccio.

— De fraqueza, meu bem amado, de fraqueza. E depois, do grande temor de ter sido abandonada por vós.

— Eu tive que ir à Itália a serviço do rei... e tive que partir de maneira tão apressada que não pude sequer vos avisar.

— A serviço do rei... — repetiu ela fracamente.

A grande pergunta muda continuava ainda no fundo de seu olhar. E Guccio sentiu-se bruscamente envergonhado por sua boa saúde, por suas roupas quentes, pelas semanas despreocupadas passadas em viagem, sentiu-se envergonhado até pelo sol de Nápoles, por toda a vaidade que o habitava ainda uma hora antes, por ter vivido entre os poderosos deste mundo.

Maria avançou sua bela mão emagrecida, e Guccio a pegou; e os dedos de ambos se reconheceram e acabaram unindo-se, entrelaçados naquele gesto em que o amor faz promessas de maneira mais segura do que um beijo, como se as mãos dos dois se unissem numa mesma prece.

A pergunta muda desapareceu do olhar de Maria. Ela fechou as pálpebras e eles permaneceram por alguns momentos sem falar.

— Assim, segurando vossa mão, parece que adquiro novas forças — disse ela enfim.

— Maria, olhai o que eu vos trouxe!

Ele tirou de sua bolsa duas placas de ouro finas e gravadas, incrustadas de pérolas e de pedras cabochão, como estava então na moda entre os ricos, que as costuravam nas golas dos mantôs. Maria pegou as placas e elevou-as até os lábios. Guccio sentiu um aperto no coração, pois uma jóia não pode acalmar a fome, nem que ela tenha sido cinzelada pelo mais hábil ourives de Florença ou de Veneza. "Um pote de mel ou de frutas cristalizadas teria sido hoje um presente melhor", pensou. E uma grande pressa para agir apoderou-se dele.

— Vou buscar o que preciso para que fiqueis curada — exclamou ele.

— Que estejais aqui, que pensais em mim... não peço nada além disso. Já quereis partir?

— Estarei de volta em poucas horas.

Ele ia passar pela porta.

— Vossa mãe... ela está a par? — disse ele a meia voz.

Maria fez com as pálpebras um gesto negativo.

— Eu não quis falar em vosso nome — respondeu ela. Cabe a vós decidir o que quereis de mim, caso Deus queira que eu continue viva.

Descendo de volta para a sala, Guccio encontrou dama Eliabel em companhia de seus dois filhos que acabavam de voltar. Com os rostos abatidos, os olhos brilhantes de cansaço, as roupas rasgadas e mal remendadas, Pierre e Jean de Cressay também mostravam as marcas da fraqueza. Demonstraram a Guccio a alegria que sentiam por ver um amigo. Mas ambos não podiam se impedir de sentir certa inveja e amargura ao contemplar o aspecto próspero do jovem italiano. "Os banqueiros, com certeza, chegam a se virar melhor do que os nobres", pensava Jean de Cressay.

— Nossa mãe vos contou, e depois, vistes Maria... — disse Pierre. — Vede o que caçamos hoje cedo. Um corvo que tinha quebrado uma perna e um rato do campo. Que belo caldo para uma família inteira poderemos fazer com isto! O que fazer? Não há solução. Por mais que se diga aos camponeses que eles serão castigados se caçarem só para eles mesmos, de nada adianta: preferem comer, mesmo tendo que apanhar. No lugar deles cada um de nós faria o mesmo. Só nos restaram três cachorros...

— E os falcões milaneses que vos dei de presente no outono passado? Eles foram úteis, pelo menos? — perguntou Guccio.

Os dois irmãos abaixaram os olhos com uma expressão incomodada. Depois Jean, o mais velho, começou a rir ao mesmo tempo em que puxava os pêlos da barba:

— Fomos obrigados a cedê-los ao preboste Portefruit, para que ele consentisse que conservássemos nosso último porco. Aliás, não tínhamos mais como alimentá-los.

— Vocês agiram bem — respondeu Guccio. — Quando for possível, eu trarei outros falcões.

— Esse preboste infame — exclamou Pierre de Cressay — não mudou nem um pouco, depois daquela vez em que nos livrastes de suas garras. Ele é pior do que a fome e torna a miséria ainda mais maligna.

— Sinto vergonha, senhor Guccio, da magra refeição que compartilhareis conosco — disse a viúva.

Guccio recusou o convite com muita delicadeza, alegando que era esperado em seu escritório de Neauphle.

— Vou tomar providências também para arranjar alguns víveres — acrescentou ele. — Não podeis continuar assim, sobretudo vossa filha.

— Somos muito gratos por suas intenções — respondeu Jean de Cressay — mas não encontrareis nada, a não ser a relva da estrada.

— Ora essa! — exclamou Guccio batendo em sua bolsa. — Eu não sou um verdadeiro lombardo* se não conseguir nada!

— Nem o ouro é de alguma utilidade.

— Pois isso é o que veremos.

Estava escrito que Guccio, a cada vez que visitasse aquela família, desempenharia o papel do nobre cavaleiro salvador e não o do credor. Ele nem sequer pensava mais na dívida de trezentas libras que jamais fora paga desde a morte do senhor de Cressay.

Correu até Neauphle, persuadido de que os empregados do escritório bancário Tolomei o salvariam. "Eu os conheço e sei que devem ter prudentemente guardado algo ou então que sabem quem pode fornecer alimentos aos que têm como pagar."

Mas surpreendeu os três amanuenses apertados uns contra os outros em volta de um braseiro de carvão; tinham um aspecto pálido e o nariz tristemente virado para o chão.

— Há duas semanas todo o movimento foi interrompido, *signor* Guccio — declarou-lhe o chefe do escritório. — Não chegamos a fazer sequer uma operação por dia. O pagamento das dívidas não entra, e não adiantaria nada proceder à apreensão dos bens dos devedores; de nada serve botar a mão no vento...

— E as provisões de comestíveis?

Ele levantou os ombros.

— Agora mesmo vamos nos deleitar com meio quilo de castanhas — continuou — e depois vamos lamber os beiços durante três dias. Vós tendes ainda sal em Paris? É sobretudo a falta de sal que nos faz perecer. Se pudésseis

---

*Os banqueiros italianos que operavam na França eram assim chamados, mesmo quando não originários da Lombardia (era o caso de Guccio, que era toscano). (N. T.)

nos arranjar um pouco... O preboste de Montfort tem, mas não quer de jeito nenhum distribuir. Ah! Aquele lá não sente falta de nada, podeis estar certo. Rapou tudo que existia na redondeza, como nos tempos de guerra.

— Mas é uma verdadeira peste, este preboste Portefruit! — exclamou Guccio. — Vou ter com ele, agora mesmo. Já o corrigi uma vez, aquele ladrão!

— *Signor* Guccio... — disse o chefe do escritório querendo incitar o moço à prudência.

Mas Guccio já tinha saído e montava novamente em seu cavalo. Um sentimento de ódio como jamais conhecera dilacerava seu peito. Porque Maria de Cressay estava morrendo de fome, ele passava para o lado dos pobres e sofredores; e apenas por isso já teria sido possível certificar que seu amor era verdadeiro.

Ele, o lombardo, o filho do dinheiro, tomava bruscamente o partido do clã da miséria. Observava agora que as paredes das casas pareciam transpirar a morte. Sentia-se solidário daquelas famílias cambaleantes que seguiam os caixões pelas ruas afora, daqueles homens da pele colada sobre os ossos e cujos olhares tinham adquirido uma expressão animalesca.

Ele ia plantar sua adaga no ventre do preboste Portefruit, vingar a província inteira e realizar um gesto de justiceiro. Seria detido, claro, ele queria ser detido, e o caso iria longe. Tio Tolomei moveria montanhas, e os condes de Bouville e de Valois seriam avisados. O processo iria parar no Parlamento de Paris, e mesmo diante do rei. E então Guccio exclamaria: "Vossa Majestade, eis por que razão matei o preboste..."

Uma légua e meia de galope acalmou um pouco sua imaginação. "Lembra-te bem, meu filho, que um cadáver não paga juros", tinha ele ouvido tantas vezes de seus tios banqueiros, desde sua mais tenra infância. No final das contas, cada qual luta com as armas que lhe são próprias; Guccio, como todo toscano bem de vida, sabia manejar convenientemente as lâminas curtas, mas essa não era sua verdadeira especialidade.

Diminuiu o passo na entrada de Montfort-l'Amaury, acalmou o cavalo e seu próprio espírito, e apresentou-se no prebostado. Como o sargento de plantão não desse mostras da pressa desejável, Guccio tirou de dentro do mantô o salvo-conduto, selado com o selo real, que Valois tinha estabelecido para ele para as necessidades de sua missão em Nápoles.

Os termos do documento eram bastante vagos... "Venho requerer junto a todos os bailiados, senescalias e prebostados que auxiliem e assistam..." para que Guccio pudesse utilizá-lo ainda.

— A serviço do rei! — disse ele.

Diante do selo real, o sargento do prebostado tornou-se imediatamente cortês e cheio de zelo, e correu para abrir as portas.

— Dá de comer a meu cavalo — ordenou-lhe Guccio.

As pessoas sobre as quais se levou uma vez vantagem normalmente consideram-se vencidas desde que se encontrem novamente na presença de quem as dominou um dia. Se querem se mostrar recalcitrantes, isso de nada adianta e as águas continuam sempre correndo no mesmo sentido. Assim ocorria entre Guccio e Portefruit.

As sobrancelhas curvadas, as faces redondas, a pança cheia, o preboste, vagamente preocupado, arrastou-se — mais do que andou — até diante do visitante.

A leitura do salvo-conduto perturbou-o mais ainda. Quais seriam exatamente as funções secretas daquele jovem lombardo? Será que vinna inspecionar, investigar? O rei Felipe, o Belo, tinha agentes misteriosos que, disfarçados por trás de outra profissão, percorriam o reino, faziam relatórios. E depois, de repente, uma grade de prisão se abria...

— Ah! Senhor Portefruit, antes de mais nada quero informá-lo - - disse Guccio — de que não contei absolutamente nada nos altos escalões daquela história de imposto sobre herança envolvendo a família Cressay... aquela história que nos deu a ocasião de nos encontrarmos no ano passado. Eu quis acreditar que tinha se tratado de um erro. Digo isso para que estejais tranqüilo.

Bela maneira, de fato, para tranqüilizar o preboste! Ela equivalia a dizer-lhe, claramente: "Lembrai-vos bem que vos surpreendi em flagrante delito de prevaricação e que posso informar disso meus superiores quando eu quiser."

A face redonda do preboste empalideceu um pouco, o que acentuou, por oposição, a cor de vinho da mancha de nascença que ele tinha sobre a têmpora e sobre uma parte da testa.

— Eu vos agradeço, senhor Baglioni, por vosso julgamento — respondeu ele. — De fato, foi um erro. Aliás, eu fiz com que apagassem os livros.

— Então quer dizer que eles precisavam ser apagados? — observou Guccio.

O outro compreendeu que ele acabava de dizer uma tolice perigosa. Decididamente, aquele jovem lombardo tinha o dom de lhe confundir o juízo.

— Pois justamente agora eu ia começar a jantar — disse para mudar o mais depressa possível de assunto. — Quereis dar-me a honra de jantar comigo?

Ele começava a se mostrar obsequioso. A habilidade impunha que Guccio aceitasse. As pessoas se entregam com muito mais facilidade à mesa. E depois, desde a manhã Guccio tinha andado muito, sem comer. De tal modo que partira de Neauphle para matar o preboste e encontrava-se agora confortavelmente sentado diante dele, servindo-se de sua adaga apenas para cortar um leitão assado no ponto e que nadava numa bela gordura dourada.

A farta mesa do preboste naquele país em que todos passavam fome era decididamente escandalosa. "Quando penso que vim buscar algo para alimentar minha Maria e que sou eu que estou me esbaldando!", pensou ele. Cada bocado aumentava seu ódio. E o preboste, acreditando que assim se reconciliava com seu visitante, apresentava-lhe suas melhores iguarias e seus mais finos vinhos, ao passo que Guccio, a cada vez que era servido, pensava: "Ele vai prestar contas de tudo isso, esse malfeitor. Vou agir tão bem que hei de mandá-lo balançar-se na ponta de uma corda." Jamais uma refeição foi devorada com tanto apetite pelo convidado, sem que o hospedeiro obtivesse o menor benefício por oferecê-la. Guccio não deixava escapar a menor ocasião para pôr o preboste em situação difícil.

— Soube que adquiristes uns falcões, senhor Portefruit? — disse de repente. — Tendes o direito de caçar como os nobres?

O outro quase perdeu o fôlego com sua taça de vinho.

— Eu caço com os nobres das redondezas, quando me convidam — respondeu prontamente.

Ele tentou mais uma vez desviar o curso da conversação e acrescentou:

— Vós viajais muito, não, senhor Baglioni?

— Muito, de fato — respondeu Guccio descontraidamente. — Estou voltando da Itália, onde tinha negócios a resolver a serviço do rei, junto à rainha de Nápoles.

Portefruit lembrou-se de que, quando do primeiro encontro deles, era de uma missão junto à rainha da Inglaterra que Guccio retornava. Aquele moço devia ser bem poderoso para andar assim correndo de uma rainha para outra. Além do mais, ele sabia coisas que seria preferível calar...

— Senhor Portefruit, os amanuenses do escritório que meu tio possui em Neauphle estão numa grande miséria. Eu os encontrei doentes de fome, e eles me asseguram que não podem comprar coisa alguma — declarou repentinamente Guccio. — Como explicar que num país devastado pela fome chegais a impor a todos o pagamento de dízimos e passais por toda a parte pilhando tudo que resta para se mastigar?

— Oh, senhor Baglioni, este é para mim um grande problema e uma grande aflição, eu vos juro. Mas devo obedecer às ordens de Paris. Tenho que enviar todas as semanas três carroças carregadas de víveres, como todos os outros prebostes por aqui, porque o Senhor de Marigny teme a rebelião e quer manter a capital em ordem. Como sempre, são os campos que sofrem.

— E, quando vossos sargentos recolhem o que é preciso para encher as três carroças, eles também podem recolher um pouco mais, para encher uma quarta, para vós mesmo.

A angústia afluiu ao coração do preboste. Ah! Que jantar penoso!

— Nunca, senhor Baglioni, nunca! O que estais pensando?

— Ora essa, preboste! De onde vem isso tudo? — exclamou Guccio apontando para a mesa. — Os presuntos, que eu saiba, não vêm andando sozinhos bater à porta de vossa casa. E vossos sargentos não podem ter tão boa aparência em troca de nada!

"Se eu soubesse", pensou Portefruit, "eu não o teria tratado tão bem".

— É que se quisermos manter em ordem o reino é preciso alimentar bem todos que estão encarregados de tomar conta dele.

— Com certeza — disse Guccio —, com certeza. Vós falais como se deve. Um homem abastado, com um cargo tão alto como o vosso, não deve de forma alguma raciocinar como as pessoas ordinárias, nem poderia agir de outra maneira.

De repente ele demonstrava aprovação, assumia ares amicais e parecia concordar com as opiniões de seu interlocutor. O preboste, que tinha bebido o bastante para retomar coragem, estava propenso a falar demais.

— Assim, por exemplo, as taxas dos impostos... — continuou Guccio.

— As taxas? — perguntou o preboste.

— É isso mesmo! Vós as recebeis como renda. Ora, é preciso viver, é preciso pagar seus fornecedores, não é? Então, é claro que precisais receber mais do que é pedido pelo Tesouro. Como é que fazeis? Pedis o dobro do valor, não é? Que eu saiba, é assim que fazem todos os prebostes.

— Mais ou menos isso — disse Portefruit, que caía na armadilha porque pensava lidar com alguém que estivesse realmente a par de tais práticas. — Somos obrigados a fazer assim. Eu, por exemplo, já tive que pagar comissões a um dos escriturários de Marigny.

— Um escriturário de Marigny? É isso mesmo?

— É isso... e continuo a pagar-lhe uma boa quantia em cada final de ano. Tenho que compartilhar com meu receptor, e isso sem falar da soma que exigem de mim outros superiores. No final das contas...

— ... não sobra muita coisa para vós mesmo, eu compreendo... Então, preboste, vós ireis me prestar auxílio e vou vos propor um negócio em que não sereis de forma alguma perdedor. Tenho dificuldade para alimentar meus contadores de Neauphle. Vós lhes fornecereis uma vez por semana sal, farinha, favas, mel, carne fresca ou seca e tudo aquilo de que eles precisarem e que vos será pago ao preço de Paris, com um pequeno tostão a mais para cada libra. Eu me disponho a vos pagar em adiantamento vinte libras — disse ele fazendo tilintar a bolsa.

O barulho do ouro acabou de adormecer a desconfiança do preboste. Ele discutiu um pouco, por questões formais, sobre os pesos e preços. E estava surpreso com as quantidades pedidas por Guccio.

— Vossos amanuenses são apenas três. Precisam mesmo de tanto mel e tantas ameixas secas? Mas eu posso fornecer, sim...

Como Guccio desejasse levar imediatamente algumas provisões, o preboste levou-o até sua reserva, que mais parecia um armazém.

Agora que o negócio estava fechado, para que dissimular? E, de certa maneira, o preboste experimentava certa satisfação em mostrar impunemente — isso era o que ele acreditava — seus tesouros alimentícios. Com o nariz empinado, os braços curtos, agitava-se entre os sacos de lentilha e de grão-de-bico, cheirava os queijos, acariciava com os olhos as lingüiças penduradas no teto.

Mesmo tendo passado duas horas à mesa, parecia que seu apetite já estava de volta.

"O espertalhão mereceria ser pilhado por um bando de esfomeados", pensava Guccio. Um doméstico preparou um belo pacote de víveres que eles esconderam sob um pedaço de tecido grosseiro e que Guccio pendurou em sua sela.

— E se porventura vindes a sentir falta de alguma coisa, mesmo em Paris... — disse o preboste acompanhando seu hóspede.

— Agradeço, preboste, vou me lembrar disso. Mas, sem dúvida, vós me vereis novamente muito em breve. E, de toda maneira, estejai certo de que falarei de vós como se deve.

E nisso Guccio partiu para Neauphle, onde entregou aos três amanuenses, maravilhados e com a boca cheia d'água, a metade do que obtivera.

— E assim será todas as semanas — disse-lhes ele. — Isso foi contratado com o preboste. Daquilo que ele vos trará, vós tirareis a metade, que alguém de Cressay virá buscar, ou que vós entregareis lá, com muita prudência. Meu tio se interessa muito por essa família que é mais importante na corte do que se pode imaginar. Tratai de aprovisioná-la.

— Eles vão pagar esses víveres em espécie ou será preciso aumentar o crédito deles? — perguntou o chefe do escritório.

— Vós fareis uma conta à parte da qual eu mesmo cuidarei.

Dez minutos mais tarde, Guccio chegava ao solar e colocava junto à cabeceira de Maria de Cressay mel, frutas secas e conservas.

— Entreguei à senhora vossa mãe carne de porco salgada, farinhas, sal...

Os olhos da doente encheram-se de lágrimas.

— Como conseguistes? Senhor Guccio, então sois um mágico? Trouxestes mel... ah!...

— Eu faria ainda muito mais para vos ver recuperar as forças e pela alegria de ter vosso amor. Uma vez por semana vós recebereis a mesma quantidade de provisões, por intermédio de meus empregados... Acreditai-me... este trabalho foi bem mais fácil do que o de encontrar um cardeal em Avinhão.

Isso fez com que me lembrasse de que não tinha vindo a Cressay apenas para alimentar pessoas famintas. E, aproveitando do fato de terem ficado sozinhos, perguntou a Maria se o pacote que lhe confiara no outono passado encontrava-se ainda no mesmo lugar, na capela.

— Não pus as mãos — respondeu ela. — Eu tinha muito medo de morrer sem saber o que fazer daquela encomenda.

— Não se preocupe mais, eu vou pegá-lo de volta. E por favor, se me amais, não pensais mais na morte.

— Agora não pensarei mais — disse ela, sorrindo, por sua vez.

E ele a deixou entregue ao pote de mel, com um ar de êxtase.

"Eu daria todo o ouro do mundo, todo o ouro, para ver esse rosto feliz! Ela vai sobreviver, tenho certeza. Está doente de fome, é claro, mas essa doença se devia sobretudo à minha ausência", pensava ele com a fatuidade característica da juventude.

Descendo para o salão, ele chamou dama Eliabel a sós a fim de dizer-lhe que trouxera da Itália excelentes relíquias, muito eficazes, e que desejava orar com elas na capela, a fim de pedir pela cura de Maria. A viúva maravilhou-se ao ver que aquele homem jovem tão dedicado, tão cheio de energia e habilidade era, ao mesmo tempo, tão devoto.

Guccio, tendo recebido a chave, foi até a capela, onde se fechou; não teve dificuldade para encontrar a pedra móvel, perto do altar, levantou-a e, em meio aos ossos quebrados de um longínquo Senhor de Cressay, retirou o estojo de chumbo que continha, além da cópia das contas do rei da Inglaterra e do Senhor d'Artois, o documento que atestava as malversações do arcebispo Jean de Marigny. "Eis aqui uma boa relíquia para curar as doenças do reino", disse consigo mesmo.

Colocou a pedra de volta, cobriu-a com um pouco de poeira e saiu, assumindo uma expressão devota.

Logo depois, tendo recebido os agradecimentos, abraços e bênçãos da castelã e de seus filhos, ele se pôs de novo a caminho.

Ainda não tinha passado o rio Mauldre, e os Cressay já se precipitavam para a cozinha.

— Esperai, meus filhos, esperai pelo menos que eu prepare uma refeição! — disse dama Eliabel.

Mas ela não pôde impedir os dois irmãos de cortarem grossas fatias de uma lingüiça seca.

— Não achais que Guccio está apaixonado por Maria, para preocupar-se tanto assim conosco? — disse Pierre de Cressay. — Ele não nos pede o reembolso de nossas dívidas, nem sequer os juros delas e, ao contrário, cobre-nos de presentes.

— Não, de forma alguma — respondeu energicamente dama Eliabel. — Ele gosta de todos nós e sente-se honrado por nossa amizade, isso é tudo.

— Ele não seria uma mau partido — disse ainda Pierre.

Jean, o mais velho, resmungou. Para ele, que ocupava a posição de chefe da família, a perspectiva de entregar a irmã a um banqueiro plebeu chocava-se contra todas as tradições da nobreza.

— Se essas fossem suas intenções, eu só aceitaria...

Mas como estava com a boca cheia não terminou sua fala. Algumas circunstâncias adormecem por um momento os escrúpulos e os princípios. E Jean de Cressay, mastigando, continuou sonhador.

Entretanto, Guccio, trotando em direção a Paris, perguntava-se se não tinha cometido um erro ao partir tão depressa, sem aproveitar-se daquela ocasião para pedir a mão de Maria.

"Não, teria sido indelicado. Não se deve fazer um pedido de casamento a pessoas esfomeadas. Eu teria aparecido como alguém que queria se aproveitar da miséria alheia. Vou esperar que Maria esteja curada."

Na verdade, a coragem para fazer o pedido lhe faltava e ele procurava desculpas para a falta de audácia.

O cansaço, no cair do dia, obrigou-o a parar. Dormiu algumas horas em Versalhes, pequeno povoado triste e isolado no meio de pântanos insalubres. Os camponeses, lá também, morriam de fome.

No dia seguinte, cedo, Guccio chegava à rua dos Lombardos. Logo ele se trancou com seu tio ao qual contou, com um tom indignado, o que acabara de ver. Seu relato ocupou uma hora inteira. O senhor Tolomei, sentado diante da lareira, escutava, calmamente.

— Pensas que fiz bem agindo assim com a família Cressay? Tu me aprovas, não é, meu tio?

— Claro, claro, meu amigo, eu te aprovo ...nda mais que não adianta nada discutir com um apaixonado... Trouxeste o documento do arcebispo?

— Sim, meu tio — respondeu Guccio, entregando-lhe o estojo de chumbo.

— Então tu me dizes que o preboste de Montfort declarou-te que ele cobra o dobro do valor dos impostos e que reserva uma parte a um escriturário de Marigny. Tu sabes qual?

— Posso descobrir. Esse espertalhão acha que agora sou amicíssimo dele.

— E ele afirma que os outros prebostes agem da mesma maneira?

— Sem hesitar. Não é uma vergonha? E fazem um comércio infame com a fome dos outros e engordam como porcos, enquanto que em volta deles o povo morre. O rei não deveria ser avisado disso?

O olho esquerdo de Tolomei, aquele olho que jamais era visto, tinha se aberto bruscamente, e todo seu rosto assumia uma expressão diferente, ao mesmo tempo irônica e inquietante. Simultaneamente, o banqueiro esfregava uma na outra, lentamente, suas mãos gordas e pontudas.

— Pois bem! São ótimas novas as que me trazes, meu caro Guccio, excelentes novas! — disse ele, sorrindo.

II

AS CONTAS DO REINO

Spinello Tolomei não era um homem apressado. Refletiu muito durante dois dias inteiros. Depois, no terceiro dia, tendo jogado uma capa sobre seu mantô de pele, pois caía uma chuva gelada, foi até o palacete da família Valois. Ele foi recebido depressa pelo conde de Valois em pessoa e pelo Senhor d'Artois, ambos magoados e cheios de amargura, devido à recente derrota que tinham sofrido e que os fazia, já, pensar em vagos planos de vingança.

O palacete parecia muito mais calmo do que há alguns meses e percebia-se muito bem que os ventos da graça sopravam novamente do lado de Marigny.

— Senhores — disse Tolomei aos dois imponentes nobres —, nos últimos meses, vós tivestes um comportamento que os teria arruinado completamente, caso fôsseis banqueiros ou comerciantes.

Ele podia se permitir aquele tom de admoestação, pois adquirira o direito de fazê-lo por dez mil libras, não pagas de seu próprio bolso, mas das quais ele fora o fiador.

— Vós não pedistes minha opinião, então não a exprimi — continuou. — Mas eu teria podido certificar que um homem tão poderoso e tão precavido quanto o Senhor Enguerrand de Marigny não se arriscaria a pôr as mãos nos cofres do reino. Contas transparentes? É claro que suas contas são transparentes. Se ele cometeu trapaças, foi de outra maneira.

Depois, dirigindo-se diretamente ao conde de Valois:

— Consegui para o Senhor algum dinheiro, a fim de que aumentasse a confiança do rei em vós. Esse dinheiro devia ser devolvido prontamente.

— Mas ele será, senhor Tolomei, ele será.

— Mas quando, Senhor? Eu não teria a audácia de duvidar de vossa palavra. Estou certo de ser reembolsado. Mas gostaria de saber quando e com que meios. Ora, vós não tendes mais a gestão do Tesouro, que voltou para as mãos de Marigny. Por outro lado, não houve a promulgação de nenhum decreto sobre a emissão de moedas, projeto que nos era tão caro, nem tampouco nenhuma ordem sobre o restabelecimento do direito privado de guerra. Marigny opõe-se a isto.

— E o que tendes a propor para que acabemos com este porco fétido? — exclamou Robert d'Artois. — Estamos mais interessados nisso do que vós próprio, podeis acreditar. Se propuserdes uma idéia melhor do que as nossas, ela será bem-vinda. Estamos numa caça em que temos necessidade de cães de substituição.

Tolomei alisou as dobras de suas roupas e cruzou as mãos sobre a barriga.

— Senhores, eu não sou um caçador — respondeu ele —, mas sou toscano de nascimento e sei que, quando não se pode abater o inimigo atacando-o de frente, é preciso atacá-lo de perfil. Vós vos lançastes de maneira franca demais ao combate. Deixai agora de acusar Marigny e de esparramar por toda parte que ele é um ladrão, já que o rei certificou que de forma alguma ele não é. É preciso dar a impressão, por certo tempo, de que ele governa. É preciso até mesmo fingir que vós vos reconciliais com ele. E depois, por trás, investigai nas províncias. Mas não encarregai disso os oficiais reais, pois são criaturas de Marigny e, portanto, vossos inimigos. Ao contrário, dizei aos nobres, grandes e pequenos, sobre os quais vós tendes influência, que vos informem sobre a maneira de agir dos prebostes. Em muitos lugares, somente a metade dos impostos recebidos chega ao Tesouro. O que não se recebe em dinheiro é recebido em víveres que são revendidos a preços exorbitantes. Mandai investigar, é o que vos digo. E, por outro lado, tratai de obter do rei que ele convoque todos os prebostes, recebedores de impostos e escriturários de finanças, a fim de que seus livros de contas sejam examinados. Por quem? Por Marigny, auxiliado, é claro, pelos senhores feudais e pelos conselheiros das contas. E ao mesmo tempo vós providenciareis vossos investigadores. Então eu vos digo que aparecerão tais malversações, e tão monstruosas, que vós podereis sem dificuldade pôr a culpa em Marigny, sem preocupação, desta vez, em relação à inocência dele. Assim fazendo, Senhor, vós tereis convosco os nobres, que não apreciam a idéia de ver em seus feudos os sargentos de Marigny dando palpites em tudo. E vós tereis também o apoio da plebe, que morre de fome e tenta encontrar responsáveis por sua miséria. Eis aí, senhores, o conselho que me autorizo a vos dar e que é o conselho que eu daria ao rei caso estivesse em vossa posição... Sabei além do mais que as companhias lombardas, que possuem escritórios em inúmeros lugares, podem vos auxiliar em vossas investigações.

Valois refletiu por alguns momentos.

— O difícil — disse ele — será convencer o rei, pois por enquanto ele está todo afeiçoado a Marigny e a seu irmão arcebispo, dos quais espera a eleição de um papa.

— No que diz respeito ao arcebispo, não precisais vos preocupar — replicou o banqueiro. — Disponho de uma focinheira para fechar sua boca, e já a utilizei uma vez com sucesso. Quando chegar o momento, farei uso dela novamente.

Quando Tolomei saiu, d'Artois disse a Valois:

— Decididamente, este homem é mais forte do que nós.

— Mais forte... mais forte... — respondeu Valois. — Ele traduz em sua língua de mercador as coisas que nós já sabemos.

Mas ele apressou-se, já no dia seguinte, em conformar-se às instruções do capitão-geral dos banqueiros que, por uma fiança de dez mil libras italianas pagas a seus confrades italianos, tinha se oferecido o luxo de dirigir a França.

Um mês inteiro de insistência foi necessário ao conde de Valois para convencer o rei. Em vão, ele repetia a seu sobrinho:

— Lembrai-vos das últimas palavras de vosso pai. Lembrai-vos que ele vos disse: "Luís, tratai de conhecer o mais depressa possível o estado do reino." Pois bem, convocando todos os prebostes e recebedores de impostos, vós podereis saber. E nosso santo antepassado, cujo nome vos foi dado, também mostrou o exemplo em relação a isso. Ele ordenou uma grande investigação do mesmo tipo, no ano de 1247...

Ora, Marigny não era hostil ao princípio desse tipo de empreitada, e via nela a ocasião de retomar em mãos os agentes reais. Pois também constatava certo relaxamento na administração. Mas considerava mais prudente diferir tal convocação. Afirmava que o momento era mal escolhido, pois a miséria amargurava o povo, e as ligas dos senhores feudais estavam agitadas, e haveriam de querer ver longe todos os oficiais do rei.

Era inegável que, desde a morte de Felipe, o Belo, a autoridade central estava se enfraquecendo. Na realidade, dois poderes se opunham, se atravancavam, anulando-se. Ou bem se obedecia a Marigny, ou bem a Valois. Dilacerado entre os dois partidos, mas informado, sem saber distinguir a calúnia da informação fiável, e incapaz por natureza de decidir com energia, Luís X dava sua confiança ora à esquerda, ora à direita, e acreditava governar, quando na verdade era completamente submisso.

Cedendo à violência das ligas, de acordo com o parecer da maioria de seu Conselho real, Luís, no dia 19 de março daquele ano de 1315, isto é, há três meses e meio reinando, assinou uma carta de intenções com os senhores feudais normandos, que seria seguida quase imediatamente pelas cartas de intenções assinadas também com os senhores feudais do Languédoc, da Borgonha, da Champagne e da Picardia, sendo que esta última interessava especialmente o conde de Valois e Robert d'Artois. Esses editais anulavam todas as disposições, escandalosas aos olhos dos privilegiados, pelas quais Felipe, o Belo, proibira os torneios, as guerras privadas entre senhores feudais e os desafios à batalha. Tornava-se novamente permitido aos fidalgos *"guerrear uns contra os outros, cavalgar, ir e vir portando armas"*... Ou seja, a nobreza francesa reencontrava seu caro direito ancestral de se arruinar em verdadeiras ou falsas batalhas, de se massacrar e de devastar quando bem entendesse o reino a fim de resolver querelas pessoais. Que soberano monstruoso, na verdade, e cuja memória merecia ser aviltada, era aquele que a privara, durante trinta anos, daqueles honestos passatempos!

Os senhores feudais tornavam-se igualmente livres para distribuir terras e para criar novos vassalos e, portanto, novos conflitos, sem ter que pedir autorização ao rei. Para todos os litígios, os nobres só precisariam, a partir de então, comparecer diante de jurisdições de nobres. Os sargentos e prebostes do rei não poderiam mais deter ou notificar diante da justiça os delinqüentes, sem antes pedir autorização ao senhor do lugar. Os burgueses e os camponeses livres não estavam mais autorizados, salvo em alguns casos excepcionais, a sair das terras dos senhores para vir reclamar a justiça do rei. Relativamente aos subsídios militares e ao recrutamento de tropas, os senhores feudais recuperavam uma espécie de independência que lhes permitia decidir se queriam ou não participar das guerras nacionais e, em caso afirmativo, quanto queriam receber para isto.

Marigny conseguiu fazer com que inscrevessem, no final dessas cartas, uma fórmula vaga tratando da suprema autoridade real e de tudo aquilo que *"como de acordo com os antigos costumes, cabia ao soberano, e a ninguém mais, decidir"*. Essa fórmula de direito deixava a um monarca a possibilidade de retomar passo a passo tudo que acabava de ser cedido. Entretanto, Valois consentiu em incluí-la, pois a expressão *antigos costumes* soava em seus ouvidos como tudo que era do tempo de São Luís. Mas Marigny alimentava poucas ilusões. Sabia que o espírito de todas as instituições do Rei de ferro tinha de fato desmoronado. Marigny saiu daquela reunião do Conselho de 19 de março declarando que tinham sido preparadas ali as condições para terríveis perturbações futuras.

Ao mesmo tempo, a convocação dos prebostes, tesoureiros e recebedores de impostos foi finalmente decidida. Expediram a todos os bailiados e senescalias, investigadores oficiais que foram chamados de "reformadores", mas sem lhes atribuir o prazo conveniente para uma inspeção séria, já que a reunião estava fixada para meados do mês seguinte. E como procurassem um lugar para a reunião daquela assembléia, Carlos de Valois propôs Vincennes, como homenagem à memória de São Luís.

No dia determinado, portanto, Luís, o Cabeçudo, seus pares, seus senhores feudais, seus dignitários e principais oficiais da coroa, os membros do Conselho e da Câmara das Contas foram todos em grande comitiva até o palacete de Vincennes. Aquela bela cavalgada atraiu as pessoas; as crianças corriam atrás gritando: "Viva o Rei!", na esperança de receber um punhado de confeitos. Tinha se espalhado o rumor de que o rei ia julgar os recebedores de impostos e, na falta de pão, nada mais podia agradar tanto o povo.

A temperatura de abril estava suave com nuvens leves que corriam pelo céu acima dos carvalhos das florestas: era um verdadeiro tempo de primavera que trazia de volta a esperança. A fome continuava a castigar, mas pelo menos tinha passado o frio, e dizia-se que a próxima colheita seria boa, se os santos ajudassem e não deixassem morrer o trigo que brotava.

Nas proximidades do palacete real, uma imensa tenda fora erguida, como para alguma festa ou casamento, e duzentos recebedores, tesoureiros e prebostes lá estavam alinhados, uns sentados em bancos de madeira, outros sentados no chão, com as pernas cruzadas.

Sob um dossel bordado com as armas de França, o jovem rei, com a coroa na cabeça, o cetro em mãos, veio ocupar sua poltrona real, espécie de assento curul que, desde as origens da monarquia francesa, servia de trono ao soberano quando ele se deslocava. Os apoios de braço da poltrona de Luís X eram esculpidos com cabeças de galgos, e o fundo era ornamentado com um forro de seda vermelha.

Pares e senhores feudais tomaram lugar de um lado e de outro do rei, e os conselheiros da Câmara das Contas instalaram-se por detrás de compridas mesas montadas sobre tripés. Os funcionários reais, trazendo seus registros, foram então chamados, ao mesmo tempo que os reformadores que tinham circulado pelas circunscrições dos mesmos. Por mais apressadas que tivessem sido as investigações, ainda assim elas haviam permitido recolher um bom número de denúncias locais que, em sua maioria, logo foram confirmadas. Quase todas as contas apresentavam vestígios de desperdícios, abusos e malversações, sobretudo nos últimos meses, sobretudo depois da morte de Felipe, o Belo, sobretudo depois que a autoridade de Marigny fora conspurcada.

Os senhores feudais começavam a cochichar, como se fossem modelos de honestidade, ou como se as dilapidações tivessem atingido seus próprios bens. O medo invadia os funcionários, e alguns deles preferiram desaparecer sub-repticiamente pelos fundos da tenda, deixando para mais tarde o momento de se explicar. Quando chegou a vez dos prebostes e recebedores de impostos das regiões de Montfort-l'Amaury, Dourdan e Dreux, sobre os quais Tolomei tinha fornecido aos reformadores elementos bem precisos de acusação, formou-se em volta do rei uma grande agitação. Porém, o mais indignado de todos, o que mais claramente mostrou sua ira, foi Marigny. Sua voz abafou todas as outras, e ele se dirigiu a seus subordinados com uma violência que os abateu. Exigia a restituição do que fora desviado e prometia punições. O conde de Valois, levantando-se, cortou-lhe de repente a palavra.

— Belo papel o que representais diante de todos nós, Senhor Enguerrand — exclamou ele —, mas não adianta nada gritar tanto no nariz desses espertinhos, pois são os homens que vós mesmo pusestes a postos, são vossos homens, e tudo leva a supor que dividistes com eles o que foi roubado.

Um silêncio tão profundo seguiu-se a esta acusação pública, que foi possível até ouvir um galo que cantava pelo campo afora. O Cabeçudo, visivelmente surpreso, olhou à direita e à esquerda. Cada qual mantinha o sopro suspenso, pois Marigny andava em direção de Carlos de Valois.

— Senhor — respondeu ele com uma voz rouca —, se por acaso houver nesse bando de patifes...

Ele mostrava com a mão aberta a assembléia dos prebostes.

— ... se por acaso houver um único, entre todos esses maus servidores do reino, que possa afirmar em sã consciência e jurar pela fé que ele me comprou de qualquer maneira, seja ela qual for, ou que me pagou a menor parcela do que recebe, eu quero que ele se aproxime já.

Então, empurrado pela grande pata de Robert d'Artois, viu-se avançar o preboste de Montfort, cujas contas estavam sendo examinadas.

— O que tendes a dizer? O que vindes dizer aqui? — lançou ao homem Marigny.

Tremendo todo, com a face redonda marcada pela grande mancha cor de borra de vinho, o preboste permanecia mudo. Entretanto, tinha sido muito bem endoutrinado, primeiro por Guccio, depois por Robert d'Artois, que, no dia anterior, tinha lhe prometido que escaparia de qualquer castigo, com a condição de testemunhar contra Marigny.

— Então, o que tendes a dizer? — perguntou por sua vez o conde de Valois. — Não tenhais medo de confessar a verdade, pois nosso amado rei está aqui para escutar e fazer justiça.

Portefruit pôs um joelho na terra diante de Luís X e, cruzando os braços curtos, pronunciou:

— Vossa Majestade, cometi faltas terríveis, mas fui obrigado a isso pelo escriturário do Senhor de Marigny, que exigia que eu lhe desse, todos os anos, um quarto dos impostos, para entregá-lo a seu chefe.

— Qual escriturário? Dizei o nome dele, e que ele compareça já aqui! — gritou Enguerrand. — Quanto vós entregastes a ele?

O preboste então se atrapalhou, coisa que poderia ter sido prevista pelos que o empregavam, pois era duvidoso que um homem que não soubera o que fazer diante de Guccio não desmoronasse na presença de Marigny. Ele pronunciou o nome de um escriturário que morrera há cinco anos, e acabou de se atrapalhar citando um outro como cúmplice, mas este estava às ordens do Senhor de Dreux e não de Marigny. Foi completamente incapaz de explicar por que meios misteriosos os fundos desviados podiam chegar até o coadjutor do reino. Seu testemunho cheirava a perfídia. Marigny encerrou-o, dizendo:

— Vossa Majestade, como podereis julgar, não há uma migalha de verdade nos resmungões deste homem. É um ladrão que, para se salvar, repete coisas que lhe foram ensinadas, e mal ensinadas, por meus inimigos. Que me seja repreendido o fato de ter confiado em tais canalhas cuja desonestidade acaba de ser desmascarada; que me seja repreendida minha fraqueza por não ter enviado ao suplício da roda uma dúzia deles, e estarei de pleno acordo com a punição por isso, mesmo se devo dizer que há quatro meses minhas capacidades para agir em relação a eles tornaram-se muito limitadas. Mas que não me acusem de roubo. É a segunda vez que o Senhor de Valois se autoriza tal acusação, mas desta vez não poderei mais tolerar isto.

Senhores feudais e magistrados compreenderam então que uma grande querela ia estourar.

Dramático, com uma das mãos sobre o coração, a outra apontada em direção de Marigny, Valois replicou, dirigindo-se ao rei:

— Vossa Majestade, somos enganados por um homem ruim que já permaneceu além do que devia entre nós, e cujos erros atraíram a maldição para nosso reino. É ele a causa das extorsões que lamentamos e que, pelo dinheiro que lhe foi dado, fez, para vergonha do reino, com que os flamengos nos concedessem diversas tréguas. Por causa disso vosso pai caiu num tal estado de tristeza que acabou falecendo antes do tempo. Enguerrand foi a causa da morte dele. Quanto a mim, estou pronto a provar que é ladrão e que traiu o reino, e se vós não ordenais imediatamente sua detenção juro por Deus que não aparecerei mais nem em vossa corte nem em vosso Conselho.

— Vós mentis! Vós mentis! — exclamou Marigny.

— Por Deus, sois vós o mentiroso, Enguerrand — respondeu Valois.

A ira jogou-os um contra o outro. Eles se agarraram pelos colarinhos. E os dois príncipes — um que tinha usado a coroa de Constantinopla, outro cuja estátua podia ser contemplada na galeria dos Merceeiros —, os dois bufões foram vistos lutando, vomitando injúrias como dois carregadores, diante de toda a corte e de toda a administração do país.

Os senhores feudais tinham se levantado; os prebostes e recebedores de impostos tinham recuado, fazendo cair os bancos. Luís X teve uma reação inesperada: ele se pôs a gargalhar, do alto de seu trono.

Indignado por aquela gargalhada, tanto quanto pelo espetáculo infame que ofereciam os dois lutadores, Felipe de Poitiers avançou e, com um punho surpreendentemente forte para um homem tão magro, separou os adversários, que manteve distanciados por seus dois braços estendidos. Marigny e Valois estavam ofegantes, com as faces pegando fogo, as roupas rasgadas.

— Meu tio — disse Poitiers —, como ousais agir assim? Marigny, tratai de recuperar o controle, eu vos ordeno. Voltai para vossas casas e esperai que a calma esteja de volta.

A decisão e o poder que emanavam repentinamente daquele jovem de vinte e quatro anos impuseram-se a homens que tinham praticamente o dobro da idade dele.

— Podeis partir, Marigny, eu já disse — insistiu Felipe de Poitiers. — Bouville! Conduzi-o.

Marigny deixou-se arrastar por Bouville e dirigiu-se para a saída do palacete de Vincennes. As pessoas davam-lhe passagem como se ele fosse um touro de combate que tentam levar de volta aos estábulos.

Valois não se mexera de seu lugar; ele tremia de ódio e repetia:

— Eu vou fazer com que ele seja enforcado! Juro por tudo que há de mais sagrado que farei com que termine seus dias na forca!

Luís X tinha parado de rir. A intervenção de seu irmão tinha lhe infligido uma lição de autoridade. Além do mais, percebia bruscamente que o haviam manipulado. Livrou-se do cetro, entregando-o a seu camareiro-mor, e disse brutalmente a Valois:

— Meu tio, quero falar convosco sem mais tardar. Segui-me.

III

DE BANQUEIRO EM ARCEBISPO

— Vós me assegurastes, meu tio — gritava Luís, o Cabeçudo, andando nervosamente de um lado para o outro numa das salas do palacete de Vincennes —, vós me assegurastes que não faríeis acusação alguma contra Marigny! E não tivestes palavra! É muita zombaria em relação a minha vontade!

Chegando ao fundo do aposento, deu uma volta bruscamente sobre si mesmo, e o mantô curto que ele pusera em substituição do outro, longo, voou fazendo um círculo na altura da batata da perna.

Valois, que ainda estava sem fôlego por causa da luta, com o rosto tumeficado, o colarinho em trapos, respondeu:

— Mas como, meu sobrinho, como não ceder à ira diante de tanta patifaria!

Falava quase de boa fé, e estava persuadido, naquele momento, de ter cedido a um impulso espontâneo, quando na verdade seu teatro estava montado há vários dias.

— Vós sabeis melhor do que ninguém que precisamos de um papa — continuou o Cabeçudo — e sabeis também por que razão não podemos nos separar de Marigny. Bouville nos avisou e insistiu muito sobre isto!

— Bouville! Bouville! Vós acreditais somente nas informações que vos trouxe Bouville, que não viu nada e que jamais compreendeu coisa alguma. O banqueirinho que enviamos com ele para tomar conta do ouro me deu mais informações sobre os assuntos de Avinhão que este Bouville. Um papa poderia ser eleito amanhã e estaria disposto a pronunciar a anulação no dia seguinte, se Marigny — e unicamente Marigny — não colocasse obstáculos a isso. Vós acreditais que ele trabalha para apressar o assunto? Ao contrário, ele impede o andamento das coisas, pois compreendeu muito bem qual a razão existente para que Vossa Majestade o mantenha em seu posto. Ele não quer de modo algum um papa angevino e não quer tampouco que Vossa Majestade contraia matrimônio com uma angevina. E enquanto ele vos trai em tudo, continua conservando em mãos todos os poderes que lhe deixou vosso pai. Onde estareis na noite de hoje, meu sobrinho?

— Decidi não sair daqui — respondeu Luís X com ares arrogantes.

— Pois antes que chegue a noite, hei de vos apresentar certas provas que vão esmagar vosso caro Marigny. E penso que então acabareis aceitando que tenho razão.

— Será melhor que possais mesmo proceder assim, pois caso contrário, meu tio, sereis obrigado a manter a vossa palavra e não aparecer mais em minha corte, nem em meu Conselho.

O tom de Luís X era o da ruptura. Valois, muito alarmado pelo aspecto que as coisas assumiam, partiu para Paris, arrastando com ele Robert d'Artois e os escudeiros que lhe serviam de escolta.

— Agora tudo depende de Tolomei — disse ele a Robert ao montar em seu cavalo.

No caminho cruzaram a fila de carroças que levavam para Vincennes as camas, baús, mesas e louças que serviriam ao rei para sua instalação de uma noite.

Uma hora mais tarde, enquanto Valois ia até seu palácio para se trocar, Robert d'Artois adentrava a casa do capitão-geral dos lombardos.

— Amigo banqueiro — disse-lhe ele logo de entrada —, chegou o momento de me entregar o documento que, de acordo com o que dissestes, prova as malversações cometidas pelo arcebispo, irmão de Marigny. Sabeis do que estou falando... a tal "focinheira"... o Senhor de Valois precisa dela imediatamente.

— Imediatamente... imediatamente... Muito bonito, Senhor Robert. Vós me pedis para me separar de um instrumento que já me salvou uma vez, eu e todos os meus amigos. Se ele vos dá os meios para abater o Senhor de Marigny, fico muito satisfeito. Mas caso Marigny, depois, ainda viesse a sobreviver, aí então eu seria um homem morto. E depois... depois... eu pensei bem...

Robert d'Artois fervia durante aquela conversação, pois Valois tinha lhe suplicado para arranjar as coisas o mais depressa possível, e ele sabia o preço de cada instante perdido.

— Sim, eu pensei muito — continuou Tolomei. — Os costumes e decretos de São Luís, que agora estão sendo reabilitados, são com certeza excelentes para o reino. Entretanto, eu gostaria que fossem deixados de lado os decretos sobre os lombardos, aqueles decretos pelos quais eles foram espoliados e depois, por certo tempo, expulsos de Paris. A lembrança disso não passou. Nossas companhias levaram muitos anos para se recuperar. Então, São Luís... São Luís... meus amigos estão preocupados, e eu gostaria de ter meios para tranqüilizá-los.

— Ora essa, banqueiro! O conde de Valois já vos disse: ele vos protege!

— Sim, sim, são suas palavras, mas acharíamos melhor que isso fosse escrito. E também apresentamos um pedido ao rei, para que confirme nossos privilégios habituais; e nesse momento em que o rei assina todos os documentos que lhe apresentam gostaríamos muito que assinasse também o nosso. Depois disso, eu daria de bom grado o que é necessário para enviar para a forca ou queimar numa fogueira — como quiserdes — o Marigny mais novo ou o mais velho, ou os dois ao mesmo tempo... Uma assinatura, um lacre real: isso é coisa de um dia, dois, no máximo, caso o conde de Valois cuide do assunto. A redação de nosso documento já foi feita...

O gigante bateu a mão na mesa, e tudo no aposento tremeu.

— Basta, Tolomei! Eu já disse que não podemos esperar. Vosso documento será assinado amanhã, eu me comprometo. Mas dai-me agora esse outro pergaminho. Estamos do mesmo lado. É preciso, pois, que me deis uma prova de confiança.

— O Senhor não pode esperar um dia sequer?

— Não.

— Então é porque ele perdeu demais a estima do rei, e isso de maneira muito repentina — disse lentamente o banqueiro, balançando a cabeça. — O que aconteceu em Vincennes?

Robert d'Artois fez um breve relato da assembléia e de suas conseqüências. Tolomei escutava, sempre balançando a cabeça. "Se Valois for posto à parte da corte", pensava ele, "e se Marigny continuar em seu lugar, então, adeus documento assinado, adeus franquia e privilégios. O perigo agora é gravíssimo..."

Ele se levantou e disse:

— Senhor, quando um príncipe desajeitado como o nosso se afeiçoa realmente a um servidor, por mais que se tente denunciar os erros deste, ele perdoará, ele encontrará sempre desculpas para seus erros, e acabará se afeiçoando ainda mais a ele.

— Salvo no caso em que se prove ao príncipe os erros que foram cometidos contra ele. Não se trata de denunciar o bispo... mas sim de fazer com que cante, com a "focinheira" bem diante de seu nariz...

— Eu entendo, eu entendo o que dizeis. Quereis utilizar o irmão contra seu próprio irmão. Isso pode ter êxito. O arcebispo, pelo que sei, não tem uma alma muito exemplar... Vamos lá! Há riscos que é preciso correr.

E entregou a Robert d'Artois o documento que Guccio tinha trazido de Cressay.

Mesmo sendo arcebispo de Sens, Jean de Marigny residia parte do tempo em Paris, principal diocese de sua jurisdição. Uma parte do palácio episcopal lhe era reservada. Foi lá, numa bela sala de arcadas e que cheirava muito forte a incenso, que o surpreendeu a repentina entrada do conde de Valois e de Robert d'Artois.

O arcebispo estendeu a seus visitantes a mão e o anel para que o beijassem. Valois fingiu não prestar atenção a este gesto, e d'Artois levantou até os lábios os dedos do arcebispo com uma impudência tão leviana que se poderia ter imaginado que ia levantar aquela mão até fazer com que ela desse um tapa em seu ombro.

— Monsenhor Jean — disse Carlos de Valois —, seria preciso nos explicar por que razões, juntamente com vosso irmão, sois tão contrários à eleição do cardeal Duèze, em Avinhão, de modo que esse conclave assemelha-se a um colegiado de fantasmas.

Jean de Marigny empalideceu um pouco e, com um tom cheio de enternecimento, respondeu:

— Não compreendo vossa repreensão, Senhor, nem o que a motiva. Eu não me oponho a eleição alguma. Meu irmão age da melhor maneira possível, a fim de ajudar os interesses do reino e, quanto a mim, consagro-me a servi-lo, nos limites de meu sacerdócio. Mas o conclave depende dos cardeais e não de nossos desejos.

— É assim que vedes as coisas? Que seja! — replicou Valois. — Mas posto que a Cristandade pode prescindir de um papa, a arquidiocese de Sens poderia muito bem prescindir de um arcebispo.

— Não entendo coisa alguma do que dizeis, Senhor. Sinto apenas que vossas palavras soam como uma ameaça contra um ministro de Deus.

— Teria por acaso sido Deus, senhor arcebispo, que vos teria ordenado subtrair certos bens dos Templários? — disse então d'Artois. — E pensais que o rei, que também é um representante de Deus na terra, poderá tolerar na catedral de sua cidade mais importante um prelado desonrado? Reconhecei isto aqui?

E ele estendeu, com seu enorme punho, o documento que assinara o arcebispo para Tolomei.

— É um falso! — exclamou o arcebispo.

— Se é um falso documento — replicou Robert —, apressemo-nos então em apelar para a justiça. Fazei um processo diante do rei para que se descubra o falsário.

— A majestadade da Igreja nada teria a ganhar com isso...

— ... e vós teríeis tudo a perder, imagino, Monsenhor.

O arcebispo tinha se sentado numa grande cátedra. "Eles não recuarão diante de nada", pensava ele. Seu ato fraudulento fora cometido há mais de um ano, e os proveitos financeiros advindos dele já tinham se dissipado. Duas mil libras de que ele tivera necessidade... e toda sua vida ia desmoronar por causa daquilo. O coração batia forte em seu peito, e sentia o suor escorrer sob seus trajes roxos.

— Monsenhor Jean — disse então Carlos de Valois —, sois ainda muito jovem e tendes um belo futuro pela frente, tanto nos negócios da Igreja quanto nos do reino. O erro que vós cometestes...

Ele colheu com grande soberba o pergaminho dos dedos de Robert d'Artois.

— ... é desculpável nesses tempos em que a moral se desfaz; vós agistes seguindo más incitações. Se não tivessem vos ordenado a condenação dos Templários, vós não teríeis podido traficar com os bens deles. Seria realmente uma pena que um erro — que na verdade não passa de um problema de dinheiro — viesse acabar com o brilho de vossa posição e vos obrigasse a desaparecer deste mundo. Pois se este documento chegar aos olhos do Conselho de pares e, ao mesmo tempo, a um tribunal da Igreja, apesar da lástima que sentiríamos por isso, tal erro vos conduziria diretamente a uma cela de convento... Na verdade, Monsenhor, vós fazeis um erro muitíssimo mais grave ao servir aos desígnios de vosso irmão, contra os desejos do rei. Para mim, esta é vossa pior falta, antes de mais nada. E, se aceitais denunciar este segundo erro, eu vos isentarei de bom grado do primeiro.

— O que pretendei impor-me? — perguntou o arcebispo.

— Abandonai o partido de vosso irmão, que não vale mais nada, e vinde revelar ao rei Luís tudo que sabeis das malvadas ordens de Marigny com respeito ao conclave.

O prelado era homem mole. A covardia lhe vinha espontaneamente nas horas difíceis. O medo que sentia não lhe deixou sequer tempo para pensar em seu irmão, ao qual tudo devia. Pensou apenas em si mesmo. E essa ausência de hesitação permitiu-lhe manter uma aparente dignidade na compostura.

— Vós abristes minha consciência — disse ele — e estou pronto, Senhor, a corrigir meu erro no sentido em que aconselhareis. Gostaria somente que este pergaminho me fosse devolvido.

— É coisa feita — disse o conde de Valois entregando-lhe o documento. Basta que ele tenha sido visto por Robert d'Artois e por mim mesmo. Nosso testemunho é válido diante de todo o reino. Vós deveis agora nos acompanhar até Vincennes; um cavalo vos espera embaixo.

O arcebispo fez com que trouxessem seu mantô, suas luvas bordadas, seu gorro, e desceu lentamente, majestosamente, precedendo os dois senhores feudais.

— Jamais — murmurou d'Artois a Carlos de Valois —, jamais vi homem algum rastejar com tamanha altivez.

IV

A IMPACIÊNCIA DE TORNAR-SE VIÚVO

Cada rei, cada homem tem seus prazeres que, melhor que qualquer outra coisa, revelam as tendências profundas de sua natureza. Luís X mostrava-se pouco inclinado para a caça, os combates com lança e cavalo, os exercícios com espada e, de maneira geral, todo exercício em que pudesse ser ferido. Gostava desde a infância do jogo da péla, que se jogava com bolas de couro. Mas ele logo perdia o fôlego e cansava depressa demais. Seu divertimento preferido consistia em instalar-se num jardim fechado, com um arco à mão, e disparar sobre pássaros de bem perto, pombos que um escudeiro soltava uns após os outros abrindo uma grande gaiola de vime.

Aproveitando o fato de o dia estar mais longo, ocupava-se com aquele passatempo cruel, num pequeno pátio de Vincennes construído como um claustro, quando seu tio e seu primo lhe trouxeram o arcebispo, no finalzinho da tarde.

A relva verde e rasa que cobria o solo do pátio estava maculada de penas e sangue. Uma pomba, pregada pela asa a uma viga da galeria, continuava debatendo-se, e gritava; outras, atingidas em pontos vitais, jaziam esparramadas, com as patas frias e endurecidas. O Cabeçudo deixava escapar uma exclamação de alegria cada vez que uma de suas flechas furava um pássaro.

— Outro! — dizia ele, então, ao escudeiro.

Se a flecha, falhando o objetivo, ia dar de encontro a uma parede, Luís repreendia então o escudeiro por ele ter soltado o pombo no momento errado, ou do lado errado.

— Vossa Majestade, meu sobrinho — disse Carlos de Valois —, vós me pareceis hoje mais hábil do que nunca; mas, se me consentis a perder um instante de vosso divertimento, eu poderia vos informar sobre as coisas tão graves de que vos falei.

— O quê? O que é agora? — disse o Cabeçudo com impaciência.

Sua testa estava úmida e as maçãs do rosto, vermelhas. Ele percebeu o arcebispo e fez sinal ao escudeiro para que se distanciasse.

— Então, Monsenhor — disse ele dirigindo-se ao prelado —, é verdade que me impedis de ter um papa?

— Ai... Vossa Majestade! — respondeu Jean de Marigny. — Venho vos revelar certas coisas que eu acreditava terem sido ordenadas por Vossa Majestade, mas que, como soube a duras penas, são na verdade contrárias a vossa vontade.

E assim, com ares da melhor fé do mundo e alguma ênfase no tom, ele contou ao rei as manobras de Enguerrand para atrasar a reunião do conclave e fazer fracassar qualquer candidatura, tanto a de Duèze quanto a de um cardeal romano.

— Por mais duro que seja, Vossa Majestade — concluiu ele —, ter que vos informar sobre os maus atos de meu irmão, é ainda mais difícil para mim vê-lo agindo contra o bem do reino e da Igreja, e aplicando-se para trair ao mesmo tempo seu senhor na terra e seu Senhor no céu. Aliás, não o considero mais como integrante de minha família, já que um homem de minha posição só tem uma verdadeira família, que é a de Deus e a de seu rei.

"O velhaco por pouco seria capaz de arrancar lágrimas", pensava Robert d'Artois. "Realmente, esse espertalhão sabe como utilizar sua língua!"

Uma pomba esquecida tinha pousado no teto da galeria. O Cabeçudo lançou uma flecha que, atravessando o pássaro, fez estremecerem as telhas.

Depois, de repente, perdendo o controle, ele gritou:

— Mas do que serve tudo isso que vós dizeis? Já é tarde demais para denunciar o mal, quando ele foi feito! Ide embora, senhor arcebispo, a ira toma conta de mim.

Robert d'Artois arrastou para fora o arcebispo, cujo trabalho estava terminado. Valois permaneceu sozinho com o rei.

— Eis-me aqui numa bela situação, agora! — continuou este. — Enguerrand me enganou, é claro! E vós triunfais. Mas de que me serve vosso triunfo? Estamos em meados de abril, e o verão se aproxima. Vós estais lembrado, meu tio, das condições da Senhora de Hungria: "Antes do verão". Daqui a oito semanas, vós tereis conseguido me arrumar um papa?

— Honestamente, meu sobrinho, não creio que seja possível.

— Então, não há motivo algum para vos pavonear tanto.

— Eu vos aconselhei todo o tempo, desde o inverno, para que eliminásseis Marigny.

— Mas, já que as coisas não se passaram assim — urrou o Cabeçudo — o melhor não seria, então, utilizar Marigny? Vou chamá-lo aqui, vou repreendê-lo, ameaçá-lo. E será preciso, finalmente, que ele obedeça!

Tão enraivecido quanto obstinado, Luís X voltava sempre a Marigny como único recurso. Andava de um lado para o outro do pátio com enormes passadas confusas, com as penas brancas dos pássaros mortos coladas aos sapatos.

Na verdade, cada qual havia levado de maneira tão perfeita seu jogo pessoal, o rei, Marigny, Valois, d'Artois, Tolomei, os cardeais, e até a própria rainha de Nápoles, que agora todos estavam encurralados num beco sem saída, ferindo-se mutuamente, mas sem poder sair do lugar. Valois percebia isso muito bem, e percebia também que, para conservar sua vantagem, era preciso fornecer a todo custo um meio para sair daquela situação. E era preciso fornecê-lo depressa...

— Ah! meu sobrinho, quando eu penso que fiquei viúvo duas vezes em minha vida, e de duas esposas exemplares, digo a mim mesmo que é realmente uma pena que vós não fiqueis viúvo de uma mulher tão desavergonhada.

— Claro, claro — disse Luís —, se essa vagabunda pelo menos morresse...

Bruscamente ele parou de andar, olhou Valois e compreendeu que ele não tinha dito aquilo por dizer ou para deplorar as injustiças do destino.

— O inverno foi frio; as prisões são péssimas para a saúde das mulheres — continuou Carlos de Valois — e há muito tempo Marigny não nos dá informação alguma sobre o estado de Margarida. Eu ficaria surpreso de ver que ela pôde resistir ao regime a que foi submetida... Talvez Marigny... ele seria bem capaz... talvez ele esconda de Vossa Majestade que ela está bem perto do fim. Seria conveniente ir ver.

Foram sensíveis, ambos, ao silêncio em volta. A compreensão silenciosa é preciosa entre os príncipes...

— Tínheis me dado certeza, meu sobrinho — disse apenas Valois depois de alguns momentos —, que me daríeis Marigny no dia em que teríeis um papa.

— Eu também poderia muito bem vos entregá-lo no dia em que ficar viúvo — respondeu o Cabeçudo baixando a voz.

Valois passou os dedos cheios de anéis em suas faces repletas de pequenas veias arrebentadas.

— Seria preciso me dar antes Marigny, já que é ele que comanda as fortalezas e impede que se entre em Château-Gaillard.

— Assim seja — respondeu Luís X. — Deixo de protegê-lo. Podeis dizer a vosso chanceler que venha até mim para que eu assine todos os documentos que considereis necessários.

Naquela mesma noite, após o jantar, Enguerrand de Marigny, fechado em seu gabinete, redigia a carta que decidira endereçar ao rei a fim de reclamar, em conformidade com os mais recentes decretos, permissão para desafiar Valois em batalha. Comunicava assim ao rei que desafiaria o conde de Valois para um combate singular, e desta forma era o primeiro a pedir a aplicação daquelas "cartas de intenções assinadas com os senhores feudais" aos quais tinham se oposto tanto. Foi então que lhe anunciaram Hugues de Bouville, que ele recebeu imediatamente. O antigo camareiro-mor de Felipe, o Belo, tinha uma aparência sombria e parecia dilacerado por sentimentos contrários.

— Enguerrand, vim te avisar — disse olhando para o chão — para não dormires hoje em tua casa, pois querem prender-te. Estou a par.

— Prender-me? São palavras vãs. Eles não ousarão — respondeu Marigny. — E quem viria me prender? Alain de Pareilles? Jamais Alain aceitaria a execução de uma ordem como esta. Preferiria com certeza montar guarda em meu castelo com seus arqueiros.

— Tu estás errado por não me ouvires, Enguerrand. E estás errado também, tenho certeza disso, por agires como tens feito nos últimos meses. Quando se ocupam postos como os nossos, trabalhar contra o rei, seja ele qual for, é trabalhar contra si mesmo. E eu também estou trabalhando contra o rei neste instante, pela amizade que tenho por ti, e porque gostaria de te salvar.

Sua infelicidade era sincera. Servidor leal do soberano, amigo fiel, dignitário íntegro, respeitoso dos mandamentos de Deus e das leis do reino, os sentimentos que o animavam, todos eles honestos, de repente se revelavam inconciliáveis.

— O que acabo de te dizer, Enguerrand — continuou ele —, foi-me dito pelo conde de Poitiers, que neste momento é teu único e último apoio. O conde de Poitiers queria te afastar do rei e de seus senhores feudais. Ele aconselhou seu irmão a te enviar para governar alguma terra distante, Chipre, por exemplo.

— Chipre!?! — exclamou Marigny. — Encerrar-me naquela ilha no fim do mundo, quando fui eu que comandei o reino de França? É lá que querem me exilar? Vou continuar a viver em Paris como mestre desta cidade ou então morrerei.

Bouville balançou tristemente suas mechas brancas e negras.

— Acredita em mim, não dorme hoje em tua casa — repetiu ele. — E caso julgues minha morada um asilo suficientemente seguro... Fazes como quiseres. Eu te avisei.

Tão logo Bouville saiu, Enguerrand foi ter com sua esposa e sua cunhada Chanteloup a fim de colocá-las a par do que se passava. Tinha necessidade de falar e de sentir a presença de seus próximos. As duas mulheres acharam que ele devia partir imediatamente para alguma de suas propriedades, nos confins da Normandia e depois, de lá, caso o perigo se confirmasse, chegar até um porto e refugiar-se junto ao rei da Inglaterra.

Mas Enguerrand perdeu o controle.

— Ora esta! Eu estou rodeado apenas de fêmeas e de galos castrados!

E foi dormir como em outras noites. Acariciou seu cão favorito, fez com que o camareiro tirasse suas roupas, e olhou-o acertando os pesos do relógio, objeto então ainda pouco utilizado, mesmo nos palacetes dos nobres, e que ele adquirira por um preço altíssimo. Pensou um pouco nas últimas frases que desejava acrescentar em sua carta ao rei e anotou-as. Depois, aproximou-se da janela, abriu a cortina e contemplou os tetos da cidade adormecida. Os sargentos de vigia passavam pela rua Fossés-Saint-Germain, repetindo com uma voz maquinal, a cada vinte passadas:

— É a guarda! É meia-noite! Dormi em paz!

Como sempre, estavam atrasados quinze minutos em relação ao relógio.

Enguerrand foi acordado de madrugada por um forte barulho de botas no pátio e por batidas nas portas. Um escudeiro, todo afobado, veio avisá-lo que os arqueiros esperavam embaixo. Pediu suas roupas, vestiu-se rapidamente e, na antecâmara, esbarrou em sua mulher e em seu filho que, preocupados, haviam se levantado.

— Tendes razão, Alips — disse ele à Senhora de Marigny, beijando-a na testa. — Eu não quis vos escutar. Deveis partir hoje mesmo, com Luís.

— Eu teria partido convosco, Enguerrand. Mas agora não poderei arredar os pés do lugar onde vos será imposto o sofrimento.

— O rei é meu padrinho — disse Luís de Marigny — Vou imediatamente ter com ele em Vincennes...

— Teu padrinho é um desajuizado, e a coroa que ele usa não pára em sua cabeça — respondeu Marigny, com raiva.

Depois, como a escada estivesse escura, gritou:

— Domésticos! Trazei velas, iluminai!

E, quando seus servos obedeceram, ele desceu por entre as tochas como um rei.

O pátio estava inundado de homens armados. Na soleira da porta, a alta silhueta de um homem usando cota de malhas se destacava na manhã cinzenta.

— Como pudeste aceitar, Pareilles... Como ousaste aceitar? — perguntou Marigny elevando as mãos.

— Eu não sou Alain de Pareilles — respondeu o oficial. — O senhor de Pareilles não é mais o comandante dos arqueiros.

Ele se pôs de lado para deixar passar um homem, com trajes de religioso, que era o chanceler Étienne Morlay. Como Nogaret, oito anos antes, viera em pessoa prender o grão-mestre dos Templários, agora Mornay vinha pessoalmente prender o antigo coadjutor e reitor do reino.

— Senhor Enguerrand — disse ele —, vinde comigo até o Louvre, onde tenho ordens para vos prender.

Na mesma hora, todos os grandes legiferadores burgueses do reinado precedente, Raul de Presles, Michel de Bourdenai, Guilherme Dubois, Geoffroy de Briançon, Nicole Le Loquetier, Pierre d'Orgemont, eram presos em suas residências e conduzidos para diferentes prisões, ao passo que um destacamento era enviado em direção de Châlons para seqüestrar o bispo Pierre de Latille, amigo de juventude de Felipe, o Belo, o mesmo que o falecido rei pedira com tanta insistência para vir à sua cabeceira no momento da morte.

Com eles, todo o reinado do Rei de ferro estava trancafiado nas fortalezas.

V

OS ASSASSINOS NA PRISÃO

Quando, em plena noite, Margarida de Borgonha ouviu a ponte levadiça de Château-Gaillard abaixar-se e ecoarem no interior da muralha os ruídos de uma cavalgada, não acreditou, inicialmente, que aquilo fosse verdade. Ela esperara tanto, sonhara tanto com aquele instante, desde que expedira a Robert d'Artois a carta em que confessava seu fracasso e renunciava a todos os seus direitos e aos de sua filha, em troca de uma liberação prometida que não chegava nunca!

Ninguém lhe dera resposta, nem Robert, nem o rei. Nenhum mensageiro viera. As semanas transcorriam num silêncio mais destruidor do que a fome, mais extenuante do que o frio, mais degradante do que os vermes. Margarida, agora, quase não saía mais da cama, e sofria de uma febre que atacava tanto a alma quanto o corpo, e que a mantinha num estranho estado de consciência. Com os olhos bem abertos voltados para as trevas da torre, passava horas escutando as batidas rápidas de seu coração. O silêncio se povoava de rumores inexistentes; as sombras eram invadidas por ameaças trágicas que não vinham mais da terra, mas do além. O delírio das insônias perturbava seu juízo... Felipe d'Aunay, o belo Felipe, não tinha morrido realmente; ele andava, com as pernas quebradas, o ventre sangrando, ao lado dela; ela estendia os braços em sua direção e não podia alcançá-lo. Entretanto, ele a arrastava por uma trajetória que ia da terra até Deus, e ela não sentia mais a terra e nem jamais chegava a ver Deus. E aquela caminhada atroz duraria até o final dos tempos, até o Juízo Final. Talvez fosse aquilo o Purgatório...

— Branca! Branca! — gritou ela. — Eles estão chegando!

Pois os cadeados, os ferrolhos, as portas realmente rangiam no andar térreo da torre. Passos ecoavam pelos degraus de pedra.

— Branca! Tu estás ouvindo?

Mas a voz enfraquecida de Margarida, impedida de passar pelos espessos muros que, durante a noite, separavam os dois cárceres, não podia chegar até o andar superior.

A luz de uma única vela cegou a rainha prisioneira. Alguns homens apressavam-se na soleira da porta. Margarida não pôde contá-los; ela reconhecia apenas o gigante de mantô vermelho, dos olhos claros e do punhal de prata que avançava em sua direção.

— Robert! — murmurou ela. — Robert, enfim chegais.

Atrás de Robert d'Artois, um soldado segurava um assento que ele colocou junto dele.

— Então, minha prima, então — disse Robert sentando-se —, vossa saúde não é das melhores, pelo que me disseram e pelo que vejo. Sofreis?

— Sofro por tudo — disse Margarida. — Não sei mais se estou mesmo viva.

— Já era bem tempo que eu chegue. Tudo estará acabado logo, logo Vossos inimigos foram eliminados. Tendes condição de escrever?

— Não sei — respondeu Margarida.

D'Artois, fazendo com que aproximassem a vela, observou atentamente o rosto devastado, ressecado, os lábios afinados da prisioneira, e seus olhos negros anormalmente brilhantes e fundos, seus cabelos colados pela febre sobre a testa arredondada.

— Pelo menos podereis ditar a carta que o rei espera. Capelão! — chamou ele estalando os dedos.

Uma batina branca, amarrotada e suja, um crânio bege saíram da penumbra.

— A anulação foi pronunciada? — perguntou Margarida.

— Como isso poderia ter ocorrido, minha prima, já que recusastes declarar o que vos era pedido?

— Eu não recusei. Eu aceitei. Eu aceitei tudo... Não sei mais... Não compreendo mais nada.

— Que me tragam uma jarra de vinho para dar-lhe forças! — disse d'Artois por cima de seus ombros.

Ouviram-se passos distanciando-se pelo aposento e em seguida pela escada.

— Reanimai-vos, minha prima. É agora que é preciso aceitar o que vou vos aconselhar.

— Mas eu vos enviei uma carta, Robert; eu vos enviei uma carta a fim que ela fosse entregue ao rei Luís, uma carta em que eu declarava... tudo o que vós desejáveis... que minha filha não era filha dele...

As paredes e os rostos pareciam vacilar em volta dela.

— Quando? — perguntou Robert.

— Mas faz muito tempo... há semanas, dois meses, eu acho, e espero, desde então, que venham me liberar...

— A quem foi confiada esta carta?

— Ora... a Bersumée.

E de repente Margarida, afobada, pensou: "Será que a escrevi mesmo? É horrível, eu não sei mais... eu não sei mais nada."

— Perguntai a Branca — murmurou ela.

Ouviu-se um forte barulho em volta dela. Robert d'Artois tinha se levantado, e sacudia alguém pelo colarinho, gritando tão alto que Margarida tinha dificuldade para compreender as palavras.

— Mas sim, senhor, fui eu mesmo... eu a levei para Paris... — respondia com uma voz afobada Bersumée.

— A quem tu a entregaste? A quem?

— Soltai-me, Senhor d'Artois, soltai-me! Vós me sufocais... Ao Senhor de Marigny. Eu obedeci às ordens.

O capitão da fortaleza não pôde se esquivar do soco que o atingiu em pleno rosto, um golpe violentíssimo, que o fez gemer e quase cair.

— Por acaso eu me chamo Marigny? — urrava d'Artois. — Quando alguém te encarrega de enviar uma correspondência para mim, é a outro que tu deves entregá-la?

— Mas ele me tinha dito, Senhor d'Artois...

— Cala a boca, animal. Vou cuidar de ti mais tarde. E já que és tão fiel a Marigny, vou te enviar para junto dele em sua cela do Louvre — disse d'Artois.

Depois, virando-se para Margarida:

— Vossa carta jamais chegou a minhas mãos, minha prima. Marigny guardou-a para ele.

— Ah, então foi isso...

Ela se sentia quase aliviada, pois pelo menos adquiria a certeza de realmente tê-la escrito.

Naquele momento, o sargento Lalaine entrou, trazendo a jarra de vinho. Robert d'Artois sentou-se de novo e ficou olhando Margarida enquanto ela bebia.

"Por que não providenciei uma dose de veneno...", disse a si mesmo. "Talvez esse tivesse sido o meio mais fácil. Fui tolo de não ter pensado nisso. Mas então ela acabou aceitando... e nós não ficamos sabendo. Tudo isso não passa de uma grande tolice, na verdade. Mas agora é tarde demais para mudar as coisas. E de qualquer maneira, no estado em que a encontro, não lhe restariam ainda muitos dias de vida."

Tendo aliviado sua raiva contra Bersumée, ele se sentia desapegado de tudo e quase triste. Mantinha-se ereto, maciço, com as mãos colocadas sobre as coxas, e estava rodeado por homens armados até os dentes, diante daquele catre em que jazia uma mulher esgotada. Entretanto, ele tinha detestado Margarida quando era rainha de Navarra e estava prometida ao trono de França! Quantas intrigas não tramara contra ela, viajando de um lado para o outro a fim de jogar contra ela as cortes da Inglaterra e da França... Ainda no inverno passado, por mais poderoso senhor feudal que ele fosse e por mais miserável que fosse o estado dela de prisioneira, ele teve vontade de destruí-la quando ela recusou sua proposta. Agora, seu triunfo o levava mais longe do que gostaria de ter ido. Não sentia pena, mas somente uma espécie de indiferença enojada, de lassidão amarga. Tantos meios mobilizados contra um corpo emagrecido e enfermo, um pensamento sem defesa! O ódio, em Robert, tinha se apagado de repente, porque não encontrava mais resistência à medida de sua força.

Ele se punha a lamentar, sim, sinceramente, que a carta não tivesse chegado até ele, e avaliava o absurdo dos encadeamentos do destino. Sem o zelo obtuso daquele asno, Bersumée, naquele momento Luís X já estaria em condições de contrair novo matrimônio, Margarida estaria instalada num convento tranqüilo, e Marigny sem dúvida ainda estaria em liberdade. E talvez até mesmo continuasse no poder. Ninguém teria sido obrigado a lançar mão de soluções extremas, e ele próprio, Robert d'Artois, não estaria lá, encarregado de executar uma moribunda.

"Essa viuvez é necessária, mas ela deve se realizar no segredo familiar", tinha lhe dito Carlos de Valois.

E Robert aceitara a missão, antes de mais nada porque ela lhe daria certa ascendência, doravante, sobre Valois e sobre o rei. Tais serviços não são jamais suficientemente pagos... E depois o destino, se se pensasse bem, só era absurdo em aparência; cada um, pelos atos que lhe ditava sua própria natureza, contribuíra para que as coisas não pudessem se passar de outra forma. "Pois não fui eu que comecei essa história, no ano passado, em Westminster? Pois cabe a mim terminá-la. Mas será que eu precisaria ter começado tudo isso se Marigny, ao concluir os casamentos da Borgonha, não tivesse me despojado do condado de Artois, favorecendo minha tia Mahaut? E Marigny, numa hora dessas, está mofando no fundo de uma cela do Louvre." O destino mostrava, assim, uma certa lógica.

Robert percebeu que todos no aposento o olhavam, Margarida em seu catre, Bersumée que coçava o rosto, Lalaine que pegara de volta a jarra, o servo Lormet encostado à parede na penumbra, o capelão segurando uma prancha de apoio para escrever contra o ventre. Pareciam estupefatos ao vê-lo meditar.

O gigante sacudiu-se.

— Vede, minha prima, o quanto Marigny é vosso inimigo, o quanto ele é inimigo de todos nós. Essa carta roubada nos dá mais uma prova. Sem Marigny, aposto que jamais teríeis sido acusada, nem julgada, nem tratada assim. Esse pérfido só pensou em nos fazer o mal, em fazer o mal ao rei e ao reino. Mas agora está preso, e acabo de ouvir vossas queixas contra ele a fim de apressar o andamento da justiça do rei e vossa liberação.

— O que eu devo declarar? — perguntou Margarida.

O vinho que ela bebera fazia seu coração bater mais depressa; respirava de maneira entrecortada e segurava o próprio peito.

— Vou ditar ao capelão — disse Robert.

O dominicano em desgraça sentou-se no chão, com a prancha de apoio colocada sobre os joelhos; a vela colocada ao lado dele iluminava de baixo para cima os rostos dos presentes.

Robert tirou de sua algibeira uma folha dobrada, que continha um texto que ele ditou ao capelão.

— "Vossa Majestade, meu esposo, morro de mágoa e de enfermidade. Eu vos suplico vosso perdão, pois se não o fazeis depressa..."

— Um instante, Senhor Robert, eu não escrevo depressa como vossos amanuenses de Paris.

— "... pois, se não o fazeis depressa, sinto que tenho muito pouco tempo de vida e que minh'alma vai partir. Toda a culpa cabe ao Senhor de Marigny que quis destruir vossa estima por mim, bem como a estima que me tinha o falecido rei. Juro pela falsidade de tudo que ele disse sobre mim, reduzindo-me à...

— Senhor d'Artois, um instante...

O capelão procurava a raspadeira para aplanar uma asperidade do pergaminho.

Robert precisou esperar um pouco, antes de continuar e terminar:

— "... à miséria em que me encontro. Tudo partiu deste homem malvado. Eu vos rogo para me salvar do estado em que estou agora e vos certifico que jamais deixei de ser vossa esposa obediente às vontades de Deus."

Margarida havia se levantado um pouco do catre. Não compreendia coisa alguma na enorme contradição pela qual queriam agora que se proclamasse inocente.

— Mas então, meu primo — perguntou ela —, e todas as confissões que vós me pedistes antes?

— Elas não são mais necessárias, minha prima — respondeu Robert. — O que acabastes de assinar aqui vai substituir tudo.

Pois o importante agora, para Carlos de Valois, era recolher o maior número possível de testemunhos, verdadeiros ou falsos, contra Enguerrand. O de Margarida era considerável, e ainda por cima oferecia a vantagem de lavar, pelo menos em aparência, a desonra do rei, e sobretudo de fazer anunciar pela própria rainha a iminência de sua própria morte. Na verdade, os Senhores de Valois e d'Artois tinham uma grande imaginação!

— E Branca? O que será dela? Alguém pensou em Branca?

— Não vos preocupais — disse Robert. — Todo o necessário será feito para ela.

Margarida assinou seu nome.

Robert d'Artois, então, levantou-se e debruçou-se sobre ela. Os assistentes tinham recuado em direção ao fundo do aposento. O gigante colocou a mão no ombro de Margarida.

Ao contato daquela palma larga, Margarida sentiu um bom calor que, descendo pelo corpo, acalmava-a. Cruzou as mãos raquíticas sobre os dedos de Robert, como se temesse que ele tirasse muito depressa sua mão.

— Adeus, minha prima — disse ele. — Adeus. Eu vos desejo um bom repouso.

— Robert — perguntou ela em voz baixa, jogando para trás a cabeça a fim de buscar seus olhos —, na outra vez que viestes e que dissestes que queríeis me possuir, era mesmo verdade que me desejáveis?

Nenhum homem é absolutamente mau. Robert d'Artois disse naquele momento uma das raras palavras de caridade que afloraram em seus lábios.

— Sim, minha bela prima, eu vos amei.

E ela sentiu-se abandonar em suas mãos, acalmada, quase feliz. Ser amada, ser desejada tinha sido a verdadeira razão de viver daquela rainha, muito mais do que a própria coroa.

Ela viu seu primo distanciar-se ao mesmo tempo que a luz; ele lhe parecia irreal de tão grande, e fazia pensar, naquela penumbra, nos heróis invencíveis de longínquas lendas.

O hábito branco do dominicano e o gorro de pele de lobo de Bersumée desapareceram. Robert empurrava todos diante dele. Por um instante permaneceu na soleira da porta, como se experimentasse uma hesitação e como se tivesse ainda alguma coisa a dizer. Depois a porta se fechou, a obscuridade tornou-se novamente total, e Margarida, maravilhada, não ouviu o costumeiro barulho dos ferrolhos.

Assim, não a fechavam com cadeados, e a omissão daquele gesto, pela primeira vez há trezentos e cinqüenta dias, pareceu-lhe uma promessa de liberdade.

No dia seguinte deixariam-na descer e passear como quisesse pela fortaleza; e depois, logo, logo, uma liteira viria buscá-la e levá-la em direção das árvores, das cidades e dos homens... "Será que consigo levantar-me?", perguntava-se ela. "Será que tenho forças? Sim, sim, minha força voltará."

Sua testa, sua garganta, seus braços estavam fervendo; mas ela iria sarar. Sabia que não poderia dormir pelo resto da noite. Em compensação, a esperança lhe faria companhia até o amanhecer!

De repente, percebeu um ruído ínfimo, não era sequer um ruído, mas uma espécie de ligeiro raspão no silêncio que produz a respiração retida de um ser vivo. Alguém estava no aposento.

— Branca! — gritou Margarida. — És tu?

Talvez tivessem tirado também os ferrolhos do segundo andar. Entretanto, não lhe parecia que a porta tinha sido aberta. E por que sua prima teria tomado tantas precauções para chegar até ela? A menos que... Branca tivesse enlouquecido subitamente...

— Branca! — repetiu Margarida com uma voz angustiada.

O silêncio voltou, e Margarida por um momento pensou que sua febre inventava presenças. Mas, no instante seguinte, ela escutou o mesmo fôlego retido, mais perto, e um leve rangido no chão, como aquele que produzem as patas de um cão. Respiravam ao lado dela. Talvez realmente fosse um cão, o cão de Bersumée que tivesse entrado com ele e que havia ficado esquecido lá. Ou então ratos... os ratos com seus passinhos de homens, seus ruídos, seus complôs apressados, sua maneira estranha de trabalhar à noite em misteriosas tarefas. Por várias vezes, os ratos tinham aparecido na torre, e Bersumée havia levado até lá seu cão, precisamente, para matá-los. Mas não se ouvia a respiração dos ratos.

Ela se levantou bruscamente, com o coração desesperado; um objeto de metal, arma ou escudo, tinha acabado de se esfregar contra a pedra da parede. Com os olhos desesperadamente abertos, Margarida interrogava as trevas em volta dela.

— Quem está aqui? — gritou.

De novo, o silêncio reinou. Mas ela sabia, agora, que não estava sozinha. Ela também retinha, inutilmente, respiração. Uma angústia como jamais sentira a apertava. Morreria em alguns instantes, e tinha essa intolerável certeza. E o horror que ela sentia naquela espera do inadmissível duplicava-se pelo fato de não saber como isso ia acontecer, nem em que lugar seu corpo seria golpeado, nem qual era a presença invisível que se aproximava seguindo a parede.

Uma forma redonda, um pouco mais negra do que a noite, chocou-se de repente contra a cama. Margarida deu um grito tão forte que Branca de Borgonha, no andar superior, ouviu-o através das pedras, e disto ela se lembraria por toda a vida. O grito foi interrompido brutalmente.

Duas mãos tinham dobrado o lençol sobre a boca de Margarida e torciam-no em volta da garganta. O crânio mantido contra um peito largo, os braços debatendo-se e todo o corpo lutando para tentar salvar-se, Margarida expirava com ruídos abafados. O tecido que aprisionava seu pescoço apertava-se como um colar de chumbo fervendo. A rainha sufocava. Seus olhos encheram-se de fogo; enormes sinos de bronze puseram-se a bater em suas têmporas. Mas o assassino tinha uma maneira de imobilizá-la bem especial; a corda dos sinos rompeu-se bruscamente, e Margarida caiu num precipício obscuro, sem paredes e sem fim.

Alguns minutos mais tarde, no pátio de Château-Gaillard, Robert d'Artois, que fazia o tempo passar bebendo uma taça de vinho com seus escudeiros, viu Lormet aproximar-se e fingir que selava seu cavalo. As tochas tinham sido apagadas, e o dia ia nascer. Homens e montarias pairavam numa bruma cinzenta.

— A coisa foi feita, Senhor — murmurou Lormet.

— Sem deixar vestígios? — perguntou Robert em voz baixa.

— Acho que sim, senhor. O rosto não vai ficar preto. Eu rompi os ossos do colo. E arrumei a cama de novo.

— Não foi um trabalho fácil.

— Sabeis que sou como as corujas, Senhor: eu enxergo durante a noite.

D'Artois, que montara em seu cavalo, chamou Bersumée.

— Encontrei a Senhora Margarida muito mal. Vendo seu estado, temo muito que não dure nem uma semana. Caso venha a falecer, eis as ordens a cumprir: tu correrás para Paris sem parar um minuto, e irás te apresentar diretamente diante do senhor conde de Valois, a fim de lhe dar a notícia em primeiro lugar, a ele, entendeu? E a mais ninguém. Desta vez, trata de não te enganares de endereço e trata de fechar bem o bico. Lembra-te de que o teu senhor de Marigny está preso e que tu poderias muito bem encontrar um lugar na próxima leva que se prepara para os cadafalsos do rei.

A alvorada começava a aparecer por detrás da floresta de Andelys, sublinhando com um clarão tênue as árvores, numa luminosidade entre o cinza e o róseo. Embaixo, o rio brilhava levemente.

Robert d'Artois, descendo da falésia de Château-Gaillard, sentia sob o corpo os movimentos regulares do cavalo, cujos flancos mornos estremeciam contra suas botas. Ele encheu os pulmões de uma grande baforada de ar matinal.

— Como é bom estar vivo! — murmurou ele.

— Sim, Senhor d'Artois, é bom — respondeu Lormet. — Hoje com certeza vamos ter um belo dia de sol.

VI

A CAMINHO DE MONTFAUCON

Apesar da estreiteza do respiradouro, Marigny podia ver, entre as grossas barras em cruz, o suntuoso tecido do céu em que brilhavam as estrelas de abril.

Não desejava dormir, e espiava os raros rumores noturnos de Paris, o grito dos sargentos de vigília, a passagem das charretes dos camponeses trazendo suas cargas para o mercado de legumes... Aquela cidade cujas ruas ele havia alargado, cujos edifícios embelezara, cujas revoltas acalmara, aquela cidade nervosa, na qual era possível sentir a todo momento bater o pulso do reino, e que estivera durante dezesseis anos no centro de seus pensamentos e preocupações, ele começara a odiar, há duas semanas, como é possível odiar uma pessoa.

Aquele ressentimento datava precisamente da manhã em que Carlos de Valois, temendo que Marigny pudesse encontrar alguma cumplicidade no Louvre, havia decidido transferi-lo para a torre do Templo. A cavalo, rodeado por sargentos e arqueiros, Marigny, atravessando uma parte da capital, tinha percebido que o povo, do qual há tantos anos ele via apenas as nucas inclinadas, detestava-o. Os insultos lançados durante sua passagem, a explosão de alegria nas ruas, os punhos estendidos em direção a ele, as zombarias, os risos, as ameaças de morte, tudo isso tinha representado para o ex-coadjutor e reitor do reino um desmoronamento pior, talvez, do que sua própria detenção.

Aquele que durante muito tempo governou os homens, esforçando-se em agir para o bem geral, e que sabe as penas que tal tarefa lhe custou, ao perceber repentinamente que jamais foi amado nem compreendido, mas apenas tolerado, experimenta uma imensa amargura e põe-se a interrogar sobre o emprego que fez de sua própria vida.

"Eu tive todas as honras, mas nunca a felicidade, pois nunca pensava ter chegado ao fim de minha labuta. Valia realmente a pena trabalhar tanto por uma gente que tinha uma tal aversão por mim?"

O que ocorreu depois não foi menos horrível. Enguerrand tinha sido levado para Vincennes, dessa vez não mais para ocupar seu lugar entre os altos dignitários, mas sim para comparecer diante de um tribunal de senhores feudais e de prelados e ouvir o amanuense Jean d'Asnières, que exercia o ofício de procurador, fazer a leitura do ato de acusação contra ele.

— *"Non nobis, Domine, non nobis, sed nomini tuo..."** — exclamara Jean d'Asnières, começando a leitura.

Em nome do Senhor, ele enumerava contra Marigny quarenta e uma acusações: malversação de dinheiro público, traição, prevaricação, relações secretas com inimigos do reino, todas essas repreensões fundamentadas em estranhas asserções. Reprovavam Marigny por ele ter feito chorar de mágoa o rei Felipe, o Belo, por ter enganado o Senhor Carlos de Valois sobre a estimativa do valor das terras de Gaillefontaine, por ter sido visto falando a sós, no meio de um campo, com Louis de Nevers, filho do conde de Flandres...

Enguerrand pediu a palavra; ela lhe foi recusada. Reclamara o direito de guerrear, este fora recusado igualmente. Declaravam-no culpado sem mesmo lhe dar o direito de se defender, e era a mesma coisa que julgar um morto.

Ora, entre os membros do tribunal encontrava-se Jean de Marigny. Enguerrand não tinha grandes dificuldades para imaginar que ignóbil tratação fora concluída por seu irmão a fim de conservar a arquidiocese que ele mesmo obtivera para Jean! Durante todo o tempo daquele processo sem debate, Enguerrand procurava o olhar de seu irmão mais jovem; mas encontrou apenas um rosto impassível, os olhos desviados, e as belas mãos que acariciavam com um gesto lento as fitas à qual estava pendurada uma cruz peitoral.

— Tu não vais me olhar, Judas? Tu não vais me olhar, Caim? — resmungava Enguerrand.

Se até mesmo seu irmão se alinhava com tamanho cinismo junto a seus acusadores, como podia ele esperar encontrar alguém que fizesse em sua direção um gesto de lealdade ou de gratidão?

Nem o conde de Poitiers, nem o conde de Évreux estavam presentes, e só podiam manifestar sua reprovação por aquela paródia de justiça pela ausência.

---

* "Não por nós, Senhor, não por nós, mas em Teu nome..."

As vaias populares tinham acompanhado novamente Marigny durante o trajeto de volta de Vincennes para o Templo onde, daquela vez, com os ferros acorrentados aos pés, ele fora trancafiado no mesmo cárcere que servira a Jacques de Molay. A corrente fora presa à mesma argola em que outrora se prendia a do grão-mestre, e o salpitre trazia ainda as marcas feitas pelo velho cavaleiro da ordem do Templo para contar a passagem dos dias.

"Sete anos! Nós o condenamos a passar aqui sete anos, para depois enviá-lo para uma fogueira. E eu que só estou preso há uma semana, já posso compreender o quanto ele sofreu."

O homem de Estado, das alturas em que exerce seu poder, protegido por todo o aparato dos tribunais, da polícia e dos exércitos, não enxerga o homem no condenado que ele entrega à prisão ou à morte. Tudo que percebe é que eliminou um opositor. Marigny lembrava-se do mal-estar que sentira quando os Templários eram queimados na ilha dos Judeus, compreendendo que não se tratava mais, então, de fazer abstração de poderes hostis, mas sim de seres de carne e osso, de seres que eram seus semelhantes. Por um breve momento, naquela noite, reprovando o passado, ele se sentira solidário dos supliciados. Era como eles, agora, no fundo de seu cárcere. "É verdade, todos nós fomos amaldiçoados pelo que fizemos com eles."

E depois, mais uma vez, Marigny foi conduzido até Vincennes, agora para assistir à mais sinistra, à mais abjeta demonstração de ódio e de baixeza. Como se todas as acusações feitas contra ele não fossem suficientes, como se fosse preciso a todo custo aniquilar as dúvidas na consciência do reino, seus detratores decidiram se comprazer em acusá-lo de crimes extravagantes, certificados por um impressionante desfile de falsos-testemunhos.

O Senhor de Valois se glorificava por ter descoberto um vasto complô de bruxaria, inspirado, evidentemente, por Enguerrand. A Senhora de Marigny e sua irmã, a Senhora de Chanteloup, teriam praticado feitiços criminosos com a ajuda de bonecas de cera representando o rei, o conde de Valois e o conde de Saint-Pol. Pelo menos foi o que afirmaram indivíduos que vinham da *rue des Bourdonnais*, onde se mantinham várias oficinas de magia, com a tolerância da polícia. Arrastaram ao tribunal real uma mulher manca, sem dúvida criatura do diabo, e um certo Paviot, recentemente condenados devido a um caso similar. Eles não se fizeram rogados para se declararem cúmplices da Senhora de Marigny, mas mostraram uma surpresa dolorosa quando lhes confirmaram a sentença que decretava a morte deles na fogueira. Até os falsos-testemunhos, naquele processo, eram enganados!

Enfim, foi anunciado o falecimento de Margarida de Borgonha e, na grande emoção causada pela notícia, foi lida a carta que a rainha endereçara a seu esposo nas vésperas de sua morte.

— Ela foi assassinada! — exclamou Marigny, para quem toda a maquinação de repente ficou clara.

Mas os sargentos que o rodeavam obrigaram-no a se calar, enquanto Jean d'Asnière acrescentava essa nova acusação a seu requisitório.

Nos dias precedentes, em vão o rei da Inglaterra intercedera novamente com uma mensagem enviada a seu cunhado da França, rogando-lhe que poupasse Marigny. Em vão, Luís de Marigny tinha se jogado aos pés do Cabeçudo, seu padrinho, suplicando-lhe que agraciasse seu pai e que fizesse justiça. Luís X, desde que se pronunciava o nome de Marigny, respondia com as mesmas palavras:

— Ele não conta mais com a minha proteção.

Ele repetiu esta frase publicamente, pela última vez, em Vincennes.

Enguerrand ouviu então a leitura de sua condenação à forca, ao passo que sua mulher seria presa e todos os seus bens confiscados.

Mas Valois continuava agitado; ele não teria tréguas enquanto não visse Enguerrand balançando na ponta de uma corda. E para acabar de uma vez por todas com qualquer tentativa de evasão enviara seu inimigo para uma terceira prisão, a do Châtelet.

Era, portanto, num cárcere do Châtelet que Marigny, na noite de 30 de abril de 1315, contemplava o céu através de um respiradouro.

Ele não sentia medo da morte; pelo menos tentava habituar-se à aceitação do inevitável. Mas a idéia da maldição obcecava seus pensamentos; pois a injustiça era tamanha, que só era possível ver naquela súbita raiva dos homens, o sinal manifesto de uma vontade superior. "Seria realmente a cólera divina que tinha se exprimido pela boca do grão-mestre? Por que fomos todos nós amaldiçoados, até mesmo os que não tinham sido nomeados, só por estarem presentes? Entretanto, tínhamos agido para o bem do reino, para a grandeza da Igreja e em nome da pureza da Fé. O que teria provocado aquela ira encarniçada do Céu contra cada um de nós?"

Apenas algumas horas o separavam de seu próprio suplício, e ele revia, em pensamentos, todas as etapas do processo dos Templários, como se se escondesse naquela, mais do que em qualquer outra de suas ações públicas ou privadas, a explicação derradeira que ele precisava descobrir antes de morrer.

E subindo lentamente os degraus de sua memória, com a mesma aplicação que havia tido para todas as coisas que fizera, chegou a uma espécie de limiar em que, repentinamente, a luz se fez, levando-o a compreender tudo.

A maldição não vinha de Deus. Ela vinha dele mesmo e sua origem estava em seus próprios atos. E isso era válido também para todos os homens e para todos os castigos.

"Os Templários quase não mostravam mais apego a suas próprias regras; haviam se desviado do serviço da Cristandade para ocupar-se apenas de comércio e dinheiro. Os vícios insinuavam-se entre eles e faziam apodrecer a grandeza da ordem; por isso carregavam a maldição, e era justo suprimir a Ordem. Mas para acabar com os Templários fiz com que fosse nomeado arcebispo meu irmão, homem ambicioso e covarde, para que ele os condenasse por falsos crimes. Não é, portanto, nem um pouco surpreendente que meu irmão esteja hoje presente no tribunal que me condenou também por falsos crimes. Não devo repreendê-lo por sua traição; sou eu o verdadeiro culpado... Porque Nogaret torturou tantos inocentes para deles arrancar confissões que acreditava necessárias para o bem público, seus inimigos acabaram por envenená-lo... Porque Margarida de Borgonha casou-se por razões políticas com um príncipe que não amava, ela traiu seu casamento. Porque ela o traiu, foi descoberta e presa. Porque queimei a carta que ela escreveu e que poderia ter liberado o rei Luís, causei a perdição de Margarida e a minha própria, ao mesmo tempo... O que acontecerá ao rei Luís pelo fato de ele ter tramado seu assassinato jogando a responsabilidade do mesmo em minhas costas? O que acontecerá a Carlos de Valois que, hoje de manhã, decidiu que devo morrer na forca por erros que ele inventou? O que acontecerá a Clemência de Hungria caso ela aceite, para ser rainha de França, casar-se com um assassino? Mesmo quando somos punidos por falsos motivos, sempre há uma causa verdadeira que justifica nossa punição. Todo ato injusto, mesmo cometido por uma causa justa, traz em si sua própria maldição."

E depois de ter descoberto tudo isso, Enguerrand de Marigny parou de odiar e de responsabilizar terceiros por seu próprio destino. Aqueles pensamentos e conclusões eram seu ato de contrição, mas muito mais eficazes do que o arrependimento resultante de preces aprendidas de cor. Sentia uma grande paz, e era como se estivesse de acordo com Deus para aceitar que o destino se cumprisse daquela maneira.

Permaneceu muito calmo até a alvorada e teve a impressão de não descer mais do limiar luminoso em que sua meditação tinha acabado de colocá-lo.

Nas primeiras horas da manhã, ouviu um tumulto do lado de fora das muralhas. Quando viu entrar o preboste de Paris, o lugar-tenente criminoso e o procurador, levantou-se lentamente e esperou que o desacorrentassem. Pegou o mantô de tecido escarlate que tinha usado no dia de sua detenção e cobriu com ele os ombros. Experimentava uma estranha sensação de força, e repetia a si mesmo, constantemente, aquela verdade que se tornara para ele evidente: "Todo ato injusto, mesmo cometido por uma causa justa..."

— Para onde me levam? — perguntou.

— Para Montfaucon, Senhor.

— Está muito bem assim. Fui eu que mandei construir essa forca. Assim, vou acabar em minhas próprias obras.

Ele saiu da prisão do Châtelet numa charrete de quatro cavalos, precedida, seguida e rodeada por diversas companhias de arqueiros e de sargentos da guarda. "Quando eu comandava o reino, só convocava três sargentos para me escoltar. E agora tenho trezentos, só para me conduzirem à morte..."

Às vaias da multidão, Marigny, de pé na charrete, respondia:

— Boa gente, rezai por mim.

O cortejo parou no final da rua Saint Denis, diante do convento das Filhas de Deus. Convidaram Marigny a descer e levaram-no até o pátio, ao pé de um crucifixo de madeira colocado sobre um dossel. "É mesmo, é dessa forma que as coisas se passam", disse ele a si mesmo, "mas eu nunca tinha assistido. E quantos homens eu enviei para a forca... Eu vivi dezesseis anos de boa fortuna como recompensa pelo bem que eu tenha podido fazer, dezesseis dias de desgraça e uma manhã de morte como punição pelo mal... Deus foi misericordioso comigo."

Sob o crucifixo, o capelão do convento recitou, diante de Marigny, ajoelhado, a prece dos mortos. Depois as religiosas trouxeram ao condenado uma taça de vinho e três pedaços de pão que ele mastigou lentamente, apreciando pela última vez os alimentos deste mundo terreno. Na rua, os parisienses continuavam a vaiar. "O pão que eles comerão agora mesmo vai lhes parecer menos bom do que este que acabaram de me dar", pensou Marigny subindo novamente na charrete.

A comitiva deixou para trás as muralhas da cidade. Depois de um quarto de légua, e depois de os subúrbios terem sido atravessados, apareceu, erguido no topo de um outeiro, o cadafalso das forcas de Montfaucon.

O velho cadafalso datava da época de São Luís, mas fora reformado durante os anos precedentes. Montfaucon apresentava-se como um grande espaço inacabado, sem teto. Dezesseis pilares de pé sob o céu elevavam-se numa vasta plataforma quadrada que, ela mesma, tinha como base alguns blocos de pedra bruta. No centro da plataforma abria-se uma larga fossa que servia de ossário. E as forcas estavam alinhadas ao lado da fossa. Os pilares eram reunidos por vigas duplas e por correntes de ferro às quais eram pendurados os corpos após a execução; lá eram deixados, apodrecendo ao vento, para os abutres, a fim de servir de exemplo e inspirar o respeito da justiça real.

Naquele dia, uma dezena de corpos encontravam-se suspensos, alguns nus, outros vestidos até a cintura, com os rins cingidos por um trapo de tecido rústico, o que variava de acordo com o direito dos carrascos a apropriar-se de uma parte ou de todas as roupas dos executados. Alguns daqueles cadáveres já estavam quase reduzidos a esqueletos; outros começavam a se decompor, com as faces verdes ou negras, com horrendos licores brotando das orelhas e da boca, e com trapos de carne arrancados pelo bico dos pássaros, caindo sobre os tecidos. Um cheiro horrível esparramava-se pelo local.

Uma multidão que havia se levantado muito cedo viera assistir ao suplício; os arqueiros formavam um cordão para conter o entusiasmo geral.

Quando Marigny desceu da charrete, um padre aproximou-se e incitou-o a fazer a confissão dos erros pelos quais ele fora condenado.

— Não, meu padre — disse Marigny.

Negou que tivesse querido enfeitiçar Luís X ou qualquer outro príncipe real, negou ter roubado o Tesouro, negou todas as acusações que tinham sido feitas contra ele e reafirmou que as ações que lhe eram repreendidas tinham sido todas elas encomendadas pelo falecido rei, seu mestre, Felipe, o Belo.

— Mas em nome de causas justas eu realizei atos injustos e disso me arrependo.

Precedido pelo chefe dos carrascos, ele subiu a rampa de pedra que dava acesso à plataforma e, com aquela autoridade que sempre tivera, perguntou, apontandos para as forcas:

— Qual delas?

Como do alto de um palco, ele lançou um último olhar sobre a multidão que não parava de urrar. Recusou que amarrassem suas mãos.

— Ninguém precisa me segurar.

Levantou sozinho os cabelos e avançou com sua cabeça de touro em direção do nó ajustável que lhe apresentavam. Respirou longamente a fim de conservar pelo maior tempo possível um pouco de vida nos pulmões, fechou com força os punhos; a corda, esticada por seis braços, içou-se a duas toesas do chão.

A multidão, que entretanto não esperava outra coisa, deixou escapar um imenso clamor de surpresa. Durante vários minutos ela viu Marigny contorcer-se, com os olhos exorbitados, a face que ia se tornando azul, depois roxa, a língua saindo da boca, e os braços e pernas agitando-se como se quisesse subir por um mastro invisível. Enfim os braços caíram, a força das convulsões diminuiu, parou totalmente, e os olhos paralisaram-se.

E a multidão, que continuava surpreendida pelo fato de permanecer surpresa, calou-se.

Valois tinha dado ordens para que o condenado permanecesse completamente vestido a fim de ser mais facilmente reconhecido. Os carrascos fizeram descer o corpo, puxaram-no pelos pés para a plataforma; depois, colocando suas escadas diante da forca, virados para o lado de Paris, suspenderam o corpo às correntes, a fim de deixar lá, apodrecendo entre as carniças de malfeitores desconhecidos, o corpo de um dos maiores ministros que a França já teve[11].

VII

A ESTÁTUA DERRUBADA

Na noite seguinte, na escuridão de Montfaucon, em que as correntes rangiam, os ladrões desceram o corpo do morto ilustre a fim de despojá-lo das roupas. De manhã, encontraram o corpo de Marigny, nu, estendido sobre a pedra.

O conde de Valois, que ainda estava na cama quando foi avisado, ordenou que o cadáver fosse vestido e novamente pendurado à forca. Depois, ele mesmo se vestiu, bem vivo que estava, mais vivo do que nunca, todo orgulhoso de sua força intacta, e saiu para misturar-se aos movimentos da cidade, à circulação dos homens, ao poder dos reis.

Em companhia do cônego Mornay, seu ex-chanceler, que ele nomeara chanceler real da França, chegou ao palácio da Cité.

Na galeria merceeira, mercadores e desocupados observavam quatro operários pedreiros pendurados num andaime, tratando de retirar a estátua de Marigny. Ela estava fixada à muralha não somente pelo pedestal, mas também pelas costas. As picaretas e os buris chocavam-se contra a pedra, que voava em estilhaços brancos.

Uma janela interior, que dava para o conjunto da galeria, abriu-se. Valois e o chanceler apareceram na balaustrada. Os desocupados, ao verem seus novos mestres, tiraram os gorros em sinal de respeito.

— Continuai, continuai a olhar. É um bom trabalho que está sendo feito aqui — lançou Valois, dirigindo-se à pequena multidão com um gesto encorajador.

Depois, virando-se para Mornay, ele lhe perguntou:

— Já acabastes o inventário dos bens de Marigny?

— Sim, Senhor, e as contas são bem altas.

— Não tenho dúvidas — disse Valois. — Dessa forma o rei encontrará os fundos necessários para recompensar os que o serviram neste caso — disse

Valois. — Mas, antes de mais nada, exijo de volta minhas terras de Gaillefontaine que o espertalhão surrupiou de mim num mau negócio. Isso não é sequer uma recompensa. É apenas justiça. Por outro lado, seria conveniente que meu filho Felipe dispusesse finalmente de um palacete particular, a fim de ter sua própria vida. Marigny possuía duas casas, a de Fossés-Saint-Germain e a da rua da Áustria. Tenho preferência pela segunda... Sei também que o rei quer dar provas de agradecimento a Henriet de Meudon, seu chefe de caça, que abre suas gaiolas de pombos. Tomai nota disto. Ah! E sobretudo não esqueçais do Senhor d'Artois, que espera há cinco anos suas rendas do condado de Beaumont. É a ocasião de pagar-lhe uma parte. O rei deve muito a nosso primo d'Artois.

— O rei deverá também — disse o chanceler — oferecer a sua nova esposa os presentes de costume, e ele parece decidido, tamanho é seu amor, às maiores generosidades. Ora, sua bolsa pessoal quase não está em condições de fazer tais despesas. Não poderíamos descontar dos bens de Marigny os favores que serão atribuídos à nova rainha de França?

— Sábio pensamento, Mornay. Preparai uma partilha para isso, e nela colocareis minha sobrinha da Hungria no alto da lista dos beneficiários. O rei só poderá aceitar a idéia.

Valois, ao mesmo tempo que falava, continuava olhando o trabalho dos pedreiros.

— Claro, Senhor — continuou o chanceler —, prestarei atenção para não pedir nada para mim mesmo...

— E nisso vós agireis muito bem, Mornay, pois as más consciências encontrariam aí uma bela ocasião para dizer que, perseguindo Marigny, vós queríeis apenas um meio para tirar proveito disso. Fazei então aumentar um pouco a minha parte, a fim de que eu possa vos gratificar de acordo com vossos méritos... Ah! Enfim, ela começa a se mexer! — acrescentou Valois apontando em direção da estátua.

A grande efígie de Marigny estava agora completamente descolada da parede; estava sendo rodeada de cordas. Valois colocou sua mão cheia de anéis sobre o braço do chanceler.

— O homem é, na verdade, bem estranha criatura — disse ele. — Sabíeis que de repente sinto uma espécie de vazio na alma? Eu estava tão acostumado a odiar aquele malvado que me parece, agora, que ele me fará falta...

No interior do palácio, Luís X, no mesmo momento, acabava de ser barbeado. Junto dele se encontrava dama Eudeline, rósea e fresca, segurando pela mão uma criança de dez anos, loura, um pouco magra, intimidada, e que não sabia que aquele rei, cujo queixo estava sendo enxugado com toalhas quentes, era seu pai.

A lavadeira chefe do palácio real aguardava, emocionada, cheia de esperança, que o rei lhe dissesse qual a razão de tê-las convocado ali, ela e sua filha.

O barbeiro saiu, levando a bacia, a lâmina de barbear e os ungüentos.

O rei de França levantou-se, sacudiu os longos cabelos que caíam por seus ombros e disse:

— Meu povo está contente, não é verdade, Eudeline, por eu ter mandado enforcar Marigny?

— Claro, Vossa Majestade... Todos pensam que os tempos de infelicidade chegaram ao fim...

— Muito bem, muito bem. Assim quero que seja.

Luís X atravessou o aposento, debruçou-se sobre um espelho, estudou seu rosto por alguns instantes, virou-se de novo.

— Eu havia te prometido que ia assegurar o futuro desta criança... Ela se chama Eudeline, como tu, não?

Lágrimas de emoção vieram até os olhos da lavadeira; e ela apertou levemente o ombro de sua filha. Eudeline, a pequena, ajoelhou-se para ouvir da boca do soberano o anúncio das bênçãos que receberia.

— Vossa Majestade, esta criança há de vos abençoar até o fim de seus dias com suas preces...

— É justamente o que decidi — respondeu o Cabeçudo. — Que ela ore. Ela entrará para a religião, no convento Saint-Marcel, que é reservado apenas às filhas de nobres, e onde vai estar melhor do que em qualquer outro lugar.

O estupor surgiu nos traços de Eudeline, a mãe.

— Então é isso, Vossa Majestade, que vós quereis para ela? Encerrá-la num convento?

— O que há? Não é um bom estabelecimento? — disse Luís. — E depois, é preciso que seja assim; ela não poderia permanecer entre nós. E acho bom, para a nossa salvação e para a dela, que pague com uma vida religiosa o pecado que cometemos com seu nascimento. Quanto a ti...

— Vossa Majestade... vós quereis me encerrar também num convento? — perguntou Eudeline, apavorada.

Como o Cabeçudo mudara, em tão pouco tempo! Ela não encontrava mais nada do que conhecera, naquele rei que ditava suas ordens com um tom sem apelo, nem o adolescente inquieto ao qual ela ensinara o amor, nem o pobre príncipe, trêmulo de angústia, de impotência e de frio, que esquentara em seus braços, numa noite do inverno passado. Apenas os olhos conservavam a expressão fugidia.

— Para ti — disse ele — dou a tarefa de supervisionar em Vincennes os móveis e as roupas, a fim de que tudo esteja pronto cada vez que eu vá até lá.

Eudeline balançou a cabeça. Aquele distanciamento do palácio real, aquela ordem de partir para uma residência secundária era vivida por ela como uma ofensa. Pois não estavam satisfeitos com o seu trabalho? Em certo sentido, ela teria aceitado mais facilmente o convento. Seu orgulho teria sido menos ferido.

— Sou vossa serva e vos obedecerei — respondeu friamente.

Convidou a pequena Eudeline a levantar-se e pegou-a pela mão.

No momento de passar pela porta, percebeu o retrato de Clemência de Hungria colocado sobre um console e perguntou:

— É ela?

— É a próxima rainha de França — respondeu Luís X, não sem certa altivez.

— Desejo que sejais feliz, Vossa Majestade — disse Eudeline, ao sair.

Ela deixara de amá-lo.

"Claro, claro que vou ser feliz", repetia a si mesmo Luís, andando de um lado para o outro no aposento em que os raios do sol entravam em abundância.

Pela primeira vez, sentia-se plenamente satisfeito e seguro de si mesmo. Tinha se livrado de sua esposa infiel, do ministro poderoso demais de seu pai; distanciava do palácio sua primeira amante e enviava sua filha natural para um convento[12].

Com todos os caminhos limpos, ele podia agora acolher a bela princesa napolitana, e já se via vivendo junto dela durante um longo reinado de glória.

Soou o sininho para falar ao camareiro de serviço.

— Mandei convocar o senhor de Bouville. Ele já chegou?

— Sim, Vossa Majestade, ele espera vossas ordens.

Naquele momento as paredes do palácio vibraram com um choque surdo.

— O que é isto? — perguntou o rei.

— Creio que é a estátua, Vossa Majestade, que acaba de cair.

— Muito bem... dizei a Bouville que entre.

E ele se dispôs a receber o ex-camareiro.

Na galeria merceeira, a estátua de Enguerrand jazia sobre o pavimento. As cordas tinham deslizado um pouco depressa demais, e as oitenta arrobas de pedra tinham se chocado contra o solo brutalmente. Os pés tinham se quebrado.

Na primeira fileira dos desocupados que olhavam, Spinello Tolomei e seu sobrinho Guccio Baglioni contemplavam o colosso abatido.

— Não posso acreditar no que vejo... não posso acreditar... — murmurou o capitão dos lombardos.

Ele não exibia, como o conde de Valois do alto da janela, na balaustrada, um triunfo ostensivo; mas nem por isso sua alegria deixava de ser completa. Sentia uma boa satisfação, bem simples e pura. Tantas vezes, durante o governo de Marigny, os banqueiros italianos tinham temido por seus bens e até pela própria vida! O senhor Tolomei, com um olho aberto, outro fechado, respirava os ares de sua liberação.

— Este homem não era mesmo nosso amigo — disse ele. — Os senhores feudais se vangloriam por sua derrota; mas nós tomamos parte ativamente neste trabalho. E tu mesmo, Guccio, tu nos ajudaste muito. Eu faço questão de te recompensar, associando-te mais estreitamente a nossos negócios. Tens algum desejo?

Começaram a andar por entre as bancas dos merceeiros. Guccio abaixou seu nariz afilado e seus cílios negros.

— Tio Spinello, eu gostaria de dirigir o escritório de Neauphle.

— Ora essa! — exclamou Tolomei muito supreso. — Essa é toda tua ambição? Um escritório de interior, que funciona com três amanuenses mais do que suficientes para a tarefa local? Tu tens sonhos bem modestos!

— Eu gosto muito deste escritório — disse Guccio — e tenho certeza de que poderia fazê-lo crescer muito.

— Eu tenho certeza — concluiu Tolomei — que é o amor, mais do que o banco, que te atrai para aqueles lados... A senhorita de Cressay, não é? Dei uma olhada nas contas. Não somente essa gente nos deve e, ainda por cima, nós é que fazemos comer a família.

Guccio olhou Tolomei e viu que ele sorria.

— Ela é bela como nenhuma outra, meu tio, e é de boa nobreza.

— Ah! — suspirou o banqueiro elevando as mãos. — Uma jovem nobre! Isso vai te trazer os piores problemas. A nobreza, sabes, está sempre pronta a pegar nosso dinheiro, mas nunca a deixar que seu sangue se misture com o nosso. A família dela concorda?

— Ela vai concordar, meu tio, tenho certeza que vai. Os irmãos me tratam como se eu fosse um deles.

Arrastada por dois cavalos de carga, a estátua de Marigny saía da Galeria merceeria. Os pedreiros enrolavam as cordas e a multidão se dispersava.

— Maria me ama tanto quanto eu a amo — continuou Guccio — e querer fazer com que vivamos separados é querer nossa morte! Com os ganhos que terei em Neauphle, poderei reformar o solar, que é belo, sabes, mas que precisa de um pouco de trabalho, e tu virás viver num castelo, meu tio, como um verdadeiro senhor feudal.

— Ah, eu não gosto do campo — disse Tolomei. — Se me ocorre de ir uma vez por ano, a negócios, em Grenelle ou em Vaugirard, eu me sinto no fim do mundo e velho com se tivesse cem anos... Tinha sonhado para ti outra aliança, com uma filha de nossos primos Bardi...

Ele interrompeu a própria fala por um instante.

— Mas é dar prova de desamor querer fazer a felicidade alheia contra a própria vontade do interessado. Vai, meu filho, vai te encarregar de teu escritório de Neauphle. E casa-te com quem bem entendes. A gente de Siena é uma gente livre, e nossos homens escolhem suas esposas de acordo com a lei do coração. Mas tu trarás tua bela a Paris o mais cedo possível. Ela será bem acolhida sob meu teto.

— Obrigado, tio Spinello! — disse Guccio atirando-se ao pescoço do banqueiro.

O conde de Bouville, que saía naquele momento da visita ao rei, atravessava então a galeria merceeira. O gorducho avançava com aquele passo firme que assumia quando o soberano tinha lhe dado a honra de ordenar-lhe algo.

— Ah! Meu caro Guccio! — exclamou percebendo os dois italianos. — Que sorte encontrar-vos aqui. Eu ia despachar um escudeiro para vos encontrar.

— O que posso fazer para vos servir, senhor Hugues? — perguntou — o jovem. — Meu tio e eu estamos a vossa disposição.

Bouville sorria a Guccio com uma real expressão de amizade.

— Eu vos comunico uma boa nova, sim, uma excelente nova. Falei ao rei de vossos méritos e contei-lhe o quanto vós fostes útil em nossa viagem...

O jovem inclinou-se, em sinal de agradecimento.

— Então, meu amigo Guccio, devemos partir novamente para Nápoles.

Notas Históricas
&
Repertório Biográfico

NOTAS HISTÓRICAS

1 — No início do século XIV, os três primeiros oficiais da coroa eram: o *condestável de França*, chefe supremo dos exércitos; o *chanceler de França*, que administrava a justiça, os negócios eclesiásticos e as relações exteriores; e o *soberano mestre do palácio*, isto é, da casa do rei.

O *condestável* fazia parte, por direito, do Conselho real restrito; tinha sua câmara na Corte e devia seguir o rei em todos os seus deslocamentos. Recebia, em tempos de paz, além das prestações próprias ao cargo, 25 tostões parisinos por dia e 10 libras em cada dia feriado. Em período de hostilidades ou, simplesmente, durante as viagens do rei, esse salário era dobrado. Além do mais, para cada dia de combate em que o rei cavalgava com o exército, o condestável recebia cem libras suplementares.

Tudo que era encontrado nas fortalezas e castelos tomados ao inimigo pertencia ao condestável, com exceção do ouro e dos prisioneiros, que eram do rei. Entre os cavalos tomados ao adversário, ele escolhia imediatamente após o rei. Se este último não estivesse presente durante a tomada de uma fortaleza, era o estandarte do condestável que se alçava. No campo de batalha, o próprio rei só podia decidir uma investida ou ataque depois de ter pedido conselho ao condestável. Este, ainda, assistia obrigatoriamente à sagração, quando segurava a espada diante do rei.

Durante os reinados de Felipe, o Belo, e de seus três filhos, bem como durante o primeiro ano do reinado de Felipe VI de Valois, o condestável de França foi Gaucher de Châtillon, conde de Porcien, que morreu octogenário, em 1329.

O *chanceler de França*, assistido por um vice-chanceler e por notários que eram amanuenses da capela real, tinha o encargo de preparar a redação dos atos e de carimbá-los com o selo real, do qual ele era o guardião; daí, igualmente, seu título de Guarda dos Selos (*garde des Sceaux*). Fazia parte do Conselho real restrito e da Assembléia dos pares. Era chefe da magistratura, presidia todas as comissões judiciárias e comunicava o parecer real no trono do rei no Parlamento.

O chanceler, por tradição, era um eclesiástico. Em 1307, quando Felipe, o Belo, destituiu seu chanceler, o bispo de Narbonne, ele entregou os selos reais a Guilherme de Nogaret, que não era homem de Igreja; assim, não recebeu o título de chanceler, mas sim o de "secretário-geral do reino", criado especialmente para ele; quanto a Marigny, ele era "coadjutor e reitor geral do reino".

O chanceler de Luís X foi, desde o começo do ano de 1315, Étienne de Mornay, cônego de Auxerre e de Soissons, anteriormente chanceler do conde de Valois.

O soberano mestre do palácio, chamado mais tarde de *grão-mestre de França*, comandava todo o pessoal nobre e plebeu que estivesse a serviço do soberano; sob suas ordens estavam o *moedeiro*, que cuidava das contas da casa real e do inventário dos móveis, dos tecidos e dos guarda-roupas. Fazia parte do Conselho.

Vinham em seguida, entre os grandes oficiais da coroa: o *grão-mestre das armas*, logo depois do condestável e dependendo dele, e o *camareiro-mor*.

O *camareiro-mor* cuidava das armas e roupas do rei; devia manter-se junto dele tanto durante o dia, quanto durante a noite quando a rainha não estava presente". Guardava o selo secreto, podia receber homenagens em nome do rei e aceitar juramentos de fidelidade em seu lugar. Organizava as cerimônias em que o rei nomeava novos cavaleiros, administrava as contas privadas do soberano, assistia à assembléia dos pares. Pelo fato de ser encarregado do guarda-roupa real, a ele pertencia a jurisdição dos merceeiros e de todos os ofícios de vestimentas, e também comandava o funcionário chamado de "rei dos merceeiros", que verificava os pesos e medidas, balanças e sistemas de mensuração.

Outros cargos, enfim, que não passavam de sobreviventes de antigas funções caídas em desuso, eram apenas cargos de honra, mas mesmo assim davam acesso ao Conselho do rei: tal era o caso do *camareiro-mor*, do *copeiro-mor* e do *padeiro-mor*, ocupados respectivamente, na época de que trata esta obra, por Luís I de Bourbon, pelo conde de Châtillon Saint-Pol e por Bouchard de Montmorency.

2. Felipe, o Belo, legara seu coração, bem como a grande cruz de ouro dos Templários, ao monastério dos dominicanos de Poissy. Coração e cruz desapareceram na noite de 21 de julho de 1695, num incêndio provocado por um relâmpago.

3. Era costume, na Idade Média, conservar-se uma lamparina acesa de noite acima da cama. Essa prática destinava-se a manter distantes os maus espíritos.

4. As cartas patentes, conferindo o apanágio sobre a região da Marche a Carlos de França e o pariato a Felipe de Poitiers, foram expedidas, respectivamente, em março e agosto de 1315.

5. A família de Anjou-Sicília é tão ligada à história da monarquia francesa durante o século XIV, e intervém de maneira tão freqüente no decorrer de nossa narrativa, que nos parece necessário lembrar ao leitor certas precisões em relação a ela.

Em 1246, Carlos, conde-apanagista das regiões de Valois e do Maine, filho de Luís VIII e sétimo irmão de São Luís, desposou a condessa Beatriz que lhe trazia, segundo a expressão de Dante, "o grande dote da Provença". Escolhido pela Santa Sé como defensor da Igreja na Itália, foi coroado rei da Sicília em São João de Latrão, em 1265.

Esta foi a origem deste ramo da família descendente dos Capetos, conhecida pelo nome de Anjou-Sicília, e cujas posses e alianças estenderam-se rapidamente pela Europa inteira.

O filho de Carlos I de Anjou, Carlos II, apelidado o Manco (1250-1309), rei de Nápoles, da Sicília e de Jerusalém, duque de Puglia, príncipe de Salerno, de Capoue e

de Tarento, desposou Maria, irmã e herdeira do rei Ladislas IV da Hungria. Desta união nasceram:
— Margarida, primeira esposa de Carlos de Valois, irmão de Felipe, o Belo;
— Carlos-Martel, rei titular da Hungria;
— Luís de Anjou, bispo de Toulouse;
— Roberto, rei de Nápoles;
— Felipe, rei de Tarento;
— Raymond Bérenger, conde de Andria;
— Jean Tristan, que entrou para as ordens religiosas;
— Jean, duque de Durazzo;
— Pierre, conde de Éboli e de Gravina;
— Maria, esposa de Sancho de Aragão, rei de Maiorca;
— Branca, esposa de Jacques II de Aragão;
— Beatriz, casada inicialmente com o marquês de Este, depois com o conde Bertrand des Baux;
— Eleonora, esposa de Frederico de Aragão.

O filho primogênito de Carlos, o Manco, Carlos-Martel, casado com Clemência de Habsbourg, e para o qual a rainha Maria reclamava a herança da Hungria, morreu em 1296. Deixou um filho, Carlos Robert, chamado de Charobert que, depois de quinze anos de luta, conseguiu a coroa da Hungria, e duas filhas, das quais uma, Beatriz, desposou o delfim da região de Vienne, Jean II, e a outra, Clemência, tornou-se esposa — em segundas núpcias — de Luís X, o Cabeçudo.

O segundo filho de Carlos, o Manco, Luís de Anjou, renunciou a todos os direitos de sucessão para entrar na religião. Bispo de Toulouse, morreu no castelo de Brignoles, na Provença, aos vinte e três anos. Foi canonizado em 1317, sob o pontificado de João XXII.

Com a morte de Carlos, o Manco, em 1309, a coroa de Nápoles foi para o terceiro filho, Roberto.

O quarto filho, Felipe, príncipe de Tarento, tornou-se imperador titular de Constantinopla devido a seu casamento com Catarina de Valois-Courtenay, filha do segundo casamento de Carlos de Valois.

Dinastia fabulosamente fecunda e ativa, a família de Anjou-Sicília totalizaria, em sua duração, 299 coroas soberanas e 12 beatificações.

6 — O casamento de Felipe de Valois com Jeanne de Borgonha, irmã de Margarida e apelidada de Jeanne, a Manca, foi celebrado em 1313.

7 — Nada é mais difícil de precisar, nem oferece mais matéria para debate do que as comparações de moedas e preços através dos séculos. Tantas variações, desvalorizações e medidas governamentais diversas afetaram as taxas de câmbio que os especialistas jamais chegam a um acordo sobre o assunto.

Não se pode estabelecer as equivalências de acordo com o preço dos gêneros alimentícios, mesmo os mais essenciais, pois os preços dos mesmos variavam consideravelmente, e às vezes de um ano para o outro, em função do grau de abundância ou de raridade dos produtos, e também de acordo com as taxas que o Estado impunha sobre eles. Os períodos de fome eram freqüentes e os preços citados pelos cronistas são, freqüentemente, preços de "mercado negro", o que falseia toda apreciação do poder de compra. Além do mais, alguns gêneros alimentícios, que hoje são muito utilizados, eram pouco usados durante a Idade Média e, portanto, seu preço era elevado. Por outro lado, devido ao baixo custo da mão-de obra artesanal, os produtos manufaturados eram relativamente de preço pouco elevado.

O valor comparativo do ouro por peso poderia parecer a melhor base para uma estimativa; mas o ouro é, ainda em nossos dias, mantido artificialmente a um preço muito superior a seu valor real. Já temos alguma dificuldade para fazer cálculos de equivalência com o franco de 1914. Como poderíamos pretender apresentar uma avaliação exata para a libra de 1314?

Depois de termos comparado diversos trabalhos especializados, propomos ao leitor, por comodidade, e sem deixar que ele ignore a margem de erro que pode ser compreendida entre a metade e o dobro, a equivalência seguinte: 100 francos de hoje para uma libra no início do século XIV. As despesas do reino, no tempo de Felipe, o Belo, com exceção dos anos de guerra, elevavam-se em média a 500.000 libras, o que, grosso modo, representaria o orçamento de 50 milhões de francos, ou 5 bilhões de antigos francos.

Nossos antigos e novos francos preparam, aliás, sérias armadilhas para os historiadores futuros.

8 — O julgamento de 1309, que pretendia acertar o problema da sucessão do domínio feudal de Artois (ver nota 2, página 250, de *O Rei de Ferro*), concedeu a Robert, como herança de seus avós, apenas a castelania de Conches, domínio da Normandia concedido à família d'Artois por Amicie de Courtenay, mulher de Robert II.

Em compensação, Mahaut devia pagar a Robert, no prazo de dois anos, uma indenização de 24.000 libras. Por outro lado, uma renda de 5.000 libras era garantida a Robert por diversas terras do domínio real que, reunidas à castelania de Conches, constituiriam o condado de Beaumont-le-Roger.

A formação do condado foi adiada por muitos anos, durante os quais Robert só recebeu uma ínfima parte de suas rendas. Ele só se tornaria realmente conde de Beaumont a partir de 1319. O restante das somas que lhe eram devidas só lhe foi pago durante o reinado de Felipe V, em 1321. Durante o reinado de Felipe VI, em 1329, o condado foi alçado à condição de pariato.

9 — O culto das relíquias foi um dos aspectos mais marcantes e impressionantes da vida religiosa durante a Idade Média. A crença na virtude dos vestígios sagrados degenerou numa superstição universalmente difundida, e todos queriam possuir grandes relíquias para guardá-las em suas casas, ou pequenas, para usá-las em volta do pescoço. Cada qual possuía relíquias à altura de sua fortuna. A venda de relíquias tornou-se um verdadeiro comércio, e um dos mais prósperos nos séculos XI, XII e XIII, e mesmo, ainda, durante o século XIV. Todos traficavam relíquias. Os abades, para aumentar os rendimentos de seus conventos ou para atrair as graças de personalidades importantes, cediam fragmentos de santas ossadas, dos quais tinham a guarda. Os

cruzados freqüentemente se enriqueciam com a venda de devotos detritos trazidos de suas expedições. Os mercadores judeus tinham uma espécie de rede internacional de venda de relíquias. E os ourives encorajavam muitíssimo este negócio, pois encomendavam-lhes molduras e relicários que eram os mais belos objetos daquele tempo, assim como um testemunho da fortuna e, ao mesmo tempo, da fé dos que os possuíam.

As relíquias mais apreciadas eram os pedaços da Santa Cruz, os fragmentos de madeira do presépio, os espinhos da Santa Coroa (ainda que São Luís tivesse comprado, para a Santa Capela, uma Santa Coroa perfeitamente intacta), as flechas de São Sebastião, e muitas pedras, também, pedras do Calvário, do Santo Sepulcro, do monte das Oliveiras. Certos mercadores chegaram até mesmo a vender gotas do leite da Virgem.

Quando um personagem daquele tempo vinha a ser canonizado, apressavam-se a dividir seus despojos. Diversos membros da família real possuíam, ou estavam convencidos de possuir fragmentos da ossada de São Luís. Em 1319, o rei Roberto de Nápoles, assistindo em Marselha à transferência dos restos de seu irmão Luís de Anjou, que tinha sido canonizado há pouco tempo, pediu a cabeça do santo a fim de levá-la para Nápoles.

10 — Ainda não era o famoso "Palácio dos papas" que se conhece e visita hoje, e que só foi construído no século seguinte. A primeira residência dos papas de Avinhão foi o palácio episcopal, um pouco aumentado.

11 — O cadafalso de Montfaucon encontrava-se no topo de um outeiro isolado, à esquerda da antiga estrada de Meaux, mais ou menos onde hoje se encontra a rua Grange-aux-Belles.

Enguerrand de Marigny foi o segundo de uma longa lista de ministros, e especialmente de ministros das Finanças, que terminaram a carreira em Montfaucon. Antes dele, Pierre de la Brosse, tesoureiro de Felipe III, o Astuto, tinha sido enforcado ali; depois dele, Pierre Rémy e Macci dei Macci, respectivamente tesoureiro e cambista de Carlos IV, o Belo, René de Siran, mestre das finanças de Felipe VI, Olivier le Daim, favorito de Luís XI, Beaune de Samblançay, superintendente das Finanças de Carlos VIII, Luís XII e François I, tiveram o mesmo destino. O cadafalso deixou de ser utilizado a partir de 1627

12 — Essa Eudeline, filha natural de Luís X, e religiosa do convento da ordem de Santa Clara, do subúrbio parisiense de Saint-Marcel, foi autorizada, por uma bula do papa João XXII, datada de 10 de agosto de 1330, a tornar-se, apesar de seu nascimento ilegítimo, abadessa de Saint-Marcel ou de qualquer outro monastério da ordem de Santa Clara.

REPERTÓRIO BIOGRÁFICO

— Anjou (São Luís de) (1275-1299).
Segundo filho de Carlos II de Anjou, apelidado o Manco, e de Maria de Hungria. Renunciou ao trono de Nápoles para entrar para as ordens religiosas. Bispo de Toulouse. Canonizado durante o papado de João XXII, em 1317.

— Anjou-Sicília (Margarida de), condessa de Valois (cerca de 1270-31 de dezembro de 1299).
Filha de Carlos II de Anjou, apelidado o Manco, e de Maria de Hungria. Primeira esposa de Carlos de Valois. Mãe do futuro Felipe VI, rei de França.

— Artois (Mahaut, condessa de Borgonha, depois d') (?-27 de novembro de 1329).
Filha de Robert II d'Artois. Desposou (1291) o conde palatino de Borgonha, Othon IV (falecido em 1303). Condessa-par d'Artois por decreto real (1309). Mãe de Jeanne de Borgonha, esposa de Felipe de Poitiers, futuro Felipe V, e de Branca de Borgonha, esposa de Carlos de França, futuro Carlos IV.

— Artois (Robert III d') (1287-1342).
Filho de Felipe d'Artois e neto de Robert II d'Artois. Conde de Beaumont-le-Roger e senhor feudal de Conches (1309). Desposou Jeanne de Valois, filha de Carlos de Valois e de Catarina de Courtenay (1318). Par do reino devido a seu condado de Beaumont-le-Roger (1328). Banido do reino (1332), refugiou-se na corte de Eduardo III da Inglaterra. Ferido mortalmente na batalha de Vannes. Enterrado em Saint-Paul de Londres.

— Asnières (Jean d').
Advogado do Parlamento de Paris. Pronunciou o ato de acusação contra Enguerrand de Marigny.

— Auch (Arnaud d') (?-1320).
Bispo de Poitiers (1306). Nomeado cardeal-bispo de Albano — posto criado para ele — por Clemente V em 1312. Legado do papa em Paris em 1314. Camareiro-papal até 1319. Falecido em Avinhão.

— Aunay (Gautier d') (?-1314).
Filho primogênito de Gautier d'Aunay, senhor de Moucy-le-Neuf, de Mesnil e de Grand Moulin. *Bachelier* (v. as notas históricas) do conde de Poitiers, segundo filho de Felipe, o Belo. Inculpado de adultério (caso da torre de Nesle) com Branca de Borgonha, foi executado em Pontoise. Desposara anteriormente Agnes de Montmorency.

— Aunay (Felipe d') (?-1314).
Irmão caçula do anterior. Escudeiro do conde de Valois. Amante de Margarida de Borgonha, esposa de Luís, o Cabeçudo, Rei de Navarra e depois de França. Executado ao mesmo tempo que seu irmão, em Pontoise.

— Baglioni (Guccio) (cerca de 1295-1340).
Banqueiro originário da cidade italiana de Siena, aparentado à família dos Tolomei. Mantinha, em 1315, um escritório bancário em Neauphle-le-Vieux. Desposou secretamente Maria de Cressay. Teve um filho, Giannino (1316), trocado no berço por Jean I, o Póstumo. Faleceu na Campânia.

— Bersumée (Robert).
Capitão da fortaleza de Château-Gaillard, foi o primeiro guardião de Margarida e Branca de Borgonha. Foi substituído, depois de 1316, por Jean de Croisy, depois por André Thiart.

— Boccacio da Chellino, ou Boccace (Bocácio).
Banqueiro florentino, viajante da companhia dos Bardi. Teve uma amante francesa e um filho adulterino (1313), que foi o ilustre poeta Boccacio, autor do *Decamerão*.

— Bourbon (Luís, senhor de, depois duque de) (cerca de 1280-1342).
Filho primogênito de Robert, conde de Clermont (1256-1318), e de Beatriz de Borgonha, filha de Jean, senhor feudal de Bourbon. Neto de São Luís. Camareiro-mor da França a partir de 1312. Duque e par do reino a partir de setembro de 1327.

— Bourdenai (Michel de).
Legista e conselheiro de Felipe, o Belo. Foi preso e teve seus bens confiscados sob o reino de Luís X, mas recuperou tanto os bens quanto a dignidade sob Felipe V.

— BORGONHA (Agnes de França, duquesa de) (cerca de 1268-cerca de 1325).
Derradeira filha dos onze descendentes de São Luís. Casa em 1273 com Robert II de Borgonha (morto em 1306). Mãe de Hugues V e de Eudes IV, duques de Borgonha; de Margarida, esposa de Luís X, o Cabeçudo, rei de Navarra e depois de França; e de Jeanne, apelidada a Manca, esposa de Felipe VI de Valois.

— BORGONHA (Branca de) (cerca de 1296-1326).
Filha caçula de Othon IV, conde palatino de Borgonha, e de Mahaut d'Artois. Casa-se em 1307 com Carlos de França, terceiro filho de Felipe, o Belo. Inculpada de adultério (1314) ao mesmo tempo que Margarida de Borgonha, foi presa em Château-Gaillard, depois no castelo de Gournay, perto de Coutances. Depois da anulação de seu casamento (1322), ela tomou o hábito religioso na abadia de Maubuisson.

— BOUVILLE (Hugues III, conde de) (?-1331).
Filho de Hugues II de Bouville e de Maria de Chambly. Camareiro de Felipe, o Belo. Desposou (1293) Margarida des Barres, com quem teve um filho, Carlos, que foi camareiro de Carlos V e governador de Dauphiné.

— BRIANÇON (Geoffroy de).
Conselheiro de Felipe, o Belo, e um de seus tesoureiros. Foi preso ao mesmo tempo que Marigny, durante o reinado de Luís X, mas teve suas posses e dignidades restituídas por Felipe V.

— CAETANI (Francesco) (?-março de 1317).
Sobrinho de Bonifácio VIII e por ele nomeado cardeal em 1295. Implicado numa tentativa de feitiço contra o rei de França (1316). Falece em Avinhão.

— CHAMBLY (Egidius de) (?-janeiro 1326).
Chamado igualmente de Egidius de Pontoise. Quinquagésimo abade de Saint-Denis.

— CARLOS DE FRANÇA, depois Carlos IV, rei de França (1294-1° de fevereiro de 1328).
Terceiro filho de Felipe, o Belo, e de Jeanne de Champagne. Conde do domínio de Marche, por apanágio (1315). Sucedeu, com o nome de Carlos IV, a seu irmão Felipe (1322). Casou-se sucessivamente com Branca de Borgonha (1307), Maria de Luxemburgo (1322) e Jeanne d'Évreux (1325). Faleceu em Vincennes, sem deixar herdeiro do sexo masculino, e foi o último rei descendendo diretamente da dinastia dos Capetos.

— CARLOS-MARTEL ou CARLO-MARTELLO, rei titular da Hungria (cerca de 1273-1296).
Filho primogênito de Carlos II de Anjou, apelidado o Manco, rei da Sicília, e de Maria de Hungria. Sobrinho de Ladislas IV, rei da Hungria, e pretendente à sua sucessão. Rei titular da Hungria de 1291 até sua morte. Pai de Clemência de Hungria, segunda esposa de Luís X, rei de França.

— CARLOS-ROBERT ou CHAROBERT, ou CAROBERTO, rei da Hungria (cerca de 1290-1342).
Filho do precedente e de Clemência de Habsbourg. Irmão de Clemência de Hungria. Pretendente ao trono da Hungria após a morte de seu pai (1296), mas só tendo sido reconhecido rei em agosto de 1310.

— CHÂTILLON (Gaucher de), conde de Porcien (cerca de 1250-1329).
Condestável da região da Champagne (1284), em seguida da França, após Courtrai (1302). Filho de Gaucher IV e de Isabeau de Villehardouin, apelidada de Lizines. Assegurou a vitória de Mons-en-Pévèle. Coroou Luís X, o Cabeçudo, rei de Navarra em Pampelune (1307). Sucessivamente executor testamentário de Luís X, Felipe V e Carlos IV. Participou da batalha de Cassel (1328) e morreu no ano seguinte, tendo ocupado o cargo de condestável de França sob a autoridade de cinco diferentes reis. Desposou Isabelle de Dreux, depois Mélisinde de Vergy, e finalmente Isabeau de Rumigny.

— CHÂTILLON (Guy V de), conde de Saint-Pol (?-6 de abril de 1317).
Segundo filho de Guy IV e de Mahaut de Brabant, viúva de Robert I d'Artois. Copeiro-mor da França de 1296 até sua morte. Desposou (1292) Maria de Bretanha, filha do duque Jean II e de Beatriz da Inglaterra, com a qual teve cinco filhos. A primogênita, Mahaut, foi a terceira esposa de Carlos de Valois.

— CHÂTILLON-SAINT-POL (Mahaut de), condessa de Valois (cerca de 1293-1358).
Filha de Guy de Châtillon, copeiro-mor de França, e de Maria de Bretanha. Terceira esposa de Carlos de Valois, irmão de Felipe, o Belo.

— CLEMÊNCIA DE HUNGRIA, rainha de França (cerca de 1293-12 de outubro de 1328).
Filha de Carlos-Martel de Anjou, rei titular da Hungria, e de Clemência de Habsbourg. Sobrinha de Carlos de Valois devido à sua primeira esposa, Margarida de Anjou-Sicília. Irmã de Carlos-Robert, ou Charobert, rei da Hungria, e de Beatriz, esposa do delfim Jean II. Desposou Luís X, o Cabeçudo, rei de França e de Navarra, no dia 13 de agosto de 1315, e foi coroada com ele, em Reims. Viúva em junho de 1316, deu à luz em novembro um filho, Jean I. Morreu no Templo.

— CLEMENTE V (Bertrand de Got ou Goth), papa (?-20 de abril de 1314).
Nasceu em Villandraut (Gironda). Filho do cavaleiro Arnaud-Garsias de Got. Arcebispo de Bordeaux (1300). Eleito papa (1305) para suceder a Benedito XI. Coroado em Lyon. Foi o primeiro dos papas de Avinhão.

— COLONNA (Jacques) (?-1318).
Membro da célebre família romana dos Colonna. Nomeado cardeal em 1278 por Nicolau III. Principal conselheiro da corte romana sob Nicolau IV. Excomungado por Bonifácio VIII em 1297 e reabilitado em sua dignidade de cardeal em 1306.

— COLONNA, PIERRE (?-1326).
Sobrinho do cardeal Jacques Colonna. Nomeado cardeal por Nicolau IV em 1288. Excomungado por Bonifácio VIII em 1297 e reabilitado em sua dignidade de cardeal em 1306. Faleceu em Avinhão.

— COURTENAY (Catarina de), condessa de Valois, imperatriz titular de Constantinopla (?-1307).
Segunda esposa de Carlos de Valois, irmão de Felipe, o Belo. Neta e herdeira de Baudouin, último imperador latino de Constantinopla (1261). Depois de sua morte, seus direitos passaram para sua filha primogênita, Catarina de Valois, esposa de Felipe d'Anjou, príncipe de Achaïe e de Tarente.

— CRESSAY (dama Eliabel de).
Castelã de Cressay, domínio perto de Neauphle-le-Vieux, no prebostado de Montfort-l'Amaury. Viúva do senhor feudal Jean de Cressay. Mãe de Jean, Pierre e Maria de Cressay.

— CRESSAY (Maria de) (cerca de 1298-1345).
Filha de dama Eliabel e do senhor Jean de Cressay, cavaleiro. Casada secretamente com Guccio Baglioni e mãe (1316) de uma criança que foi trocada no berço por Jean I, o Póstumo, que ela amamentava. Foi enterrada no convento dos Agostinianos, perto de Cressay.

— CRESSAY (Jean de) e Cressay (Pierre).
Irmãos da precedente. Foram ambos armados cavaleiros por Felipe VI de Valois durante a batalha de Crécy (1346).

— DUBOIS (Guilherme).
Legiferador e tesoureiro de Felipe, o Belo. Preso sob o reino de Luís X, mas tendo os bens e a dignidade reabilitados por Felipe V.

— DUÈZE (Jacques), ver João XXII, papa.

— EDUARDO II PLANTAGENET, rei da Inglaterra (1284-21 de setembro de 1327).
Nasceu em Carnarvon. Filho de Eduardo I e de Alienor de Castela. Primeiro príncipe de Gales. Duque de Aquitânia e conde de Ponthieu (1303). Armado cavaleiro em Westminster (1306). Rei em 1307. Desposou, em Boulogne-sur-Mer, no dia 22 de janeiro de 1308, Izabel de França, filha de Felipe, o Belo. Coroado em Westminster no dia 25 de fevereiro de 1308. Destronado (1326) por uma revolta do baronato comandada por sua mulher, foi preso e morreu assassinado no castelo de Berkeley.

— EUDELINE, filha natural de Luís X (cerca de 1305-?).
Religiosa do convento do subúrbio Saint-Marcel, depois abadessa da ordem de Santa Clara.

— ÉVREUX (Luís de França, conde de) (1276-maio de 1319).
Filho de Felipe III, o Intrépido, e de Maria de Brabant. Meio-irmão de Felipe, o Belo, e de Carlos de Valois. Conde de Évreux (1298). Desposou Margarida d'Artois, irmã de Robert III d'Artois, com quem teve os filhos: Jeanne, terceira esposa de Carlos IV, o Belo, e Felipe, esposo de Jeanne, rainha de Navarra.

— FELIPE IV, apelidado o Belo, rei de França (1268-29 de novembro de 1314).
Nasceu em Fontainebleau. Filho de Felipe III, o Intrépido, e de Izabel de Aragão. Desposou (1284) Jeanne de Champagne, rainha de Navarra. Pai dos reis Luís X, Felipe V e Carlos IV, e de Izabel de França, rainha da Inglaterra. Reconhecido rei em Perpignan (1285) e coroado em Reims (6 de fevereiro de 1286). Falecido em Fontainebleau e enterrado em Saint-Denis.

— FELIPE, conde de Poitiers, depois FELIPE V, apelidado o Comprido, rei de França (1291-janeiro de 1322).
Filho de Felipe IV, o Belo, e de Jeanne de Champagne. Irmão dos reis Luís X, Carlos IV e de Izabel da Inglaterra. Conde palatino de Borgonha, senhor feudal de Salins, graças a seu casamento com Jeanne de Borgonha (1307). Conde por apanágio de Poitiers (1311). Par de França (1315). Regente após a morte de Luís X, e depois rei, após a morte do filho póstumo deste (novembro de 1316). Falecido

em Longchamp, sem deixar herdeiro do sexo masculino. Enterrado em Saint-Denis.

— FELIPE, conde de Valois, depois FELIPE VI, rei de França (1293-22 de agosto de 1350).
Filho primogênito de Carlos de Valois e de sua primeira esposa Margarida de Anjou-Sicília. Sobrinho de Felipe, o Belo, e primo de Luís X, Felipe V e Carlos IV. Tornou-se regente do reino após a morte de Carlos IV, o Belo, depois rei, quando do nascimento da filha póstuma deste (abril de 1328). Coroado em Reims no dia 29 de maio de 1328. Sua ascensão ao trono, contestada pela Inglaterra, esteve na origem da segunda guerra dos Cem Anos. Desposou em primeiras núpcias (1313) Jeanne de Borgonha, apelidada a Manca, irmã de Margarida, e que morreu em 1348; em segundas núpcias (1349), Branca de Navarra, neta de Luís X e de Margarida.

— GOT OU GOTH (Bertrand de).
Visconde de Lomagne e de Auvillars. Marquês de Ancône. Sobrinho e homônimo do papa Clemente V. Interveio diversas vezes no conclave de 1314-1316.

— HIRSON OU HIREÇON (Thierry LARCHIER d') (cerca de 1270-17 de novembro de 1328).
Inicialmente letrado de menor importância a serviço de Robert II d'Artois, acompanhou depois Nogaret a Anagni, e foi utilizado por Felipe, o Belo, para diversas missões. Cônego de Arras (1299). Chanceler de Mahaut d'Artois (1303). Bispo de Arras (1328).

— HIRSON (ou HIREÇON) (Beatriz de).
Dama de companhia da condessa Mahaut d'Artois; sobrinha de seu chanceler, Tierry d'Hirson..

— IZABEL DE FRANÇA, rainha da Inglaterra (1292-23 de agosto de 1358).
Filha de Felipe, o Belo, e de Jeanne de Champagne. Irmã dos reis Luís X, Felipe V e Carlos IV. Desposou Eduardo II da Inglaterra (1308). Tomou o comando (1325), juntamente com Roger Mortimer, da revolta dos barões ingleses que levou à deposição de seu marido. Apelidada "a loba de França", governou de 1326 a 1328 em nome de seu filho Eduardo III. Exilada da corte (1330). Faleceu no castelo de Hertford.

— JEANNE DE BORGONHA, condessa de Poitiers, depois rainha de França (cerca de 1293-21 de janeiro de 1330).
Filha primogênita de Othon IV, conde palatino de Borgonha, e de Mahaut d'Artois. Irmã de Branca, esposa de Carlos de França, futuro Carlos IV. Casou-se em 1307 com Felipe de Poitiers, segundo filho de Felipe, o Belo. Inculpada de cumplicidade nos casos de adultério de sua irmã e de sua cunhada (1314), foi presa em Dourdan, depois libertada em 1315. Mãe de três filhas: Jeanne, Margarida e Izabel, que desposaram, respectivamente, o duque de Borgonha, o conde de Flandres e o delfim de Viennois.

— JEANNE DE FRANÇA, rainha de Navarra (cerca de 1311- outubro de 1349).
Filha de Luís de Navarra, futuro Luís X, o Cabeçudo, e de Margarida de Borgonha. Supostamente bastarda. Distanciada da sucessão ao trono de França, herdou Navarra. Casou-se com Felipe, conde de Évreux. Mãe de Carlos, o Malvado, rei de Navarra, e de Branca, segunda esposa de Felipe VI de Valois, rei de França.

— JOÃO XXII (Jacques Duèze), papa (1244-dezembro de 1334).
Filho de um burguês de Cahors. Estudou em Cahors e em Montpellier. Arcipreste de Santo André de Cahors. Cônego de Saint-Front de Périgueux e de Albi. Arcipreste de Sarlat. Em 1289, partiu para Nápoles, onde se tornou rapidamente íntimo do rei Carlos II de Anjou, que fez dele seu secretário dos conselhos secretos, depois seu chanceler. Bispo de Fréjus (1300), depois de Avinhão (1310). Secretário do concílio de Vienne (1311). Cardeal-bispo de Porto (1312). Eleito papa em 1316, assumiu o nome de João XXII. Coroado em Lyon em 1316. Morreu em Avinhão.

— JOINVILLE (Jean, senhor de) (1224-24 de dezembro de 1317).
Senescal hereditário de Champagne. Acompanhou Luís IX na sétima Cruzada e compartilhou seu cativeiro. Redigiu, aos oitenta anos, sua *História de São Luís*, devido à qual é considerado um grande cronista.

— LATILLE (Pierre de) (?-15 de março de 1328).
Bispo de Châlons (1313). Membro do Tribunal de Contas. Chanceler real depois da morte de Nogaret. Encarcerado por Luís X (1315), mas liberado por Felipe V (1317), voltou para o bispado de Châlons.

— LE LOQUETIER (Nicole).
Legista e conselheiro de Felipe, o Belo; preso por Luís X, teve bens e dignidade reabilitados por Felipe V.

— Luís, apelidado o Cabeçudo, rei de Navarra, depois Luís X, rei de França (outubro de 1289-5 de junho de 1316).
Filho de Felipe IV, o Belo, e de Jeanne de Champagne. Irmão dos reis Felipe V e Carlos IV, e de Izabel, rainha da Inglaterra. Coroado rei de Navarra, em Pampelune em 1307. Rei de França (1314). Desposou (1305) Margarida de Borgonha, com quem teve uma filha, Jeanne, nascida por volta de 1311. Depois do escândalo da torre de Nesle, e da morte de Margarida, casou-se novamente (agosto de 1315), com Clemência de Hungria. Coroado em Reims (agosto de 1315). Falecido em Vincennes. Seu filho, Jean I, o Póstumo, nasceu cinco meses após a morte do pai (novembro de 1316).

— Margarida de Borgonha, rainha de Navarra (cerca de 1293-1315).
Filha de Robert II, duque de Borgonha, e de Agnes de França. Casou-se (1315) com Luís, rei de Navarra, filho primogênito de Felipe, o Belo, futuro Luís X, do qual teve uma filha, Jeanne. Inculpada de adultério (processo da torre de Nesle, 1314), ficou presa em Château-Gaillard, onde morreu assassinada.

— Maria de Hungria, rainha de Nápoles (cerca de 1245-1325).
Filha de Étienne, rei de Hungria, irmã e herdeira de Ladislas IV, rei de Hungria. Desposou Carlos II de Anjou, apelidado o Manco, rei de Nápoles e da Sicília, com o qual teve treze filhos.

— Marigny (Enguerrand Le Portier de) (cerca de 1265-30 de abril de 1315).
Nasceu em Lyons-la-Forêt. Casou-se em primeiras núpcias com Jeanne de Saint-Martin, e em segundas núpcias com Alips de Mons. Inicialmente escudeiro do conde de Bouville, depois empregado pela casa da rainha Jeanne, esposa de Felipe, o Belo e, sucessivamente, guarda do castelo de Issoudun (1298), camareiro (1304); armado cavaleiro e conde de Longueville, intendente das finanças e das construções, capitão do Louvre, coadjutor do governo e reitor do reino durante a última parte do reinado de Felipe, o Belo. Após a morte deste último, ele foi acusado de desvios, condenado e enforcado em Montfaucon. Foi reabilitado em 1317 por Felipe V e enterrado na igreja de Chartreux, depois transferido à igreja colegial de Ecouis, por ele fundada.

— Marigny (Jean, ou Felipe, ou Guilherme de) (?-1325).
Irmão caçula do precedente. Secretário do rei (1301). Arcebispo de Sens (1309). Fez parte do tribunal que condenou à morte seu irmão Enguerrand. Um terceiro irmão Marigny, também chamado Jean, e conde-bispo de Beauvais desde 1312, participou das mesmas comissões judiciárias, e prosseguiu em sua carreira até 1350.

— MARIGNY (Luís de), senhor feudal de Mainneville e de Boisroger.
Filho primogênito de Enguerrand de Marigny. Casou-se em 1309 com Roberta de Beaumetz.

— MERCŒUR (Béraud de).
Senhor feudal de Gévaudan. Embaixador de Felipe, o Belo, junto ao papa Benedito XI em 1304. Entrou em conflito com o rei, que ordenou uma investigação policial de suas terras (1309). Admitido ao Conselho real com a chegada ao trono de Luís X, em 1314, e eliminado do mesmo em 1318, por Felipe V.

— MEUDON (Henriet de).
Chefe de caça de Luís X em 1313 e 1315. Recebeu uma parte dos bens de Enguerrand de Marigny após a condenação deste.

— MOLAY (Jacques de) (cerca de 1244-18 de março de 1314).
Nasceu em Molay (Haute-Saône). Entrou para a Ordem dos Templários em Beaune (1265). Partiu para a Terra Santa. Eleito grão-mestre da Ordem (1295). Detido em outubro de 1307, foi condenado e queimado.

— NEVERS (Luís de) (?-1322).
Filho de Robert de Béthune, conde de Flandres, e de Yolanda de Borgonha. Conde de Nevers (1280). Conde de Rethel graças a seu casamento com Jeanne de Rethel.

— NOGARET (Guilherme de) (cerca de 1265-maio de 1314).
Nasceu em Saint-Félix de Caraman, na diocese de Toulouse. Aluno de Pierre Flotte e de Gilles Aycelin. Lecionou direito em Montpellier (1291); juiz-real da senescalia de Beaucaire (1295); cavaleiro (1299). Tornou-se célebre por sua atuação nos conflitos entre a coroa de França e a Santa Sé. Comandou a expedição de Anagni contra Bonifácio VIII (1303). Chanceler real de 1307 até sua morte, foi ele quem iniciou o processo dos Templários.

— ODERISI (Roberto).
Pintor napolitano. Discípulo de Giotto durante a estadia deste em Nápoles, foi influenciado também por Simone de Martino. Chefe da escola napolitana da segunda metade do século XIV. Sua obra mais importante: os afrescos da Incoronata em Nápoles.

— ORSINI (Napoleão), apelidado des Ursins (? -1342).
Nomeado cardeal por Nicolau IV em 1288.

— PAREILLES (Alain de).
Capitão dos arqueiros sob o reinado de Felipe, o Belo.

— PRESLES (Raul I de) ou de PRAYERES (?-1331).
Senhor feudal de Lisy-sur-Ourcq. Advogado. Secretário de Felipe, o Belo. Preso após a morte deste, mas agraciado depois do final do reino de Luís X. Guardião do conclave da cidade de Lyon em 1316. Enobrecido por Felipe V, cavaleiro acompanhante deste rei e membro de seu Conselho. Fundou o colégio de Presles.

— ROBERTO, rei de Nápoles (cerca de 1278-1344).
Terceiro filho de Carlos II de Anjou, apelidado o Manco, e de Maria de Hungria. Duque da Calábria em 1296. Príncipe de Salerno (1304). Vigário-geral do reino da Sicília (1297). Designado herdeiro do reino de Nápoles (1297). Rei em 1309. Coroado em Avinhão pelo papa Clemente V. Príncipe erudito, poeta e astrólogo, desposou em primeiras núpcias Yolande (ou Violante) de Aragão, que morreu em 1302; depois Sancia, filha do rei de Maiorca (1304).

— TOLOMEI (Spinello).
Chefe, na França, da companhia da família Tolomei, da cidade de Siena, fundada no século XII por Tolomeo Tolomei e rapidamente enriquecida pelo comércio internacional e pelo controle das minas de prata da Toscana. Existe até hoje em Siena um palacete Tolomei.

— TRYE (Mathieu de).
Senhor feudal de Fontenay e de Plainville-en-Vexin. Padeiro-mor (1298), depois camareiro de Luís, o Cabeçudo, e camareiro-mor da França a partir de 1314.

— VALOIS (Carlos de) (12 de março de 1270-dezembro de 1325).
Filho de Felipe III, o Intrépido, e de sua primeira esposa, Izabel de Aragão. Irmão de Felipe IV, o Belo. Armado cavaleiro aos quatorze anos. Tomou posse do reino de Aragão por legado do papa, no mesmo ano, mas jamais pôde ocupar esse trono, acabando por renunciar ao título em 1295. Conde, por apanágio, de Valois e de Alençon (1285). Conde, por apanágio, de Anjou, de Maine e de Perche (março 1290), graças a seu primeiro casamento com Margarida de Anjou-Sicília; imperador titular de Constantinopla graças a seu segundo casamento (janeiro de 1301), com Catarina de Courtenay; foi nomeado conde de Romagne pelo papa Bonifácio VIII. Desposou em terceiras núpcias Mahaut de Châtillon-Saint-Pol. De seus três casamentos, teve muitos filhos; o primogênito foi Felipe VI,

primeiro rei da linhagem dos Valois. Ele fez campanha na Itália a serviço do papa em 1301, comandou duas expedições à Aquitânia (1297 e 1324) e foi candidato ao império da Alemanha. Faleceu em Nogent-sur-le-Roi e foi enterrado na igreja dos Jacobinos, em Paris.

Este livro foi impresso na Divisão Gráfica da
DISTRIBUIDORA RECORD DE SERVIÇOS DE IMPRENSA S.A.
Rua Argentina, 171 - Rio de Janeiro/RJ - Tel.: 2585-2000